U0495360

编委会

主　任：薛保勤　李　浩
副主任：刘东风　郭永新
编　委：（按姓氏笔画排序）
　　　　王勇安　王潇然　毛晓雯　刘　蟾　刘炜评
　　　　那　罗　李屹亚　杨恩成　沈　奇　张　炜
　　　　张　雄　张志春　高彦平　曹雅欣　董　雁
　　　　储兆文　焦　凌
审　稿：杨恩成　费秉勋　魏耕源　阎　琦

诗词里的中国

诗词里的
人间百味

毛晓雯 —— 著

陕西师范大学出版总社　西安

图书代号　WX24N1091

图书在版编目（CIP）数据

诗词里的人间百味 / 毛晓雯著. -- 西安：陕西师范大学出版总社有限公司, 2024. 8. -- ISBN 978-7-5695-4565-4

Ⅰ. I267

中国国家版本馆CIP数据核字第2024PS4106号

诗词里的人间百味

SHICI LI DE RENJIAN BAIWEI

毛晓雯　著

出版统筹	刘东风
选题策划	郭永新　焦　凌
责任编辑	郑若萍
责任校对	宋媛媛
封面设计	微言视觉|沈　慢
封面绘图	克　旭
出版发行	陕西师范大学出版总社
	（西安市长安南路199号　邮编 710062）
网　　址	http://www.snupg.com
印　　刷	中煤地西安地图制印有限公司
开　　本	710 mm×1020 mm　1/16
印　　张	19.75
插　　页	2
字　　数	240千
版　　次	2024年8月第1版
印　　次	2024年8月第1次印刷
书　　号	ISBN 978-7-5695-4565-4
定　　价	88.00元

读者购书、书店添货或发现印装质量问题，请与本公司营销部联系、调换。
电话：（029）85307864　85303629　　　传真：（029）85303879

自序

仲夏夜，暴雨倾盆，提笔为这本满载美味的书作序，脑海里首先浮现的不是鸡鸭鱼肉或锅碗瓢盆，而是诗人苏曼殊。

苏曼殊写过两个令我记忆深刻的文字片段，一是他诗中的名句"芒鞋破钵无人识，踏过樱花第几桥"，落魄的生活在他笔下是如此美丽，甚至让读者在一瞬间摆脱了追逐幸福和安逸的生物本能，反而向往起了颠沛流离的命运；另一文字片段是一封信的结尾，他在寄给柳亚子的信末落款道："写于红烧牛肉鸡片黄鱼之畔"。文人的落款通常都清高得紧，地址不是大明湖畔便是梅雨亭侧，再不济也该在某条风韵犹存的老巷子里，苏曼殊倒好，乐得依偎在一大堆吃食身旁，管它格调高不高。纵观苏曼殊的一生，爱吃亦贪吃，就连生病住院也一刻不忘松糖、栗子、冰淇淋，他去世时遗书没留下一封，医生倒是从病床下翻出好些花花绿绿的糖纸。

苏曼殊只是中国自古以来千千万万馋猫的代表。关于中国人的馋，夏丏尊在《谈吃》一文里形容得再生动不过："中国人是全世界最善吃的民族。普通人家，客人一到，男主人即上街办吃场，女主人即入厨罗酒浆，客人即坐在客堂里口嗑瓜子，耳听碗盏刀俎的声响。等候饭吃完了，大事已毕，客人拔起步来说'叨扰'，主人说'没有什么好待你'，有的还要苦留：'吃了点心去'，'吃了夜饭去'。遇到婚丧，庆吊只是虚文，果腹倒是实在。排场大的大吃七日五日，小的大吃三日一日。早饭，午饭，点心，夜饭，夜点心，吃了一顿又一顿，吃的不亦乐乎，真是酒可为池，肉可成林。"

中国人是不是全世界最善吃的民族，这一结论还有待商榷，然而我们嗜吃如命却是不假。馋作为一种强大的动力，推动国人从茹毛饮血走到了满汉全席。起初饮食只是为了活着，渐渐地，饮不再仅仅是为了解渴，食不再仅仅是为了充饥。为了吃得更丰富有趣，一代又一代的人，开发出愈来愈多的烹饪方式、菜肴造型、佐餐节目，直至将一日三餐做成了平凡日常中的小小庆典，将生存升华成了生活。今天你享用的每一餐，背后都是几千年的积累。你饮的菊花酒，它的配方也许曾经白居易和杜甫的手调整过；你吃的花色拼盘，它的色彩方案也许出自宣和或永乐年间；你用餐时观看的节目，它的精彩也许曾让司马迁、霍去病、王羲之、房玄龄、苏轼的内心涌起和你一样的激动……

想了解舌尖上的古中国，读前人的菜谱和饮食理论太乏味。所幸，古往今来，文人骚客，为饮食写下诗篇无数，而诗歌，可比菜谱、饮食理论美得多。所以我选择沿着饮食诗这条风光独好的"小路"前行，去看看上下五千年堪称波澜壮阔的吃吃喝喝。

现在，回过头来说一说为何我提笔就想起了苏曼殊，我认为他的生活正是中国文人生活的典范。谁说文人就得脱离一切世俗趣味？诗是阳春白雪，饮食却是地道的人间烟火,写出凄艳诗句的是苏曼殊,大吃大嚼的还是苏曼殊,鸡鸭鱼时蔬瓜果同诗篇待在同一个肚子里,其乐融融。在这本书里,你将遇见千万个苏曼殊,他们甚至超过了苏曼殊,他们用最雅的文体潜心描摹最俗的吃喝。人生当如是,既要有大碗喝酒、大口吃肉的快意,也要有芒鞋破钵、樱花小桥的诗意,吞下俗不可耐的"红烧牛肉鸡片黄鱼",转眼就吐出个"踏过樱花第几桥"来。

目录

蕙肴蒸兮兰藉……………… 1
    古代花馔

夏日荐茶冰蜜尝……………… 19
    古代清凉饮品

绿香熨齿冰盘果……………… 35
    古代冻馔

魴腾熊掌，豹胎龟肠……………… 47
    古代饮食中的奇珍

一箸山蔬胜八珍……………… 67
    古代素食清供前篇

菜根有真味……………… 81
    古代素食清供后篇

紫驼之峰出翠釜……………… 99
    古代菜肴的造型艺术

就荷叶上包鱼鲊……………… 121
    古代的创意吃法

翡翠宫前百戏陈........................137
　　古代宴会上的观赏节目

投壶击鞠绿杨阴........................157
　　古代宴会上的体育竞技

剪烛春宵射覆工........................177
　　古代宴会上的智力游戏

八珍伊鼎盐梅味........................195
　　古代名厨

裁红剪翠馔春盘........................219
　　古代岁时饮馔春日篇

蜜粽冰团为谁好........................235
　　古代岁时饮馔夏日篇

菊佩糕盘节物催........................247
　　古代岁时饮馔秋日篇

一杯芳酒夜分天........................263
　　古代岁时饮馔冬日篇

夜夜青溪映酒楼........................277
　　古代饮食环境前篇

移宴多随末利花........................293
　　古代饮食环境后篇

蕙肴蒸兮兰藉

古代花馔

鲜花入馔在中国久有历史，将四时盛放的种种鲜花做成菜肴、羹饭及小点心，是国人既伟大又美丽的创举。最早的记录当属屈原《离骚》里那句"朝饮木兰之坠露兮，夕餐秋菊之落英"，尔后从先秦到现代，花馔一直在国人的餐桌上扮演着特殊角色：它们是筵宴上的候鸟，为人们捎来季节变更的消息。当荼蘼酒替代了桃花饭，便知春已逝、夏来临；当蜜渍梅花替代了甘菊冷淘，秋风便化作漫天雪花铺天盖地而来……

《离骚》一句"朝饮木兰之坠露兮，夕餐秋菊之落英"，用高洁的食材给了人们关于高洁之士的完美想象，这是屈原的本意。但屈原大概想不到，这般清淡素净的十五个字，竟然还带给了人们对含英咀华的向往。从先秦到近现代，花馔再也没有离开国人的餐桌。一年四季十二月，二十四番花信风，时光流转，古人就将一道道应季的花馔依次端上餐桌，既为高洁的追求，也为唇齿的享受。

一、繁杏新荷春夏景

　　春日暖风将将催开"竹外桃花三两枝"（苏轼《惠崇春江晚景二首》之一）之时，桃花饭就登场了。唐代诗人李群玉说"倚棹汀洲沙日晚，江鲜野菜桃花饭"（《沅江渔者》），皮日休说"桐木布温吟倦后，桃花饭熟醉醒前"（《醉中即席赠润卿博士》），无论在哪位诗人笔下，桃花饭总是与一种温馨惬意的生活相关联。桃花饭的做法，诗人们没有写，学者却做出了考证，彼时人们应是将桃花淘澄出汁，再用那汁水浸染米饭，米饭的颜色从雪白化为粉红，香气也愈加清远。[1]每年春天，当主妇们将这粉白可爱的饭食摆到一家人面前，大家便心领神会地分享了春的消息。

　　吃过桃花饭，便饮松花酒。松花是春日间松树雄枝抽新芽时长出的花骨朵，色泽灿黄，酿出的酒想必也是甘洌清芬，否则怎能让唐代大诗人白居易生出"腹空先进松花酒，膝冷重装桂布裘。若问乐天忧病否，乐天知命了无忧"（《枕

---

[1] 桃花饭还有另一种做法，苏轼在《物类相感志·饮食》中有记载："桃花饭，做饭了以梅红纸盛之，湿后去纸和匀，则红白相间。"这种做法，桃花并未参与，仅仅是将米饭染得红白妍丽，色如桃花。

上作》)的感叹？这诗最后两句颇为有趣。乐天，乃白居易的字，出自《周易·系辞》"乐天知命故不忧"，大意是君子懂得天命，清楚哪些事是顺应天命的因此可以做，哪些事是违背了天命因此没必要做，心头门儿清，因此生活态度十分通达。诗的第三句诗人自问："乐天啊，你是否忧愁？"第四句便回答说："乐天知命了不忧愁。"这能读出两层意思：一则是说"只要像君子那样乐天知命就能了无忧愁"，这是诗人对自己的劝解，沉痛之味隐现；二则是说"我白乐天是知命之人，因此无论遇到什么，我都不会忧愁"，这是诗人对世人做的自我剖白，潇洒之意毕露。一句诗，寥寥几字，却往往有好几层意思，构成了丰富的歧义空间，这是中国诗的特质。

松花除了可以酿酒，还可以同糯米、蜜糖一道做饼，且做出的饼味道相当不错。元代虞集就曾作诗赞道："玉叠松花蜜饼香，龙珠星颗露盘凉。遥知环碧楼中坐，翠竹苍松夏日长。"（《题扇与周千臣》）宋代"美食家"林洪吃过松黄饼之后大为惊艳："使人洒然起山林之兴，觉驼峰、熊掌皆下风矣。"（《山家清供·松黄饼》）意思是松黄饼的雅致，让人突然生出了对山林的向往，驼峰和熊掌这样的高贵食品在松黄饼面前都落了下乘。松花味甘平，难说当真就胜过驼峰、熊掌，但国人吃菜，除了吃味道本身以外，还吃意义和意境。"松柏"在中国人的语境里从来不单以植物学的意义出现，它是个密码，里面涵盖了君子之风和高人隐逸的志向，如明朝周瑛诗"松高倚霄汉，劲节不可扳"（《送陈白沙归南海之二》），再如南北朝庾信诗"白石仙人芋，青林隐士松"（《任洛州酬薛文学见赠别》）。因此，与其说林洪欣赏的是松黄饼的雅味，不如说他欣赏的是松树所象征的名士高节以及逃离世俗喧嚣的良愿。

而松树的另一层意义，人们也没有忘记"吃"。崇德元年（1636），千山大安寺僧人以松黄饼进献皇太极，献饼时不忘补充说明："人君食此饼可延寿明目。"以现代科学的眼光来看，松黄能润心肺、除风止血，要说延年益寿，实在是言重了，但松柏常年青翠，随随便便就能活个几百年，古人自然把它当作长寿的象征。故事的高潮，是皇太极对吃松花便能延年之说的反驳，虽然反驳得也毫无科技含量，但是感人肺腑："若勤求治道，爱养人民，国泰民安，则上天眷佑，寿命延长。岂有食此松花饼而可以延寿明目之理耶？"

晴日花争发，春季里的花馔还有很多。

比如芍药酱、兰花酒，今人已不知其味，然而既然它们能在枚乘的赋《七发》里与一系列极品珍味并列，想必滋味不俗："熊蹯之臑，芍药之酱。薄耆之炙，鲜鲤之鲙。秋黄之苏，白露之茹。兰英之酒，酌以涤口。山梁之餐，豢豹之胎……"不必细究每道菜的做法，光是阅读这些文字，大脑就已通知口腔分泌唾液了。

比如牡丹生菜，这是《山家清供》中记录的南宋高宗吴皇后偏爱的一道菜，做法简单，将生菜和牡丹花瓣混合即可。另一做法略复杂，将生菜和牡丹花瓣裹上面粉，油炸成酥后食用。据说吴皇后"喜清俭，不嗜杀"，所以才爱好这道淡淡的牡丹生菜。但再清俭，这牡丹生菜毕竟有豪奢气在——牡丹在唐朝大受欢迎，"一丛深色花，十户中人赋"（《秦中吟十首》之十），且价格惊人；到了宋朝，牡丹的拥趸虽不如在唐朝的时候多了，价格

却依然居高不下，小老百姓谁舍得用"万钱买一枝"（姚勉《赠彭花翁牡丹障》）牡丹做菜？

比如油炸栀子花、栀子花拌饭、栀子蜜饯，三种做法皆在明代高濂的《遵生八笺》里有记载。一味栀子花，在明人手里变化出截然不同的三种菜式。三道菜里，当是栀子花拌饭最具卖相，拌饭由栀子花、葱丝、茴香、红曲、黄米等搅拌而成，葱绿米黄茴香翠，红曲胭脂色，栀子花雪白。日本传统料理讲究白、黄、青、赤、黑五色的搭配，栀子花拌饭也是五色搭配，不输日本人的唯美。

（清）居巢《牡丹图》

等到荼蘼花开的时候，便是春的尾声了，"荼蘼不争春，寂寞开最晚"（苏轼《杜沂游武昌以荼蘼花菩萨泉见饷二首》之一）。宋人爱用这小小的白色花朵熬粥，豪富之家还将其制成美酒，相互赠饮。北宋著名书法家文彦博就写有一首《新酿酴醾酒送吴蔡二副枢》："此花犹未发，此酒已先香。独有甘芹意，开樽略一尝。"饮荼蘼酒前，还需在酒中洒下数百新鲜的荼蘼花，以增芬芳。想想，那场面甚是动人：荼蘼酒是荼蘼和粮食经过长时间发酵酿成的，今年喝的荼蘼酒里蕴藏的是往年的春天，而开饮之前，站在花架下，用杯子接住今朝的荼蘼花，两个春天便在一杯酒中相遇了。

宋人说荼蘼花"一摘入酿瓮，经岁味尚留"（谢尧仁《荼蘼》），就这样，人们把春天收藏在荼蘼酒的酒坛里，转身投入夏天的故事。

初夏时节，玫瑰盛放，散发甜香，做成甜品最相宜。清人将玫瑰花与糖、乌梅一起捣烂，收在瓷瓶中，在太阳底下曝晒，制成酸酸甜甜的玫瑰糖。玫瑰糖滋味奇妙，惹得清代陆震写了一首《忆江南·咏玫瑰》来赞美："春来卉。堪爱独玫瑰。簪鬓放娇怜紫艳，伴糖津咽胜红蕤。枯润总香飞。"他说春日以来百花香，但他独爱玫瑰，玫瑰能装扮美人的鬓间额角，更能伴糖成一道美味，而最难能可贵的是，无论玫瑰新鲜还是干枯，总有香气飘飞。

除了玫瑰糖，清人还用玫瑰做了另一款甜品，就是将玫瑰花瓣裹上糖霜来食用。这种做法的好处在于保持了花瓣优美的原形，又因花瓣状如舌头，因而此甜品有个香艳的名字，唤作杨妃舌。清代诗人孙原湘爱极了杨妃舌，写一首诗根本不足以表达他的心情，所以干脆洋洋洒洒地为杨妃舌创作了一组诗，下面仅摘录其中两首，供看官们想象杨妃舌的风味："清品须陪雀舌茶，如酥滑腻欲胶牙。三郎见此应微笑，亲唤玫瑰解语花。"（《咏美人所制杨妃舌用梅汁捣糖霜里玫瑰瓣为之取其形似也六首》之四）"西施舌好味嫌腥，新剥鸡头肉比馨。一种妙莲花气息，是曾亲口授心经。"（《咏美人所制杨妃舌用梅汁捣糖霜里玫瑰瓣为之取其形似也六首》之二）在后一首诗里，孙原湘将杨妃舌和西施舌做了个比较，结论是西施舌不如杨妃舌味好。西施舌也是食品，用一种叫沙蛤的海贝做成。西施舌与杨妃舌，海产与甜品，滋味完全没有可比性，但古代男性文人乐于做这样的比较，暧昧的菜名让他们假想：自己不是在品评两道菜，而是在品评两位美人。

玫瑰之后，茉莉与石榴也开花了，两花皆宜制酒，不同于将花瓣与粮食加曲一同发酵的酿制法或是将花瓣与酒液成品混合的浸渍法，两种花酒在历史上都有过不寻常的制法。

茉莉最大的特点是香气馥郁，我们的先人那么聪慧，自然要好好利用这一特点，清代《广群芳谱》里记载了茉莉酒的制法：在瓶中装上酒，但酒不可装满，留一点空间，然后编竹为十字或井字，覆于瓶口，在竹格上悬挂数十朵刚摘的茉莉花，让茉莉花与酒面保持一指宽的距离，接着用纸把瓶口封好。待十来天后，撕开封纸，茉莉的香气成功入侵酒液内部，酒与茉莉虽未零距离接触，茉莉的灵魂却和酒的身体合二为一。这种制作过程含蓄而浪漫的熏制酒甚得人心，故常常出现在历代诗人笔下，宋代章岘诗曰"桄榔叶暗临江圃，茉莉香来酿酒家"（《和李昇之夜游漓江上》），元代范梈诗曰"茉莉香深和酒露，桄榔叶暗煮盐烟"（《将赴雷阳送罗提举之任广东》），诗歌措辞朴实，酒中的甘芳却扑面而来。

与茉莉酒的精致制法相比，宋代崖州人榴花酒的制法就朴素多了。宋代祝穆在《方舆胜览》中一句话就说清楚了："以安石榴花着釜中，经旬即成酒。"换言之，就是将石榴花放进容器即可，什么都不用加，十数天后，它自个儿就能把自个儿发酵成酒，一点不用人操心。在宋之前就有榴花酒，譬如北周王褒写的"涂歌杨柳曲，巷饮榴花樽"（《长安有狭邪行》）；在宋之后也有榴花酒，譬如明朝王寅写的"新醅香艳石榴花，赠得双樽不用赊。为谢客愁消得尽，残年一路醉还家"（《舟过陆州谢乡人余五郎送酒》）。只是不知道在宋以外的朝代或崖州以外的地方，榴花酒还用不用这种酿法。窃以为，如果世事都能如宋代崖州榴花酒的制法这般简单明快，那人间也是天堂。

不管有多少花，夏季的最佳代言形象仍是莲花，而莲花可以玩的花样就太多了，光看"莲与酒"这一组搭配，就有多少排列组合的形式。

有碧芳酒，做法如唐代《云仙杂记》中所示，"刳椰子为杯，捣莲花，制碧芳酒"，将莲花捣碎后浸于酒中，而容器则是剖开的椰子，酒中兼具莲香与椰香，可谓神仙饮品。

有碧筒酒，"暑月命客泛舟莲荡中，先以酒入荷叶束之，又包鱼酢它叶内。侯舟回，风薰日炽，酒香鱼熟。各取酒及酢，真佳适也"。在《山家清供》记录的这种吃法中，荷叶堪称奥斯卡最佳小配角，它并不参与酿酒和烹鱼的过程，但它作为盛装酒和鱼的容器存在，却完成了容器以外的使命——夏日燠热的空气相当于天然烤箱，美酒和鲜鱼在荷叶中被静静烘烤，都浸染上了荷叶的清新之气。苏东坡对此酒格外中意，作诗纪念这款美味："碧筒时作象鼻弯，白酒微带荷心苦。"（《泛舟城南会者五人分韵赋诗得人皆苦炎字四首》之三）

还有莲花白，由莲花蕊同药材一并酿制而成。花蕊比花瓣的香气更为浓烈，由此可推知，莲花白当比碧芳酒更馥郁一筹，《清稗类钞》对此不吝溢美之词："其味清醇，玉液琼浆不能过也。"莲花白最初仅供清朝宫廷御用，到了清末，莲花白才渐渐流入寻常百姓家。只是那时已是末世，皇室威严扫地，国家四面楚歌，泱泱中华摇摇欲坠，再多再清醇的莲花白，都麻痹不了国人撕裂的心。所以老人们常说，世间顶好喝的，还是太平年间一杯普普通通的浊酒。

芙蓉质感细腻，除了用于酿酒，更是做菜的好材料。普通菜式按下不表，就说两种独特的。一是莲房鱼包，将嫩嫩的莲蓬掏空，把腌制好的鳜鱼肉填塞到孔洞中，蒸熟即食。莲蓬本就清爽，蒸熟之后，清芬益远，与鳜鱼的肥美相得益彰。二是雪霞羹，用芙蓉花瓣和豆腐同煮，红白交错，灿若雪霁之霞，视觉享受比味觉享受更甚。

这两道菜，在我看来，最成功的是它们的菜名。"莲房鱼包"让人瞬间联想到汉代民歌"江南可采莲，莲叶何田田。鱼戏莲叶间，鱼戏莲叶东，鱼戏莲叶西，鱼戏莲叶南，鱼戏莲叶北"，生动可爱的画面跃然眼前。雪霞羹更不用多说，白雪红霞给人以绚烂的想象。

而一系列心理学实验证明，人们的心理预期将会左右人们的判断：两杯同样的咖啡，大多数人会认为用漂亮杯子盛装的那一杯更为可口，因为精致的容器给人以更好的心理预期；两种味道差不多的可乐，大多数人会给名气更大的那一种以更高的评价，因为良好的品牌形象给人以更好的心理预期。你事先相信某物很好，这只是一种信念，但信念最后都会转化成现实，左右你真实的感受。也就是说，你相信某物美好，你对它的体验多半就会美好；你相信某物糟糕，你对它的体验多半就会糟糕——这不是心灵鸡汤，这是科学。

  美妙的菜名就能给予人们良好的心理预期，让你在品尝之前，已经预期这绝对、肯定以及一定是佳肴，那么等到正式开吃，你的味觉就会被你的相信所左右。所以美国杜克大学心理和行为经济学教授丹·艾瑞里好心提醒各位餐饮店老板："我们可以在菜名前加一点带异国情调、时髦的词语（"墨西哥辣椒杧果酱"眼下好像风靡一时，或者用"北美草原水牛肉"代替"牛肉"）。如果蒙上顾客的眼睛进行品尝测试，这类配方未必有多大用处，但是事先给我们这种信息，用以改变我们的预期，却能有效地影响我们对味道的判断。"

  雪霞羹是宋代的菜式，到了清代仍有这道菜，名字却改成了"芙蓉豆腐"。尽管清代流传着盛赞芙蓉豆腐的竹枝词："北人馆异南人馆，黄酒坊殊老酒坊。仿绍不真真绍有，芙蓉豆腐是名汤。"但"芙蓉豆腐"与"雪霞羹"相比，应该没那么"好吃"了。

诗词里的人间百味

（宋）马兴祖《疏荷沙鸟图》
莲房清香宜人，用它做成的莲房鱼包亦是清爽可口。

二、疏梅细菊秋冬约

待芙蓉凋残,"留得枯荷听雨声"(李商隐《宿骆氏亭寄怀崔雍崔衮》)之时,秋天就静悄悄地近了,顺道带来两种格外可口的花——桂花和菊花。

桂花香甜异常,非其他花所能比,从宋代到明代,人们都爱用它做桂花蒸糕。宋人给这种点心取了个贴切又吉祥的名字,叫作广寒糕。在中国古老的传说里,月亮上有广寒宫,广寒宫就是蟾宫,蟾宫前有桂树,蟾宫折桂象征着在科举考试中夺魁。总之,经过多次等量代换之后得出的结论是:广寒糕代表金榜题名。宋朝每逢科考之年,士子们互赠广寒糕成为风尚。广寒糕当然没能力保佑每位吃了它的士子都如愿以偿,但有宋一代崇文抑武,科考录取人数大大增加,对比唐朝科考低到残酷的录取比例,宋代士子幸福爆棚。不知道宋代考生颇高的成功率中,是否有甜甜糯糯的广寒糕的一份功劳?

菊花不如桂花甜美,却胜在幽远脱俗的苦香以及丝状花瓣独特的清爽口感。晋代陶潜为菊花找到了最佳景观组合:"芳菊开林耀,青松冠岩列。"(《和郭主簿二首》之二),菊与松气质一致,外形却互补,组合起来确属美景。明代袁宏道为菊花找到了最佳"婢女",《瓶史》有云"菊以黄白山茶、秋海棠为婢"。而善于精致生活的宋人,则为菊花找到了饮食界的最佳搭档,那就是冷淘。冷淘,极可能是凉面,其细长的形态与菊瓣相似,与菊瓣相拌在一起,口感格外和谐。

北宋文学家王禹偁为甘菊冷淘专门作了一首诗:"经年厌粱肉,颇觉道气浑。孟春奉斋戒,敕厨唯素飧。淮南地甚暖,甘菊生篱根。长芽触土膏,小叶弄晴暾。采采忽盈把，洗去朝露痕。俸面新且细，溲摄如玉墩。随刀落银镂，煮投寒泉盆。杂此青青色，芳草敌兰荪……"（《甘菊冷淘》）不用真正品尝，光是看这通篇素雅字眼，就知道甘菊冷淘味道清冽。

而在《御香缥缈录》中，记录了另一种与甘菊冷淘大相径庭的食菊之法——菊花涮火锅，采取此食法的人，便是鼎鼎大名的慈禧太后。平心而论，慈禧于社稷无功，却贡献了诸多让生活更美好的创意：

> 先把那一种名唤雪球的白菊花采下一二朵来，大概是因为雪球的花瓣短而密，又且非常洁净，所以特别的宜于煮食；每次总是随采随吃的。采下之后，就把花瓣一起摘下，拣出那些焦黄的或沾有污垢的几瓣一起丢掉，再将留下的浸在温水内洗上一二十分钟，然后取出，再放在已溶有稀矾的温水内漂洗，末了便把它们捞起，安在竹篮里沥净，这样就算是端整好了。第二步当然便是煮食的开始了。太后每逢要尝试这种特殊的食品之前，总是十分的兴奋，像一个乡下人快要去赴席的情形一样。吃的时候，先由御膳房里给伊端出一具银制的小暖锅来。因为有菊花的时候总在秋天，暖锅已快将成为席上的必需品了，虽然似乎还早一些，但也还不足令人惊奇，所堪注意的是菊花和暖锅的关系。原来那暖锅里先已盛着大半锅的原汁鸡汤或肉汤，上面的盖子做得非常合缝，极不易使温度消失，便是那股鲜香之味，也不致腾出来。其时太后座前已早由那管理膳食的大太监张德安好了一张比茶几略大几许的小餐桌，这桌子的中央有一个圆洞，恰巧可以把那暖锅安安稳稳地架在中间，原来这桌子是专为这个意义而设的。和那暖锅一起打御膳房里端出来的是几个浅浅的小碟子，里面盛着已

去掉皮骨、切得很薄的生鱼片或生鸡片；可是为了太后性喜食鱼的缘故，有几次往往只备鱼片，外加少许酱醋。

那洗净的菊花瓣自然也一起堆在这小桌子上来了。于是张德便伸手把那暖锅上的盖子揭了起来，但并不放下，只擎在手里候着，太后便亲自拣起几许鱼片或肉片投入汤内，张德忙将炉盖重复盖上。这时候吃的人——太后自己——和看的人——我们那一班——都很郑重其事地悄悄地静候着，几十道的目光，一起射在那暖锅上。约莫候了五六分钟，张德才又上前去将盖子揭起，让太后自己或我们中的一人将那些菊花瓣酌量抓一把投下去，接着仍把炉盖盖上，再等候五分钟，这一味特殊的食品便煮成了……

《御香缥缈录》乃慈禧太后御前女官裕德龄的回忆录，菊花火锅的奇妙想必给阅尽繁华的德龄留下了极深的印象，所以她才不惜笔墨记录得格外详尽。其细节之完备，以至于今若有好事者，大可依照这段文字原封不动地复制一桌慈禧版菊花火锅，复制那在岁月中跫然远去的清香与鲜美——"鱼片在鸡汤里烫熟后的滋味，本来已是够鲜的了，再加上菊花所透出来的那股清香，便分外觉得可口；而菊花的本身，原是没甚滋味的，便经鸡汤和鱼片一渲染，便也很鲜美了"。菊瓣清冷，火锅滚烫，合在一起，正是一首冰与火之歌。

秋去冬来，冬季万物萧索，繁花落尽。但造物慈悲，不至于让冬天"落了片白茫茫大地真干净"，冰雪中也有香花绽放。梅花清奇的韵致令无数文人雅士为之折腰，他们对梅花多有溢美之词，其中的代表作是宋代诗人范成大《梅谱》的开篇："梅，天下尤物，无问智贤、愚不肖，莫敢有异议。学圃之士，

诗词里的人间百味

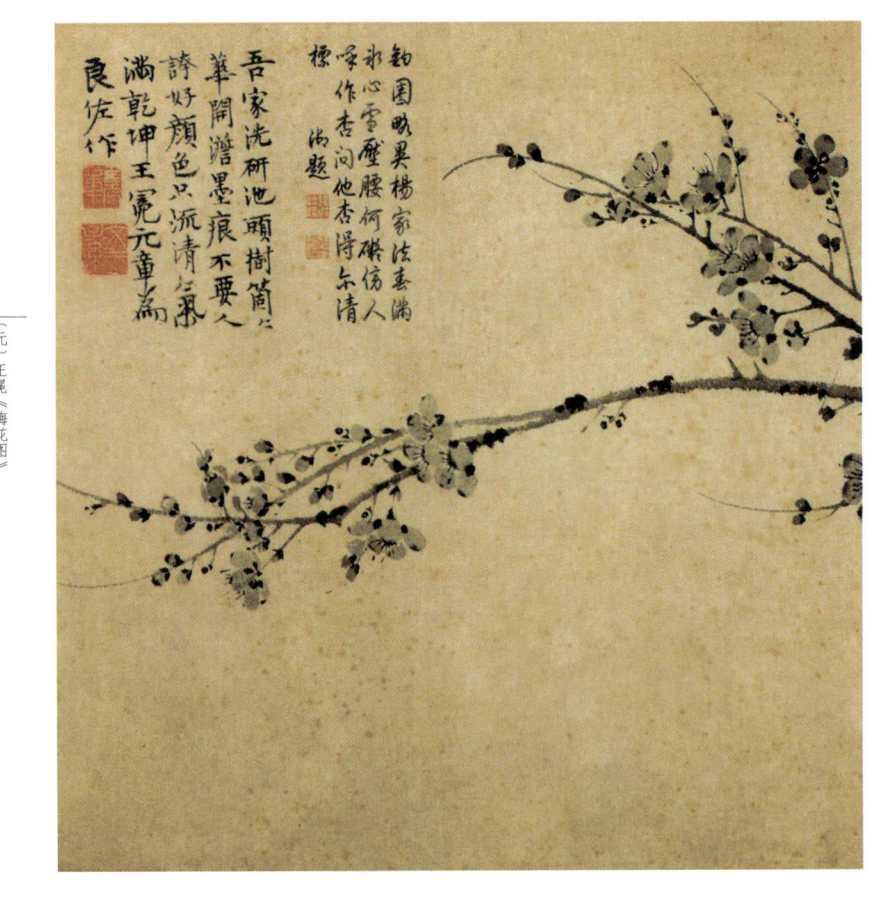

（元）王冕《梅花图》

古人爱食梅花，「篆香销尽寒灰堁，细嚼梅花味楚骚」（史弥宁《读楚骚》）。

必先种梅，且不厌多，他花有无多少，皆不系重轻。"只要有了梅花，其他花卉皆可被视作无物，梅花神读至此段，恐怕会喜极而泣吧！

爱梅爱到极致，便想到了吃，食梅有何益处？对身体的益处尚有限，对灵魂的滋养却是无限的。李时珍不是说了吗，食梅就是"取其助雅致、清神思而已"。

梅花，可以做梅粥，"扫落梅英，拣净洗之，用雪水同上白米煮粥，候熟，入英同煮"（《山家清供》），有宋代杨万里的诗为证："才看腊后得春饶，愁见风前作雪飘。脱蕊收将熬粥吃，落英仍好当香烧。"（《落梅有叹》）可以做蜜渍梅花，"剥白梅肉少许，浸雪水，以梅花酿酝之。露一宿取出，蜜渍之"。还可以生嚼，《花史》中写有一位铁脚道人，爱赤脚行于雪中，兴致来了就吟诵《南华经·秋水》一篇，时常嚼梅花满口，并和雪咽之。

古人食用梅花之时，通常都辅以雪水，梅与雪遂成固定搭配。雪水对味道的影响想来极为有限，但人们为什么对梅与雪的搭配如此执着？上文提到的铁脚道人，用一句很美的话总结了古人的深层心理动机："吾欲寒香沁入肺腑。"雪水寡淡，梅花也浓郁不到哪儿去，谈不上多么美味，说穿了，大家吃的是种情怀。

三国董遇说冬天正是读书天。冬者，岁之余。春耕夏耘，秋收冬藏。冬天是唯一不用忙农活的季节，此时不读书更待何时？而依宋代刘翰的理论，冬天更是写诗天，"小窗细嚼梅花蕊，吐出新诗字字香"（《小宴》），有几百朵梅花在腹中，还怕写不出好诗来？

稽考诸典籍，古人很早便对花卉的保健食疗功效有了认识。他们知道菊花能清肝明目，降低血压；桂花能生津化痰，治疗牙痛；玫瑰能清热解渴，活血理气；茉莉能长发强肌；桃花能美人容颜；而兰花，则有去腻清肺之功效。许多学者认为，花的保健效用是古人食花最主要的原因，但关于花食的众多璀璨诗篇让我相信，即使花卉一无所用，仅有美丽，人们也会乐于品尝。难道有美丽还不够吗？若对一切都作功利主义的思考，人生多么不快乐。

夏日荐茶冰蜜尝

古代清凉饮品

中国冷饮迄今已有两千多年的历史，漫长而悠远。在今天，冷饮并无半点稀奇之处。但中国首台电冰箱直到1954年才面世，在没有冰箱的古老岁月里，无论是藏冰还是制冰，都极其困难，古人如何制造冷饮？研究古代冷饮，绕不过去的是华夏科技史和工艺史。夏冰来之不易，须得好好调制成可口饮品才不算辜负，所以古人想出诸多花样，将冷饮做得精彩纷呈。

窃以为古往今来所有关于避暑的文字中,《武林旧事》中的一段最沁人心脾,记述的是宋代宫廷的纳凉之法:"禁中避暑,多御复古、选德等殿,及翠寒堂纳凉。长松修竹,浓翠蔽日,层峦奇岫,静窈萦深,寒瀑飞空,下注大池可十亩。池中红白菡萏万柄,盖园丁以瓦盎别种,分列水底,时易新者,庶几美观。又置茉莉、素馨、建兰、麝香藤、朱槿、玉桂、红蕉、阇婆、簷葡等南花数百盆于广庭,鼓以风轮,清芬满殿。御笫两旁,各设金盆数十架,积雪如山。纱厨后先,皆悬挂伽兰木、真腊龙涎等香珠百斛。蔗浆金碗,珍果玉壶,初不知人间有尘暑也。"

这一段并未采用任何浮夸的修辞手法,作者只像一位老者一般回忆往事,将自己的所闻所见一五一十地娓娓道来,从长松修竹讲到清芬满殿,又从红白菡萏讲到茉莉建兰……你正要嫌他啰唆,却在忽然之间,那些清凉往事钻进你心底,从此安慰你度过一个又一个炎夏。文字不一定要华丽张扬,《武林旧事》这一段就证明了朴素与诚恳的力量。

而最末一句"蔗浆金碗,珍果玉壶,初不知人间有尘暑也",也带给我关于古代冷饮最初及最美的想象,从年少时第一次阅读开始,至今不能忘怀。于是终于起了研究的念头,决定对古代的清凉饮品一探究竟。

一、皎洁正千寻

中国冷饮的历史,迄今已两千多年,漫长而悠远。在《周礼》中,记载了西周的清凉饮品——六清,"凡王之馈……饮用六清"。何谓六清?就是酪浆、梅浆、醪糟、寒粥、黍酒等六种材料,味道怎样不好说,但药用价值是明确的，可化解体内热毒。到了东周，诸侯夏天的餐桌上开始有了冰镇美酒的陪伴。《楚辞·招魂》说"挫糟冻饮，酎清凉些"，《楚辞·大招》说"清馨冻饮"，盛夏时节，过滤掉酒糟，取出明澈的酒液，放在冰上冷冻之后再饮用，真是无上的享受。

在今天，冰镇美酒并无半点稀奇之处，但你要知道，世界上最早的电冰箱诞生于1923年，而中国的首台电冰箱则要晚到1954年才面世。没有冰箱，不能制冰，那夏季冷饮从何而来？研究古代冷饮，绕不过去的是华夏科技史和工艺史。

周人的解决方案是：无法制冰，我们就采冰与藏冰吧。周代国家建有冰窖，并设置了专门负责采冰、贮冰的机构，该机构的责任人就是《周礼·天官》中提到的凌人。别以为凌人只是类似于弼马温一类的小官，贮冰在古代可算是国家大事，公子王孙能不能在三伏天吃到冷饮事小，但祭祀祖先事大。祭祀祖先须用洁净新鲜的食品，绝不能有一丁点变质腐坏，要在暖和的季节里祭祀，必须有冰块才能保证供品的鲜洁。

每年最冷之时便是采冰之时，只有此时冻结起来的冰块最是坚硬明净，才能抵挡暑气的侵袭，在盛夏时节也不至于完全化为水和泡影。冰开采出来之后，贮存到深藏在地下的冰窖中，冰窖藏得越深，越能隔绝地表的温度。用稻草跟芦席铺好冰窖的地板，一个简易的巨型冰柜便做成了，接着将冰放入，并用稻糠、树叶等覆盖冰块，密封窖口，到来年夏天再取用。虽然贮存冰块的材料和设备简单到不可思议，但是以现代科学的眼光来看，稻糠、稻草、树叶、芦席都是极好的保温材料，隔热效果奇佳。古人的才智每次都能令身处高科技时代的我们叹服。

凌人下面管着浩浩荡荡九十四人，这只是编制内的员工；而在编制之外，还得再征集不少农奴才能完成艰苦的凿冰和存冰工作。《诗经·豳风·七月》读起来诗意，其实它是周代农奴一年的生活日记，饱含辛酸与泪水。就在这生活日记里，言简意赅地记下了农奴们为国家冰窖服务的情形："二之日凿冰冲冲，三之日纳于凌阴。"凌阴就是冰窖。凌人主管的这个机构，以机构的规模来看，九十四个定员外加不计其数的农奴，放在今天就该叫作采冰局。

证明贮冰在古代是国家大事的证据，除了采冰局的规模，还有藏冰和取冰时复杂的祭祀仪式。藏冰之时，要祭祀水神司寒，因为据说司寒所用之物俱为黑色，所以祭祀时供品须用黑色的牲畜和黑色的黍，这是有严格要求的。取冰之时，仍要祭祀司寒，另外还要用"桃弧棘矢，以除其灾"，就是以桃木为弓，以棘为箭，驱除厄运与不祥。

古代采冰、贮冰的过程殊为不易，且到了夏季，存冰只剩三分之一还未融化。夏冰的稀有注定了只有身份高贵的帝王将相才能一尝其珍，而将难能可贵的夏冰颁给臣子们，则是历代君主都会施行的仁政之一。且就连天子脚下的臣子，也不是个个都能得到夏冰，正如宋代梅尧臣诗所云："头颅汗匝无富贫，虽有颁冰论官职"。夏天每人都热得一头汗，这不分贫富贵贱；但夏天被赐冰，要以官职论资格。"颁冰无下位，裁扇有高名"，所以每年那浩大的颁冰仪式，对人臣来说，不仅意味着舌尖上的享受，还意味着睥睨万人的荣耀。

冬季采冰夏季用，这个跨季节"搬运"的过程毕竟艰难，人们总希望能够"无中生有"，在夏季造出冰来。所以古代诗人们一而再、再而三地念叨夏造冰："古之得道者，夏能造冰凉"（归有光《清梦轩诗次孺允韵》），"石飞陡使晴鸣雹，机转真疑夏造冰"（唐顺之《次万思节韵萧芝田二首》之二）。

炎夏里人们对冷饮的渴望，推动着科技车轮向前进，于是汉代当真出现了"夏造冰"。西汉时期淮南学派撰写的《淮南万毕术》中明确写道："取沸汤置瓮中，密以新缣，沉井中三日成冰。"宋代郭印诗"古人夏造冰，秘诀从谁发"中提及的秘诀，指的大概就是这个秘诀。中国科技史学家洪震寰解释了其中的制冰原理：沸水入瓶，将瓶口密封，再沉入井水中，瓶内温度会骤然降低，液面气压大减；随着气压降低，水的冰点升高，在温度较高的情况下也有可能结冰，这就是它的物理依据。只不过洪震寰以为，气压对冰点影响甚微，所以如此制冰法难以成立。

《淮南万毕术》中寥寥数字的记载，却引发了现代学者前仆后继的研究和实验，想知道"夏造冰"的奇迹能否实现。其中一些学者证实了"夏造冰"的可能性，古人的原理非常正确，只是需要的条件十分严苛："中国古代'夏造冰'的原理是低压下水快速蒸发吸热制冷。理论上，只要空气相对湿度足够小，并且气温适当，瓮的容积足够大，就可以实现'夏造冰'。要得到更大的结冰量，还得增大瓮的容积，降低瓮外空气相对湿度。大气相对湿度越小，瓮的容积越大，结冰量也越大。实际结冰量由于空气与缣中的水有热量交换等原因而小于理论结冰量。由此可以推测淮南学派'夏造冰'是在天气干燥时进行的。"[1]

夏日造冰太不易,几乎只存在于理论。进入魏晋南北朝后,继续由政府组织采冰和贮冰,今天价廉的冰块,在彼时是国库的重要财产,享用夏冰仍是贵族的特权。在冰镇饮品之外,魏晋时人还发明了以冰杂糅香粉的吃法,见于庾信的《奉和夏日应令诗》:"麦随风里熟,梅逐雨中黄。开冰带井水,和粉杂生香。衫含蕉叶气,扇动竹花凉。早菱生软角,初莲开细房……"光是读这些素淡静谧的字眼,便觉心内生凉。

而彼时清凉饮品领域有了一个划时代的大动作,那就是出现了速溶饮料。北魏贾思勰的《齐民要术》里记载了制作酸枣麨的方法,酸枣麨就是酸枣速溶果粉:"多收红软者,箔上日曝令干。大釜中煮之,水仅自淹。一沸即漉出,盆研之。生布绞取浓汁,涂盘上或盆中。盛暑,日曝使干,渐以手摩挲,散为末。以方寸七,投一碗水中,酸甜味足,即成好浆。远行用和米麨,饥渴俱当也。"收集成熟至红软的酸枣,日晒曝干,然后在大锅中以刚刚没过酸枣的水量来熬煮,沸腾之后过滤、研磨,再用生布绞出浓稠的浆汁,涂在盘上或盆上,在烈日中曝晒。晒干后的固体以手摩挲,散为粉末,这粉末就是我国最早的速溶饮料了!出门在外,带上酸枣粉,用水冲调些许,一杯酸爽的枣汁就制成了,方便快捷。

[1] 雷志华、张功耀:《中国古代"夏造冰"新探及其模拟验证》,《自然与科学史研究》2007年第1期。

二、古人夏造冰，秘诀从谁发

到了唐朝，另一种"夏造冰"出现了：唐代开采矿藏的技术较前朝进步了，开采出了不少矿藏，其中就有硝石。很快，唐人发现硝石溶于水时会吸收大量的热，使水温降至可以结冰，于是人们开始利用硝石在盛夏时节制冰。汉代的"夏造冰"利用的是物理手段，唐代的"夏造冰"利用的则是化学手段。

以硝制冰不再仅存于理论，但制作的量相当有限，唐代夏季的冰源主要还是冬季储藏的天然冰。因此在唐代，夏冰仍是贵族的奢侈品，皇帝赐冰于臣下，仍属无上的恩典。

被赐冰的人，常常写诗作文感谢皇恩浩荡，比如杨巨源诗"天水藏来玉堕空，先颁密署几人同。映盘皎洁非资月，披扇清凉不在风"（《和人与人分惠赐冰》），比如杜甫诗"宴引春壶满，恩分夏簟冰"（《寄刘峡州伯华使君四十韵》），再比如白居易的"伏以颁冰之仪，朝廷盛典，以其非常之物，用表特异之恩……受此殊赐，臣何以堪？欣骇惭惶，若无所措。但饮之栗栗，常倾受命之心；捧之兢兢。永怀履薄之戒，以斯惕厉，用答皇恩。谨奉状陈谢以闻"（《谢恩赐冰状》），字里行间洋溢的幸福感之强烈，被赐冰简直可与加官晋爵相提并论。

除了直接赐冰，唐代皇帝还常颁赐冷饮成品给大臣。唐玄宗就曾赐给拾遗陈知节"冰屑麻节饮"，这款饮品的具体做法已不可考，只知其冰凉异常，甚至导致陈知节在饮用之后"体生寒栗，腹中雷鸣"——这八个字曾让我笑得前仰后合，古代文人真真以端庄典雅为己任，连不入流的拉肚子到了他们笔下，瞬间也有了史诗的格调。

由于藏冰量的增加和造冰术的进步，夏冰到底还是多了起来，在惠及贵族之后，总有一些余惠流入民间。唐代民间开始出现冰商，并有了一些私人冰窖，冰块不再完全是国有资产，平民也有了享受机会。只是价格太高，买得起的人非富即贵，《云仙杂记》中就说了："长安冰雪，至夏月则价等金璧。白少傅诗名动于闾阎，每需冰雪，论筐取之，不复偿价，日日如是。"夏冰的价格如同黄金和玉璧，只有白居易这样靠卖诗就能挣大钱的人才可以在夏天里论筐买冰。若你没点身家，对不起，你只能望"冰"兴叹。"竹深留客处，荷净纳凉时。公子调冰水，佳人雪藕丝"（杜甫《陪诸贵公子丈八沟携妓纳凉晚际遇雨二首》之一），饮食环境是竹深荷净，有公子有佳人，那个时候的冷饮是带着富贵气的。

晚唐时卖冰的生意渐渐大了起来，有了竞争。聪明的冰商为了盈利更丰，在冰中添入糖料，制成更可口的冷饮来吸引往来行人。其实哪怕什么都不添加，仅凭冰饮"碎如坠琼方截璐"（韦应物《夏冰歌》）和"清光如斧玉山棱"（雍裕之《豪家夏冰咏》）的冷艳外观，已能招徕到足够多的生意。但也有人把卖冰的生意做砸了。《旧唐书》就记载了一位商人，在极热的天气里卖冰，路人都恨不能一尝为快，按常理推断，商人应能赚大钱。但奸商贪心，哄抬冰价，激怒了来往行人，于是谁都不买。冰不同于别的商品，屯不住货，一会儿便消融成水，奸商血本无归，结局大快人心。

到了宋朝，卖冰的商人更多，"南州四月气如蒸，却忆吴中始卖冰"

诗词里的人间百味

〔宋〕燕文贵《纳凉观瀑图》

（刘克庄《乍暑》）、"帝城六月日卓午，市人如炊汗如雨。卖冰一声隔水来，行人未吃心眼开"（杨万里《荔枝歌》）。冷饮的新花样也让人目不暇接，仅《武林旧事》和《梦粱录》两书记载，就有雪泡豆儿水、雪泡梅花酒、甘豆汤、椰子酒、鹿梨浆、卤梅水、姜蜜水、木瓜汁、茶水、沉香水、荔枝膏水、苦水、金橘团、雪泡缩脾饮、梅花酒、香薷饮、五苓大顺散、紫苏饮等数十种消暑冷饮。

这些冷饮滋味如何，正史无载，但诗歌记录下了它们的万种风情。从曾丰的《五羊中秋热未艾》"椰子簟凉肤起粟，荔枝膏冷齿生冰"，我们知道荔枝膏冰凉，能令唇齿俱寒；从杨无咎的《点绛唇·紫苏熟水》"清入回肠，端助诗情苦"，我们知道紫苏饮味道清苦脱俗，能助诗情发挥；从黄庭坚的《以椰子小冠送子予》"浆成乳酒醺人醉，肉截鹅肪上客盘"，我们知道椰子酒醇厚似乳，仅是香气便可叫人陶醉；而杨万里的《咏酥》，更描写了一种类似于现代冰激凌、兼有浓郁和清爽的冷饮："似腻还成爽，才凝又欲飘。玉来盘底碎，雪到口边销"。

三、片片冰花堆雪窖

尽管宋朝冷饮已普及得多，但冷饮仍是高消费，证据有二：一是《东京梦华录》中的记载，"冰雪惟旧宋门外两家最盛，悉用银器"，卖家用精致的银器盛装冰雪，可见冰雪仍是贵物，至少不是萝卜白菜一类；二是杨万里的诗，"北人冰雪作生涯，冰雪一窖活一家"（《荔枝歌》），卖一窖冰雪，便能养活一大家子人。

（宋）张择端《清明上河图》（局部）。画面中央两把伞下悬挂着一个小小的招牌，上书两个大字：饮子。饮子即饮料，那两把伞下，其实就是宋代的饮料店。

宋代都城生活费用极其高昂，仅以宣和末年的服饰消费为例，"宣和末，开封时髦的女子在服饰上极尽奢侈：'多梳云尖巧额、髻撑金凤，小家至为剪纸衬发，膏沐芳香，花靴弓履，穷极金翠。一袜一领，费至千钱。'连一袜一领都价值1000贯，何况其他呢？宋高宗时的李桩，也有同感：'闾巷之妇。有以一冠一领，厥价数千。'价格越来越贵，增长数倍，而且下移到了普通人家的妇女。"[1]由此可见，要在宋代都城里靠贩卖冰雪养活一家人，冰雪价格太低是不可能办到的。

元代开始，因蒙古人大爱乳制品，所以元人常把果汁、乳品和冰雪混合制成冰酪饮用，

[1] 程民生：《宋代物价研究》，人民出版社2008年版，第258页。

跟汉人的冷饮相比别有一番风味。"色映金盘分处近，恩兼冰酪赐来初"（陈基《寄葛子熙杨季民》），朝廷还常赐予群臣冰酪，与众人同乐。明清时更多冷饮名品出现了，如《红楼梦》提到的酸梅汤、玫瑰露、木樨露、凉茶等，其中最受欢迎的是酸梅汤。当时贩卖酸梅汤的小贩手里都要拿一对铜碗来吆喝，两碗相撞发出清脆的声响，让人耳朵清爽，更生出对酸梅汤的向往，"铜碗声声街里唤，一瓯冰水和梅汤"（郝懿行《都门竹枝词四首》之一）。

说到酸梅汤小贩的吆喝，我想起旧时一册非常有创意的抄本，叫作《一岁货声》。以往类似的书多是记录货物的种类，而这本书却是逐月记录清末北京市上各种小贩叫卖货物时的吆喝。其中有些吆喝词格外有趣，六月间卖西瓜的台词是："块又大瓤儿又高咧，月饼的馅来，一个大钱来。"八月间贩杂果子的台词是："今日是几来？十三四来，您不买我这沙果苹果闻香的果来，哎，二百的四十来。"十月间销售时令食品的台词是："秋的来红海棠来，没有虫儿来，黑的来糖枣儿来，没有核来。"十二月间替人写春联的台词是："街门对，屋门对，买横皮，饶福字。"——这本书给我最大的感触是，只要做个有心人，生活中处处是趣味，就连货郎的吆喝也是浪漫动听的。

题外话到此为止，说回冷饮。话说明清时期之所以能创造层出不穷的新式冷饮，且供应量惊人，这跟彼时夏冰的存量和质量息息相关。撇开明朝的情况不谈，我们单看清朝便可见一斑。

周代每至秋天要彻底刷净冰窖，这样冬天储存冰块才会干净。而到了清代，"洁癖"升级，光是刷净冰窖已不足以满足人们对冰块清洁程度的要求，必须从"原料"抓起。因为冰窖储藏的冰块都是从天然河流、湖泊中开采而来，如果河湖不净，冰窖再干净也于事无补，所以每年立冬之后、采冰之前，要做的第一件事是涮河。河非固体，如何清涮？首先派人打捞河中的水草及杂物，然后打开河流上游的闸门放水，在大水的冲击下，绝大多数的垃圾被带走，再关闭下游闸门蓄水，这时候蓄的水已十分干净。

冬至之后约莫半个月，待冰坚固，便开始祭祀河神，准备采冰。如同稻田一年可以播种并收获好几拨稻子，采过冰的水面也一样，待它再次冻结之后，还可以一而再再而三地开采，一个冬天可以反复采冰三至四回。每年采冰差役的定员为一百二十人，但用冰量逐年递增，为保障需求时常还要加雇临时工参与采冰。

而无论是正式工还是临时工，都由清政府提供统一的职业套装——皮袄、皮裤、专用的草鞋和长筒皮手套。这倒不全是因为清政府仁慈，估计更多是出于效率的考虑，有高质量的工作服帮助御寒，采冰人员才能在风雪中更好地劳动。采冰者都是些穷苦人，但凡家中有点余钱，谁来吃这个苦？若让这些穷苦人自行配备装备，必然无法为自己准备像样的工作服，到时候病的病、死的死，采冰的进程定被耽搁。为了保证效率，某些成本不能节省，否则得不偿失，这样的管理思想值得现代企业学习。

采冰人数的增加，采冰技术和装备的进步，都使得有清一代的产冰量大幅提升。清政府每年贮冰215700块，相当于好几十栋住宅楼的体积。这是个非常惊人的数字，且这个数字还只是官方的储存量。若将民营冰窖和王府冰窖的藏冰量计算在内，就会发现清代庞大的藏冰量，已足以让曾经高不可攀的冷饮,摘下特权的光环,飞入寻常百姓家。事实也的确如此,清代严缁生《忆京都词》的自注印证了我们的猜想:"冰窖开后,儿童昇卖于市,只须数文钱,购一巨冰,置之室中,顿觉火宅生凉。余戏呼为水晶山,南中无此物也";王渔洋的诗 "樱桃已过茶香减,铜碗声声唤卖冰"(《都门竹之词八首》之五),则是另一项佐证。

从唐代的"长安冰雪,至夏月则价等金璧"到清代的"只须数文钱,购一巨冰",从宋代夏季贩卖冰雪用银器盛装到清代的"铜碗声声唤卖冰",冷饮完成了从天价商品到廉价消费品,从贵族特供品到平民美食的变身。

别以为这只不过是冷饮平民化的过程,没什么了不起,其实历史的进程就是被类似的一件件小事所推动,最终实现了质变。当社会的绝大多数资源

(宋)张择端《清明上河图》(局部)
《清明上河图》中又一处饮料店,相当于今天的咖啡馆或水吧。

都实现平民化的时候，特权也就被撕开了巨大的口子。"苏州好，夏月食冰鲜"（沈朝初《忆江南》），"儿童门外喊冰核，莲子桃仁酒正沽"（得硕亭《京都竹枝词》），我相信当时的诗人是怀着幸福的心情记录下这些生活片段的。

绿香熨齿冰盘果

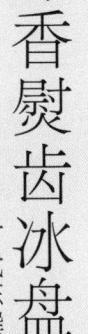

——古代冻馔

古人度夏，除了会制作五彩缤纷的冷饮，还会制作清凉爽口的冻馔。不过上下五千年的大部分时间里，冰窖乃王室贵族的特权产物，寻常百姓不可能拥有；且别说冰窖，夏日里哪怕是一小块冰，对百姓来说也是奢侈。但特权挡不住人们对清凉的向往，民间智慧闪亮登场，贵族用冰窖藏冰做冻馔，百姓就用街头巷尾寻常见的一种"设备"制出了多姿多彩的冻馔。

冷饮当然是古代清凉饮馔中的一大主角，但长达数月的夏季不可能只依赖冷饮过活，人们总得吃肉菜主食。而鸡鸭鱼肉，在春秋冬三季都是餐桌上的上宾，唯在夏天不受欢迎。荤菜油重，烈日炎炎、熏风阵阵之季，谁耐烦吃这个？于是古代美食家发挥才智，用了一系列手段化腐朽为神奇，使在夏季最难以下咽的荤菜，也做到了清爽可口、沁人心脾。

一、水晶宫里饭莼鲈

冻馔的制作至少从汉代开始就有了，且看黄宪《天禄阁外史》中的一则记载："韩王暑而求冻馔，世子以私财作冰室，取羹馔而藏之。既冻，乃进于王。韩王悦，为之赋《怀冰》，美世子也。"古代没有冰箱却有冰窖，将做好的菜品放入冰窖，在寒气吹拂之下，菜品即使不结冰，亦会变得清凉无比。在我们的常识中，通常是热菜比较鲜美，但能让见多识广、尝遍天下美味的韩王都为之惊艳，想必冻馔的滋味也是上佳。

如前面冷饮一章所述，上下五千年的大部分时间里，冰窖乃王室贵族的特权产物，寻常百姓不可能拥有；且别说冰窖，哪怕是一小块冰，对普通人来说也是奢侈。然而特权挡不住人们对清凉的向往，民间智慧闪亮登场，其代表作便是贾思勰《齐民要术》中的"苞腽法"：将猪肉、牛肉煮熟切块，用白茅叶包裹、细长绳拴系，如包粽子一般，此即苞肉，接着再用两块小板夹紧。这一切完成之后，将苞肉悬置在井水中，静候一日，平民们的冷馔就大功告成了。

"露色凝古坛，泉声落寒井"（卢纶《送吉中孚校书归楚州旧山》）、

"暖溪寒井碧岩前，谢傅宾朋盛绮筵"（许浑《和河南杨少尹奉陪薛司空石笋诗》），从古诗词里"井"总是与"寒"相连就知道，国人很早就发现了水井中别有"冻"天。井气森寒，是最好的天然冰箱，且"云山秋滴翠，冰井夏生凉"（顾璘《吴都台东湖书屋八首》之二），水井的凉气在炎夏也不消退；"沉瓜冷出井，浇汗暖注汤"（吴则礼《吴山寺汛》），而国人也很早就开始利用水井冰镇食品。公子王孙坐拥冰山，没关系，就让他们拥有，至少遍地水井属于所有的赤脚白丁。

在贾思勰生活的时代，无论是贵族还是平民，制作的冷馔都还较为粗糙。到了唐朝盛世，精致的清风饭横空出世。那是唐代官厨的作品，光看配料表就觉寒气逼人：水晶饭、龙睛粉、龙脑末、牛酪浆。虽然不知道这四种食材到底是什么，但从"宝枕垂云选春梦，钿合碧寒龙脑冻"（李贺《春怀引》）、"酪浆冷浸金盘粉，玉友浮新酝"（王之道《虞美人·和孔倅郡斋莲花》）等诗词中可看出，龙脑、酪浆之类与清凉关系密切。

将这四种清新食材搅拌均匀后，盛装在金提缸中，缓缓垂下冰池，冰镇到透心凉，再呈给帝王享用。这种冷馔只在天气最热的时候才会制作，推测个中缘由，应是清风饭冰凉太过，若外界温度不够高，吃起来会过于刺激吧。仅看饭名，便可想象其滋味：一勺入口，胸中如有清风拂过，那该是怎样地爽快？

从宋代开始，各种制作更为精良的冷馔、冻馔层出不穷，菜名一个比一个朴素，做法却一个比一个复杂玄妙。

冻鸡，并非简单粗暴地将整鸡冻结，而是取羊头和鸡块一锅炖，待炖至烂熟，两种鲜味水乳交融之后，将鸡块从羊头汤汁里漉出，用陶器盛放。接下来将陶器沉入井底，但做法和《齐民要术》所记已有差异——包裹食材的不再是白茅叶，而是油纸。这显然是技术的进步，油纸比白茅叶具有更好的防水性能，能让食材在充分冷凝之时，还不受井水侵蚀，不被井水夺去香气。由此可见，就算只是一道小菜，也与科技的创新息息相关。

冻鱼，也不是随随便便将整鱼冻结后食用，而是将羊蹄熬成浓汤后，与鱼同煮，然后将鱼捞出锅，用扇子扇风使其冷却。冻鱼不需放入井中，古人很聪明，发现羊蹄浓汤中有大量的胶原蛋白，鱼外包裹的浓汤不一会儿即凝结成固体，可以算是古代的"果冻"。"果冻"口感细腻爽滑，哪怕没有冰镇，只要温度稍凉，便是无与伦比的清凉饮食。

另有一种姜醋冻鱼，因为没有胶原蛋白的包裹，仍需通过井冻法来完成。做法是将鲜鲤鱼切块并用盐腌酱煮过，鱼鳞和荆芥一道煎汁，将汁液增稠之后作为佐料放入鱼肉，然后用锡器密封鱼肉，悬井中冷冻，食用时再浇一点浓姜醋调味。姜醋爽口开胃，在冷冻的鱼肉之外提供了另一类型的清爽。而这道菜式的可爱之处，在于鱼鳞并未浪费，它参与了烹调鱼肉的过程，读此菜谱，有种"本是同根生，相煎何太急"的滑稽感。

冻蹄膏，是将猪蹄煮软去骨后切碎，加入香料后再煮，煮至膏状，然后将猪蹄膏放入小口瓶内，以油纸包扎后悬挂于水井中，一宿之后，破瓶食用。从需要破瓶这点来推测，猪蹄膏与瓶子一定结合得十分密切，瓶子相当于猪蹄膏的模具，那么古人可用形形色色的瓶子，将猪蹄膏塑造成自己心仪的各种形状。

《东京梦华录》《梦粱录》之类的笔记小说里，记录的冷馔还有很多，如冻蛤蜊、冻三鲜、冻石首、水晶冷淘脍等。清代惺庵居士在《望江南》一词 "扬州好，茶社客堪邀。加料干丝堆细缕，熟铜烟袋卧长苗。烧酒水晶肴"中提到的"烧酒水晶肴"，也是一道有名的肉菜冷馔。在那科技尚未昌明、厨房用具简陋不堪的漫长岁月里，古人就利用手边一切可利用的资源，再加上些许街头巷口的生活智慧，完全剔除了肉食的腻味，在盛夏时节变化出林林总总兼顾爽口与营养的清凉菜式来。

二、菡萏含冰脑，樱桃滴水晶

前面说的都是大菜，但夏天人总有胃口不好的时候，这时就轮到小吃与甜品登台。而就连难以操作的肉菜，古人都能想办法去除腻味，做成冷馔，更不用提清凉的小吃、甜品，古人开发的品种之多，叫人心花怒放、眼花缭乱。

最有名的清凉小吃，当属槐叶冷淘，它因杜甫的一首诗而闻名于世："青青高槐叶，采掇付中厨。新面来近市，汁滓宛相俱。入鼎资过熟，加餐愁欲无。碧鲜俱照箸，香饭兼苞芦。经齿冷于雪，劝人投此珠。愿随金騕褭，走置锦屠苏。路远思恐泥，兴深终不渝。献芹则小小，荐藻明区区。万里露寒殿，开冰清玉壶。君王纳凉晚，此味亦时须。"（《槐叶冷淘》）

在这里，我想带大家玩一个侦探游戏，在诗中找到微小却关键的线索，来推理出"冷淘"究竟是何物。历来人们都将冷淘视为凉面，窃以为理由大抵如下：虽然杜甫的诗语焉不详，但宋代诗人王禹偁的《甘菊冷淘》写得明白，甘菊冷淘"捧面新且细"，只可能是面条，再加之唐宋紧挨着，时间相去不远,冷淘在宋代是凉面,于是众人推测在唐代应该也是凉面。

然而,仔细研读杜诗,会发现通篇没有关于面条形态的关键词,"细""长""缕""丝"一类的字眼通通没有。反而一句"经齿冷于雪,劝人投此珠",描述出了槐叶冷淘的形态,那就是状如珠子。因此个人推断,槐叶冷淘在唐代应该是加入了新鲜槐叶汁、形同小汤圆的一种面食。

进入宋代仍有不少人提到槐叶冷淘,如苏辙诗"冷淘槐叶冰上齿,汤饼羊羹火入腹"(《逊往泉城获麦》),晁说之诗"槐叶冷淘来急吃,君家醪瓮却须休"(《招圆机吃槐叶冷淘》),不知道苏辙他们吃的槐叶冷淘和杜甫吃的可是一样?但是,不管槐叶冷淘到了宋代是指掺了槐叶汁的凉面还是掺了槐叶汁的小汤圆,其冰爽怡人倒是与唐朝时一致。

宋代夏季的街道,简直像是清凉小吃展示会,满街的水晶皂儿、黄冷团子、鸡头穰、冰雪、细料馉饳儿、麻饮鸡皮、细索凉粉、素签、成串熟林檎、豇豆锅儿、大小米水饭、药木瓜、素签纱糖、冰雪冷元子、生淹水木瓜……一眼望去,又是水晶又是冰雪,还未品尝,身心已退去大半躁郁。孟元老曾用一段很诗意的文字描绘宋人消夏时的情景:"都人最重三伏,盖六月中别无时节,往往风亭水榭,峻宇高楼,雪槛冰盘,浮瓜沉李,流杯曲沼,苞鲊新荷,远迩笙歌,通夕而罢。"浮瓜沉李,苞鲊新荷,正因为有了这种种冻菜和清凉小吃的陪伴,宋人才能玩个通宵达旦吧?否则夏夜多么无趣。

而到了清代,宫廷能制作品种更为繁多的冰镇甜品,其中一个原因就是清代宫廷有了土冰箱,清凉小吃制作起来极为便利。因为土冰箱是供社会最上层的一小撮人使用,所以多半精雕细刻,外壳用红木、花梨木、柏木、楸木等高质量木材制成，叫人爱不释手。

这种冰箱可不是徒有其表，比外形更让人惊叹的，是它的"内涵"：土冰箱没有制冷系统，还是得靠天然冰来保证箱内的低温，因而箱内选用铅或锡贴面。这样的选择是相当科学的，铅和锡导热性弱，隔热效果颇佳，可保证冰块长时间不融化；同时，金属表面还避免了如木质箱体般直接被冰水侵蚀。另外，箱内还安置了木屉以托承冰块，这样当冰水开始出现的时候，不至于让水浸泡到未融化的冰块，导致未融冰块也迅速消融。

箱盖上镂有小孔。一方面是为了通风，提升冰镇食品的鲜度；另一方面还有个很经济实惠的考虑，那就是用冰块散发的冷气给室内降温，简直是冰箱空调一体化。箱底钻有小孔，随时排放冰水，保证箱内的洁净干爽。而且在箱底下还额外做了个支架，支架宽阔的四腿间可容下一个中等大小的器皿，以接纳流泻的冰水，不至于用完冰箱还得拖地。从头到脚，设计的每一个细节，都充满了技术含量和人性化的光芒。

乾隆皇帝曾写过一首诗，专门称赞一类叫作"冰碗"的小吃："浮瓜沉李堆冰盘，晶光杂映琉璃丸。解衣广厦正盘礴，冷彩直射双眸寒。雪罗霜簟翻珊珊，坐中似有冰壶仙。冰壶仙人浮邱子，朝别瑶宫午至此。古人点石能成金，吾今化冰将作水。"冰碗是将各类瓜果，藕、莲蓬、菱角等气味清新的河鲜和各种甜食冰镇之后做成的。

时至清代，冰的存储量暴增，所以冰碗不独皇室能享用，民间也有类似的清凉小吃，"暑衣裁葛叶，冰碗浸菖花"（毛奇龄《临江仙》）。清人顾禄的《清嘉录》，记述了清代苏州三伏天时的风俗："土人置窖冰，街坊担卖，谓之凉冰。或杂以杨梅、桃子、花红之属，俗呼冰杨梅、冰桃子。"冰杨梅、冰桃子就是简陋版的冰碗。

乾隆时期，宫内果房贮存的干鲜果数量达两百多种[1]，冰碗可以做出数量惊人的花样来。老百姓手里的果品种类与果品质量当然都不能和皇室的相比，但享受之心不衰，就用不多的材料，做一碗朴实无华的水果杂冰。食用的时候，皇帝的幸福感和老百姓的幸福感是差不多的。乔远炳《夏日》诗"薰风愠解引新凉，小暑神清夏日长。……雪藕冰桃情自适，无烦珍重碧筒尝"，徐釚《蝶恋花·咏杨梅》词"冰碗盛来消暑渴。可似杨家，佳果江南绝"，皆证明老百姓的冰桃子、冰杨梅滋味甚好，比起紫禁城的冰碗来毫不逊色。

再继续追溯，水果杂冰还有一个更简陋的版本，那就是冰镇瓜果。有诗为证：魏时曹丕文曰"浮甘瓜于清泉，沉朱李于寒水"（《与吴质书》），唐代方干诗云"却用水荷苞绿李，兼将寒井浸甘瓜"（《题悬溜岩隐者居》），元稹诗云"冰井分珍果，金瓶贮御醪"（《奉和浙西大夫李德裕述梦四十韵大夫本题言赠于梦中诗赋以寄一二僚友故今所和者亦上述翰苑旧游而已次本韵》），冰镇后的瓜果更加爽脆，不用添什么配料、玩什么花样，已足够解热消暑。

清代宫廷管冰镇瓜果叫冰果。乾隆一生酷爱诗歌创作，生活中鸡毛蒜皮的小事都不免拿来吟咏一番，更何况是别有风味的清凉饮馔。故乾隆有《冰果》诗一首："蝉噪宫槐日未斜，液池风静白荷花。

---

[1] 数据来源于苑洪琪：《中国的宫廷饮食》，商务印书馆国际有限公司1997年版，第88页。

（清）赵之谦《蔬菜花卉图之四》

夏季瓜果繁多，略作冰镇，甘芳清冽，叫人爱不释手。

满堆冰果难消暑，敕进金盘哈密瓜。"而《冰果》的诗注等于一个简易菜谱，写明了冰果的制法："以杂果置盘中，浸以冰块（为冰果），都中夏日宴饮必备。"乾隆诗作的质量不过尔尔，于文学的贡献几乎可以忽略不计，但后世的民俗学家得感激他，感激他记下那么多鸡毛蒜皮，我们才能复原那个时代活色生香的生活。

相比之下，慈禧太后的清凉小吃加工程序就复杂多了。在《宫女谈往录》中，宫女荣儿回忆起了慈禧在颐和园消暑时食用的甜碗子，语气里满满的都是怀念："宫里头出名的是零碎小吃。秋冬的蜜饯、果脯，夏天的甜碗子，简直是精美极了。甜碗子是消暑小吃，有甜瓜果藕、百合莲子、杏仁豆腐、桂圆洋粉、葡萄干、鲜胡桃、怀山药、枣泥糕等等。甜瓜果藕不是把甜瓜切了配上果藕，而是把新采上来的果藕嫩芽切成薄片，用甜瓜里面的瓤，把籽去掉和果藕配在一起，用冰镇了吃。葡萄干、鲜胡桃，是把葡萄干（无核的）先用蜜浸了，把青胡桃（南方进来的）砸开，把里头带涩的一层嫩皮剥去，浇上葡萄汁，冰镇了吃。吃果藕可以顺气，吃青胡桃可以补肾。"果藕清脆，瓜瓤柔软，搭配出丰富而微妙的口感层次；葡萄酸甜，胡桃鲜甜，两甜相遇有如"金风玉露一相逢"，能创造味觉的奇迹。

慈禧太后的清凉小吃很美，但背后的故事一点也不美。当时颐和园用冰皆取自海淀冰窖，靠御冰车拉回。御冰车既是为高高在上的太后服务，那么飞扬跋扈也是"情理之中"，它在取冰过程中一路横冲直撞，撞倒甚至撞伤行人也不管不顾，绝尘而去。所以时人打趣御冰车，说赶车的人是独眼龙，拉车的马也是眼盲，否则怎会沿街冲撞行人与店铺，毫无避忌？时人所谓"三瞎"，即"瞎人、瞎马、瞎横"。"三瞎"这个总结，幽默感十足。但许多历史故事都是这样，说书人说得热闹，听书人觉得好笑，唯有那个时代的当事人，满心的酸楚。

鲂腾熊掌，豹胎龟肠

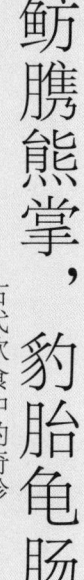

古代饮食中的奇珍

人心总是难以餍足，企图追逐更高级的享受，这一点在饮食上也不例外。在寻常饭菜之外，人们开始追逐奇珍异馔，而每个朝代选出的八珍，便是古时奇珍异馔的代表。不同的时代有不同的八珍，从周八珍到清八珍，从只有陆生家畜到天南地北山珍海味齐全，这过程与中国从中原弹丸之地拓展成为世界上幅员辽阔的国家之一是同步的。食案上菜肴的变化，不仅带给国人源源不断的口福，也诉说着中华崛起的故事。

记得某位民国作家写过一件趣事：在中国某些不产鱼的地方，鱼被人们视为珍稀之物，格外名贵。每逢宴客，主人家要准备三牲，到最后还得端出一盆"鱼"来。此鱼非彼鱼，这"鱼"乃用木头做成，只得形似，不能入口。但功夫做得足，"鱼"上还特地加了佐料，远远望去，同真的一样。筵席上主人还要客气，拿着筷子向宾客虚让一下"请食鱼"，宾客也很识趣，并不吃鱼，恭恭敬敬地回答："留有余！留有余！"就这样，众人在食有奇珍的幻想中，心满意足地吃完尽是普通菜式的筵宴。

这件趣事除了博君一笑，还证明了一点，那就是国人对奇珍异馔的向往之深，哪怕由木头扮演奇珍，也不能让餐桌平淡到底。

一、俗客惟夸嗜八珍

要说古代奇珍异馔的顶尖代表，非八珍莫属。写及筵宴的古诗词，只要想表现菜品丰富而珍贵，一定会有八珍亮相，比如"八珍罗玉俎，九酝湛金觞"（刘瑞《和初春宴东堂应令诗》）、"金卮倾斗酒，琼筵列八珍"（于仲文《侍宴东宫应令》）、"冠盖云集，樽俎星陈。肴蒸多品，八珍代变"（张华《宴会歌》），举不胜举。

《周礼·天官》一句"凡王之馈，食用六谷，膳用六牲，饮用六清，羞用百有二十品，珍用八物，酱用百二十瓮"，向我们展示了周天子的餐桌是多么丰盛，而其中提到的八珍，则是那个时代最高身份的象征。八珍，是八种珍贵、稀有的菜肴的总称，普通人不要说品尝，就连远远望着它们吞口水的机会也找不到。那"万众景仰"的八珍究竟是什么呢？分别是淳熬、淳母、炮豚、炮牂、捣珍、渍、熬和肝膋。

看这八道菜肴的名字奇异非常，只道是用了天上有地上无的原料，但经过一番考据，真相让人大跌眼镜：淳熬，是加入了动物油脂的肉酱盖浇饭；淳母，浇上油和醢[1]的黍米饭；捣珍，用各种动物的里脊肉泥做成；渍，香酒腌制牛肉；熬，烘干的牛、羊、獐、鹿肉脯；肝膋，狗肠网油烧烤狗肝；炮豚的做法略复杂，将乳猪去毛，再用泥土、草叶等物包裹之后放在明火中烧烤，乃是周代的烤乳猪；炮牂的做法同炮豚一样，只是主角由乳猪换成了羊羔。

以今人的眼光来看，周代八珍的原材料不过就是普通的家畜，毫无珍稀可言；做法虽然考究，但尽是肉上再浇油的腻歪搭配，且调味手段单一，估计八珍的滋味也不敢恭维。如斯八珍，为什么能让周天子引以为傲？周天子就吃这些算不上多精美的饭菜，他真的幸福吗？

我的回答是：周天子吃八珍的时候一定非常幸福。道理正如罗伯特·弗兰克在《奢侈病：无节制挥霍时代的金钱与幸福》中所总结的那样："作为亚当·斯密提出著名的'看不见的手'的理论基础，传统经济模式认为，决定一个人幸福感的主要经济因素是他绝对的生活水平。但是，正如实际上其他每一个人早就意识到的那样，正是相对生活水平经常被证明是十分重要的。"

弗兰克用许多事例证明了人们对相处处境的强烈关注，其中一个叫作"最后通牒谈判对策"的试验非常震撼人心。试验在两人之间进行，一方是提议者，一方是

---

[1] 醢，以肉为主料，以盐、酒、造酒用的粱曲为辅料制成的肉酱，常用作肉食的调料。醢的制作过程中，肉酱需放在瓮中密封百日。

回应者。提议者首先得到一笔钱，他需要做出选择，选择如何与回应者分割这笔钱。而回应者也需要做出选择：选择一是接受提议者的分割办法，则双方最终各自拿到提议分割的钱数；选择二是拒绝提议者的分割办法，则双方必须把那笔钱退还给试验主持人，无论是提议者还是回应者，最后都将颗粒无收。如果像传统经济理论假设的那样，每个人仅关心自己的绝对收入以及绝对处境，那么无论提议者提出的分钱方案如何不公，只要还有钱分给回应者，回应者都不应拒绝方案，因为拒绝则意味着毫无收益。这是理性的思考过程，可惜人类虽贵为高等动物，却无法彻底摆脱非理性。

在这类试验中，作"九一开"的分钱提议，几乎没有一例能够成功分割。也就是说，回应者情愿与提议者"同归于尽"，也不接受过于不公平的分割方案。且这还不能归咎于文化风俗的原因，因为在各个不同的国家做试验都得到了相同的结果。这个试验充分证明，人们最在意的绝非自己的绝对处境，而是相对处境。古人云"不患寡而患不均"，便是这个道理。

再说周八珍，在那个绝大多数人唯一的人生目标就是果腹、生产生活资料极度匮乏的落后时代，周天子那并不太珍稀甚至并不太可口的"八珍"，相比平民碗中的粗粮、菜根、豆汁，已足以证明天子高贵的身份，让天子幸福爆棚。这，就是对比的力量，幸福来自与他人对比后产生的优越感，而非绝对处境。当多数人都在吃糠，你能吃到米便觉自己非同凡响；而当多数人都在吃龙，即使你吃的是松阪猪、神户牛，也会像吃糠一样沮丧，身在底层的挫败感压倒了一切。

所以，请别再因为现代科技进步、生产力发达，古代生活简陋、物资贫乏，就说"现代最穷的人也比古代的皇帝过得好"这样的蠢话，我们要谨记伟大的马克思说过的一段伟大的话："一栋房子可能是大的或是小的，只要周围的房子同样都是小的，那么，它就满足了所有的作为住宅的社会需求。但是，如果在这栋小房子旁边竖起一座宫殿，那么，这栋小房子就变得渺小了，成了一间茅屋。"

  明白了这个道理，就能明白没有永远的八珍。所谓的"珍"，是跟那个时代绝大多数人所占有的资源进行对比的结果，今天价值连城，明天也许就如同草芥了。随着社会的发展、时代的更迭，周代八珍逐渐失去了"稀有"这一项属性，新的八珍慢慢崛起了。

唐墓壁画《宴饮图》古代大型宴会菜品丰盛，"九酝备圣贤，八珍穷水陆"。

鲂腾熊掌，豹胎龟肠

秦汉至南北朝时，八珍盛名不坠，晋人郭璞的"王孙列八珍，安期炼五石"（《游仙诗十九首》之七），南朝沈约的"道我六穗罗八珍，洪鼎自爨匪劳薪"（《需雅八首》之八），梁武帝萧衍的"兰园种五果，雕案出八珍"（《幻诗》），都证明八珍仍活跃在贵族的食案，然而究竟是哪八珍，正史与诗文中皆无载。不过，汉代从西域引入了胡桃、无花果、番红花、胡萝卜等大量新型食材，南北朝时饮食方面的创新不断涌现，《齐民要术》中已有酱、糟、醉、冻、炒等二十多种烹饪手法。由这一系列的事实可做出推断：这时的八珍，绝不可能再同于周代的八珍，因为早已不再是"七月吃瓜，八月吃葫芦，九月吃麻子，采些苦菜砍些柴，就是农夫半年粮"[1]的时代。

唐代正史中也没有罗列唐代八珍到底是什么，但唐代的诗歌与小说弥补了这项缺憾。白居易诗曰"九酝备圣贤，八珍穷水陆"（《和梦游春诗一百韵》），证明唐代的八珍已纳入水产，不再似周八珍一般只有陆地生物；而杜甫诗曰"紫驼之峰出翠釜，水精之盘行素鳞。犀箸厌饫久未下，鸾刀缕切空纷纶。黄门飞鞚不动尘，御厨络绎送八珍"（《丽人行》），证明唐八珍中已有周代所没有的驼峰、白鱼等。

唐代张鷟《游仙窟》，可视为一部顶级妓院游记，以香艳绝伦的性描写而闻名于世，而同样闻名于世的，还有书中一桌珍品荟萃的筵席："东海鲻条，西山凤脯，鹿尾鹿舌，干鱼炙鱼，雁醢荇菹，鹑臘桂糁，熊掌兔髀，雉臛豺唇，百味五辛，谈之不能尽，说之不能穷。"由全书夸张的笔调来揣

---

[1] 《诗经·豳风·七月》："七月食瓜，八月断壶，九月叔苴。采荼薪樗，食我农夫。"

测，一切乃是幻想，作者并没有当真吃过这样的筵席，但幻想也是以现实为起点的。除了凤脯，其他菜肴完全可能存在于现实之中。这些形形色色的奇珍证明，唐八珍上有飞禽中有走兽下有海味，海陆空三栖并存于一席。

元代的八珍与其他朝代的八珍殊为不同，"所谓八珍，则醍醐、麆沆、野驼蹄、鹿唇、驼乳糜、天鹅炙、紫玉浆、玄玉浆也"（陶宗仪《南村辍耕录》）。蒙古人最擅长两件事情，一件是打仗，另一件就是畜牧，所以猪牛羊等家畜入不了蒙古人的法眼。在他们心目中，只有难得一见的天鹅肉，才配称之为奇珍。"春宫天鹅压酥酪，凝香夕帐貂皮温"（周霆震《杜鹃行》），这才是元代贵族至高的享受。

驼乳糜是用驼奶制成的粥，口感醇厚。紫玉浆是葡萄酒，耶律楚材诗中所写的"琉璃钟里葡萄酒，琥珀瓶中杷榄花"（《西域蒲华城赠蒲察元帅》），属元人筵席上不可或缺的风光。麆沆是马奶酒，耶律铸写诗称赞麆沆"玉汁温醇体自然，宛然灵液漱甘泉。要知天乳流膏露，天也分甘与酒仙"（《行帐八珍诗·麆沆》），大有"此酒只应天上有"的架势，想必滋味不凡。玄玉浆则是用葡萄和马奶共同酿成的酒，综合了紫玉浆与麆沆的美好。醍醐是酥酪上凝结的油，奶中菁华，套用一句广告词来介绍它，那就是"不是每一种奶都叫醍醐"，大赞麆沆的耶律铸对醍醐同样赞不绝口："众珍弹压倒淳熬，甘分教人号老饕。饕大名非痴醉事，待持杯酒更持螯"（《行帐八珍诗·醍醐》）。

有酒有奶有油，元代的八珍不再只是几道珍稀菜肴，而是囊括了美食的各个方面。如此八珍，亦张扬着元朝的时代精神，那便是民族大融合——葡

鲂腾熊掌，豹胎龟肠

萄酒来自炎热的西域，马奶酒和醍醐来自荒寒的北方部落，各族美食都在元代宫廷宴会上实现了聚首。这是各色美食的交锋，也是异族文化的碰撞。然而就是这一次又一次的交锋与碰撞，最终塑造了国人豁达与包容的个性，以及华夏文明五彩纷呈、不拘一格的模样。

周八珍以猪牛羊为主打，而野驼蹄、鹿唇入选了元八珍，这见证了国人饮馔精细化的进程：野驼蹄，骆驼的蹄掌，因骆驼要在沙漠中长途奔走，故脚掌的肉十分肥厚，"春薤旋浇浓鹿尾，腊糟微浸软驼蹄"（耶律楚材《赠浦察元帅七首》之四）；鹿唇，驼鹿的嘴唇，驼鹿全身最细腻柔软的部分，"麟脯谁教冠八珍，不甘腾口说猩唇"（耶律铸《行帐八珍诗·驼鹿唇》）。野驼蹄、鹿唇，所谓的珍品，不再是某种珍贵的动物，而是某种珍贵动物身上精华的部位。

最开始，一只普通的动物已能让人们心满意足；慢慢地，要珍稀动物最可口的部位才能得到青睐；到最后，也许地球上再没有什么能安慰食客欲求不满的心。不只中国的食客如此，西方也不乏无止境地追求奇珍的老饕。法国19世纪的美食家布伊亚-萨瓦兰便是其中佼佼者，他为社会不同的阶层、不同收入群体研拟了代表食谱，对菜肴分量和烹饪方法都有着墨，而他为富人拟定的菜单，充分证明了人类在饮食上的贪婪：一只七磅重的鸟禽，肚子填满佩里戈尔松露，须填至鸟身滚圆如球；一大块形如堡垒的史特拉斯堡肥鹅肝；一大条加了很多佐料和配料的香柏式河鲤；白酒骨髓炖松露鹌鹑，配上涂了九层塔牛油的烤面包片；吊挂熟成的雉鸡，鸡肚填镶五花肉等配料，配上吸满了油脂佐料的烤面包片；一百根嫩芦笋，每根如五六条棉线般细，佐高汤酱汁；两打普罗旺斯式蒿雀。[1]

尽管布伊亚-萨瓦兰高呼"饕餮有理"，因为这显示了"对造物主指令的绝对服从，主命令我们为生存而吃，让我们有胃口，鼓励我们品尝味道，使我们从中获得乐趣"。仿佛有了主的命令，暴食行为便有了完美的辩护词。但主命令我们为生存而吃，我们却早已不只是为生存而吃，否则哪需要开发出白酒骨髓炖松露鹌鹑、形如堡垒的史特拉斯堡肥鹅肝，以及麏沆、野驼蹄、鹿唇、驼乳糜这般珍奇的菜式？

欲望呵，多么奇妙，它促使我们不断前进，沟通的欲望导致了电报与电话的发明，清凉的欲望促进了空调与电冰箱的诞生，所有的科技创新无一不是为欲望而生。欲望让我们变得残忍，肆无忌惮地开发资源，搜捕远超人类生活所需的食材，直至榨干这颗蓝色星球最后一滴血。

元八珍之后紧跟着出现的是明八珍。张九韶在《群书拾唾》中，记录了明八珍为何物，即龙肝、凤髓、兔胎、鲤尾、鸮炙、猩唇、熊掌和酥酪。从名目之离奇便可知，若不是明人给某些现实的食材取了不现实的名字，那就是明八珍根本只是明人光怪陆离的幻想。而从明代写及奇珍异馔的诗词来看，"龙肝食罢知难老，笑挹群真跨紫鸾"（胡应麟《游烂柯山题青霞洞天石室中》），"玉壶清酒波粼粼，鲤鱼尾杂猩猩唇"（沈愚《大堤曲》），无一不是以雍容的气度取胜，说得露骨点，其实明人不甚在意奇珍真实的滋味，吃奇珍吃的是奢侈与尊贵之感。

到了清朝，华夏物产更加丰富，光评选八种珍品实在太难取舍，于是

[1] 转引自〔英〕菲利普·费尔南多-阿梅斯托著，韩良忆译：《文明的口味：人类食物的历史》，新世纪出版社2012年版，第128页。

鲂腾熊掌，豹胎龟肠

贵族们索性在每个领域都选出了八珍。满汉全席就包含了四类八珍，分别是山八珍、海八珍、禽八珍、草八珍。山八珍包括驼峰、熊掌、猴脑、猩唇、象拔、豹胎、犀尾、鹿筋；海八珍包括燕窝、鱼翅、大乌参、鱼肚、鲨鱼骨、鲍鱼、海豹、狗鱼；禽八珍包括红燕、飞龙、鹌鹑、天鹅、鹧鸪、彩雀、斑鸠、红头鹰；草八珍包括猴头菇、银耳、竹荪、驴窝菌、羊肚菌、花菇、黄花菜、云香信。[1]

四八珍罗列出来，几乎组成了中国地图，俨然就是清代版的《舌尖上的中国》：红燕来自海南，飞龙来自东北，驴窝菌、羊肚菌来自江苏，花菇来自广东，银耳来自四川……从周八珍到清八珍，从只有陆生家畜到天南地北山珍海味齐全，这过程与中国从中原弹丸之地拓展成为幅员辽阔的世界大国是同步的。食案上菜肴的变化，不仅带给国人源源不断的口福，也诉说着中华崛起的故事。

历代八珍只是古代餐桌上奇珍异馔的代表，还有许多除八珍以外的珍稀菜肴。而林林总总的奇珍，像演员一般登台，合演了中国五千年饮食史上华丽的两出大戏。

一出大戏在曹植的《七启》里："芳菰精稗，霜蓄露葵。玄熊素肤，肥豢脓肌。蝉翼之割，剖纤析微。累如叠縠，离若散雪。轻随风飞，刃不转切。山鸡斥鷃，珠翠之珍。寒芳苓之巢龟，脍西海之飞鳞。臛江东之潜鼍，腾汉南之鸣鹑。糅以芳酸，甘和既醇。玄冥适咸，蓐收调辛。紫兰丹椒，施和必节。滋味既殊，遗芳射越。乃有春清缥酒，康狄所

[1] 象拔，象鼻；狗鱼，娃娃鱼；飞龙，产于东北的一种飞禽，又叫榛鸡；云香信，香菇的一种。

诗词里的人间百味

营。应化则变，感气而成。弹徵则苦发，叩宫则甘生。于是盛以翠樽，酌以雕觞。浮蚁鼎沸，酷烈馨香。可以和神，可以娱肠。"

另一出大戏在张协的《七命》中："大梁之黍，琼山之禾，唐稷播其根，农帝尝其华。尔乃六禽殊珍，四膳异肴。穷海之错，极陆之毛。伊公爨鼎，庖子挥刀。味重九沸，和兼勺药。晨凫露鹄，霜鵽黄雀。圆案星乱，方丈华错。封熊之蹯，翰音之跖。燕髀猩唇，髦残象白。灵渊之龟，莱黄之鲐。丹穴之鹦，玄豹之胎。煇以秋橙，酤以春梅。接以商王之箸，承以帝辛之杯。范公之鳞，出自九溪。赪尾丹鳃，紫翼青鬐。尔乃

〔宋〕马远《华灯侍宴图》

马远并未近距离地描摹宴会细节，观者但见青山杳渺、花树繁荣、高堂华屋，自会想象宴会的热闹，愈看愈沉迷，最后竟能从画面中听闻隐约的歌吹声——这，就是中国画含蓄的表达方式。在这样一场宴会的桌案上，必然是"穷海之错，极陆之毛"。

命支离,飞霜锷。红肌绮散,素肤雪落。娄子之豪不能厕其细,秋蝉之翼不足拟其薄。繁肴既阕,亦有寒羞。商山之果,汉皋之榛。析龙眼之房,剖椰子之壳。芳旨万选,承意代奏。乃有荆南乌程,豫北竹叶。浮蚁星沸,飞华萍接。玄石尝其味,仪氏进其法。倾罍一朝,可以流湎千日。单醪投川,可使三军告捷。斯人神之所歆羡,观听之所炜晔也。"

年代太过久远,事实在时间之河中沉没,每道菜肴的口感与卖相今人已无从知晓。但看这通篇绮丽字眼,便可想见菜品的珍贵与艳美。玄熊山鹨,巢龟飞鳞,商山之果,汉皋之榛,菜肴界的天王天后轮番登场,餐桌上星光熠熠。

二、假作真时真亦假

人们对奇珍有着孜孜不倦的渴望,但奇珍对绝大多数人来说,不是可望而不可即,便是连望的资格都没有,这就催生了"假菜"的发明。何谓"假菜"?就是用一些食材"假冒"另一些食材。但在这里,"假冒"并无贬义,"假菜"的制作手段之高明,常让人拍案叫绝:"了不起的古代人!"

唐宋之际的名菜——羊眼羹,据说有疗愈眼疾的神奇功效,仅这一点已足以让它成为古人眼中的奇珍,加之羊眼数量有限,故一羹难求。这个时候,就轮到假羊眼羹登台唱大戏了,具体做法是:"羊白肠一条,净洗。用大螺煮熟,挑出,取螺头。以绿豆粉、水调稀,拌和螺头,灌入羊白肠内。紧系两头,熟煮。取出,放冷。薄切,作羹。俨然羊眼无辨也。"(陈元靓《事林广记》)将墨色的螺头嵌在羊白肠中,切片之后黑镶白,俨然就是眼珠的模样，真假难辨。

大鹏卵，估计真要吃起来，味道也不过如斯，但大鹏那"扶摇直上九万里"的光辉形象，令古人对大鹏卵心生向往。但大鹏况且少见，遑论大鹏卵了，于是人们又造出了假大鹏卵："猪胞、羊胞各一个研令薄，度其大小，打鸡、鸭子，清、黄分两处。先将清灌猪胞内，次却入羊胞于猪胞内，却灌黄于羊胞，令当中心，紧系熟煮。取出，放冷，如鸡子黄白分明，浇椒、盐、醋吃。"（陈元靓《事林广记》）此手法实在巧妙：将众多鸡蛋、鸭蛋的蛋黄与蛋清分离开来，将蛋清灌入猪胞，蛋黄灌入羊胞，并把羊胞系在猪胞的中间。煮熟之后切片，同鸡蛋一般黄白分明，唯一的不同是它比鸡蛋大得多，完全满足了人们对大鹏卵华丽的想象。

鼋鱼，又称甲鱼。鼋鱼本就难得，而在古人心目中，鼋鱼总与神仙世界相连，如"乘鼋非逐俗，驾鲤乃怀仙"（江淹《采菱曲》）、"驾鼋临碧海，控骥践瑶池"（薛道衡《从驾天池应诏诗》），这些神怪传说更加深了鼋鱼的珍稀色彩。鼋鱼难寻，幸而餐桌上还有假鼋鱼这个"替身演员"，假鼋鱼羹做法如下："肥嫩黄雌鸡腿，煮软去皮丝劈如鳖肉，别煮黑羊头软，丝劈如裙襕。更用乳饼、蒸山药和搜作卵，以栀子水染过。或用鸡鸭黄同豆粉搜和丸为卵，沸汤内焯过，以木耳、粉皮丝作片，衬底面上对装，肉汤荡好，汤浇，加以姜丝、青菜头供之，若加以桑娥、乳饼，尤佳。"又是肥鸡又是黑羊，耗费的原材料也不输鼋鱼本身了；既要做出鼋鱼体表的肉，还要做出它体内的蛋，以臻表里皆酷似的至高境界。

沙鳝，貌似是尖尾鳗，具体不可考，但可以确定的是它并非常见物种。

既不常见，想用它做菜自然也不易，于是假沙鳝横空出世："羊脊膂肉批作大片，用绿豆粉、白面等分表里匀糁，以木骨鲁槌拍，如作汤窝相似，甑上炊作合宜，熟取出放冷，斜纹切之，如鳝生，纵切横切皆不可，唯斜纹切似，别用木耳、香菜少许簇钉，用脍醋浇作下酒。"一般"假菜"的制作重点在于烹调过程，而假沙鳝的制作重点在于烹调完成之后切片的环节。请注意，横切竖切都会破坏假沙鳝的逼真度，唯有斜切这一条路。

清代《调鼎集》的作者堪选"感动中国十大杰出人物"，他常常在奇珍异馔的菜谱之下，立即向普罗大众提供制作假奇珍的方案，且提供的方案往往还不止一套。

熊掌，餐桌上的巨星，宋人诗云"牛心与熊掌，梦寐不到口"（韩元吉《食田螺》），说牛心与熊掌这样的菜品，是做梦都难以吃到的奇珍。其实平心而论，牛心不算难得，但熊掌的确稀有。《调鼎集》就有两个做假熊掌的方法，一是代熊掌，"将蒸熟雄蟹剔出白油，配肥肉片、脂油丁、松菌、蘑菇、酱油、姜汁、鸡汤脍，味媲熊掌"；一是假熊掌，"用火腿、爪皮、肺煨烂"。两种方法所耗财力不同，任君挑选。中产之家可选前者，蟹、松菌等还是要花些银两的；小康之家也莫气馁，还有火腿这一略便宜的替代方案。

鱼翅，传说中的滋补圣品，《调鼎集》中烹真鱼翅的菜谱后面，也尾随着做假鱼翅的两个方法，"用海蜇皮厚者上连下切丝，或烂烧鱼翅，去须取脊肉切大骰子块，肥鸭、火腿块煨羹"。两个方法，仍是针对不同家境的人而设计。

我总觉得，作者将几种便宜的替代方案紧附在昂贵的菜谱之后，且每种耗财耗时耗力皆不同，是心怀善良的，他仿佛在告诉读者：穷人不用望奇珍异馔而兴叹，谁说穷就不能享福？就让穷人用廉价而常见的材料，烹调出与富人等量齐观的幸福和满足。据说《调鼎录》的作者是《扬州画舫录》卷九中提到的扬州盐商童岳荐，扬州盐商富可敌国，但《调鼎录》并不只为富人而写。

鲥鱼，古代四大名鱼之首，味之鲜美远超其他鱼，否则明代大学者胡应麟不会作诗慨叹："最爱鲜鳞出素波，金盘玉箸荐银梭。人生事事元堪恨，岂独鲥鱼骨太多。"（《鲥鱼水族中佳品也，江淮惟二月有之，故亦谓时鱼。昔人恨鲥鱼多骨，此物鳞刺尤多。余酷重其风味，每食必尽数盘，座中戏题此绝》）人生恨事无数，几乎事事都有遗憾，但在那么多遗憾之中，诗人最大的遗憾乃是鲥鱼味极鲜，刺却太多。其实鲥鱼值得古人遗憾的地方还有很多，比如鲥鱼只在每年初夏时节可以捕捞到，其他时节再无品尝鲥鱼的可能，因此鲥鱼价格奇高，成为普通百姓家想都不敢想的奇珍。

明代中期开始，鲥鱼被规定为江南上呈的贡品。从江南到北京，大约三千里，"六月鲥鱼带雪寒，三千江路到长安"（于慎行《纪赐四十首·赐鲜鲥鱼》），路漫漫其修远兮，鱼却要求在二十二个时辰内送到皇帝的餐桌上。为争取时间，送鱼的船不能停靠，送鱼的马不能停蹄，送鱼的人也不能休息，甚至不能吃饭，一路上只靠鸡蛋、酒和冰水来充饥、提神、解渴。超高强度的奔波，导致的结果常常是"三千里路不三日，知毙几人马几匹"（沈名荪《进鲜行》），惨不忍睹。但宫中对这一切毫不知情，或者即便知情也不甚在意，他们忙着大摆鲥鱼宴呢。宫廷厨房早在鲥鱼送达之前，便做好烹调的一切准备，鲥鱼一到，片刻不耽搁，立时下锅，给皇帝献上最鲜滋味。皇帝饱餐后，再将剩余的鲥鱼分一些给受宠的大臣与侍卫，这便是一年一度的鲥鱼盛会。

  分赐鲥鱼乃是皇帝对下属的深切关爱，但不管皇恩何其浩荡，鲥鱼终是轮不到小官小吏，更不用说小老百姓了。达官贵人赞不绝口的"鲥鱼宴"，被老百姓称作"鲥鱼害"。"一骑红尘妃子笑，无人知是荔枝来"（杜牧《过华清宫绝句三首》之一）的悲哀，在君主专制时代永远不会断绝，金字塔尖一人的爱好，可以将金字塔底无数人的生活搅得人仰马翻。区别仅在于，塔尖人的爱好有时是荔枝，有时是鲥鱼。

  清代两江总督梁章钜在位时常能享用到鲥鱼，辞官之后，自然与珍味再无缘分。但肚里的馋虫每年一到初夏就闹得厉害，梁章钜通过多次试验，终于找到了鲥鱼的完美替身——鳊鱼。鳊鱼直接吃味道并不像，但若将生鳊鱼和酒、酱油、香蕈、笋尖一起来清蒸或油煎，做出来的味道与鲥鱼非常近似，号称假鲥鱼。烹饪的关键是锅盖需盖得严严实实，不可受了水汽，估计这么做的理由是：即便鳊鱼和香蕈、笋尖一道发力，依然同鲥鱼的鲜美有距离，故切不可进了水汽，否则鲜味更寡，与鲥鱼就不像了。

  假鲥鱼、假熊掌等模仿的还是现实中的奇珍异馔，而古人还利用现实中的材料，模仿幻想中的奇珍异馔，比如唐代《烧尾宴食单》中出现的"仙人脔"一菜。仙人脔，即仙人的肉块，但谁也没有当真见过仙人，且如若仙人能被人类逮住剥皮切肉，也就不配称仙了，故仙人脔只是幻想中的菜式。

做幻想中的菜式说难也难，说不难也不难，道理等同于"世间最容易画的是鬼"，既然谁都未曾见过或品尝过，那么厨子可以挽起袖子恣意发挥。唐人做的仙人脔，也就是奶汁炖鸡，鸡鲜奶醇，倒是一对好搭配。那仙人餐风饮露、倚云枕霞，肉质一定鲜香白嫩，也只有奶汁炖鸡略可比拟。

再比如宋代《山家清供》记载的"蓝田玉"一菜。蓝田玉，正是李商隐笔下最美的诗句"沧海月明珠有泪，蓝田日暖玉生烟"（《锦瑟》）中所提到的绝世美玉。

林洪在公布菜谱之前，还做了一段意味深长的背景介绍，说蓝田出产美玉，后魏的李预因羡慕古人服用玉石以求长生的方法，就到蓝田去寻找美玉，果然寻得七十块上佳的玉石，天天磨粉服用。但李预酗酒又好色，玉石也没能挽救他，他的身体还是垮了。人之将死，其言也善，李预在重病中对自己的妻子忏悔说：服玉的同时还需修身养性才能得长生，我酒色不戒，自作孽才导致了不可活，跟玉石无关；如果我能养心节欲，即使不服用玉石，也可长生。宋代士大夫极看重内心的修炼，《山家清供》虽是菜谱，士大夫林洪也常借说菜对世人的灵魂敲响警钟。

接下来进入正题。虽古人常提到服食蓝田玉，例如杜甫的"未试囊中餐玉法，明朝且入蓝田山"（《去矣行》），杨万里的"尚有囊中餐玉法，蓝田山里过明朝"（《跂天台王仲言乞米诗》），但正如诗中所暗示的那样，餐玉法的命运，通常也就只是被人们装在囊中，蓝田玉这种"食品"，绝大多数时候仅存在于幻想中。那么宋人的"蓝田玉"菜到底是用什么做的呢？准备一两个葫芦，去皮，切成两寸见方的小丁，模仿玉石的模样，接着将

鲂腾熊掌，豹胎龟肠

〔清〕佚名《金瓶梅词话》插图

《金瓶梅词话》中的性事描写远不及美食描写多。据统计，书中列举的食品达两百多种，茶十九种，酒二十四种，大小饮许多人大概想不到，《金瓶梅词话》中的性事描写才一百零五次。西门庆的家宴，奇珍异馔俱备，以某次宴饮为例，"红邓邓的泰州鸭蛋，曲弯弯王瓜拌辽东酒场面二百四十七次，而性事描写才一百零五次。西门庆的家宴，奇珍异馔俱备，以某次宴饮为例，"红邓邓的泰州鸭蛋，曲弯弯王瓜拌辽东金虾，香喷喷油炸的烧骨，秃肥肥干蒸的劈晒鸡……一瓯儿滤蒸的烧鸭，一瓯儿水晶膀蹄，一瓯儿白炸猪肉，一瓯儿炮炒的腰子。落后才是里外青花白地磁盘，盛着一盘红馥馥柳蒸的糟鲥鱼，馨香美味，入口而化，骨刺皆香。西门庆将小金菊花杯斟荷花酒，陪伯爵吃"。这幅画表现的是宴饮刚开始，奴仆正在上菜，接下来还有无数好菜要登台。

"玉石"蒸至熟透，再配上酱一起食用。

林洪最后总结陈词：这道"法制蓝田玉"，并不用花什么烧丹炼药的功夫，只需食客在吃的时候排除烦恼与妄想，久而久之，自然神清气爽，胜过一切长生药。说到底，保持内心纯净，才是至高的养生之道。

菲利普·费尔南多-阿梅斯托在《文明的口味：人类食物的历史》中，搜罗了世界文明史上各位宗师关于饮食的禁欲言论："孔子曾表示，要求食物绝对新鲜，经过巧手烹饪，摆设精美，都并不违背简朴的原则；在这三方面将就行事反而是野人的行径。不过肉不宜多吃，口气不可令人闻出肉味。姜之类的辛辣调味料用量需少，饮酒应适度，不可失礼。孟子谴责富人无视穷人匮乏，放纵无度；他表示'寡欲'是获得真正幸福的良方。食量小是佛性的表征。……婆罗门对食物无动于衷；毕达哥拉斯乐在禁食；节制是斯多噶学派的美德，希腊的斯多噶派哲学家爱比克泰德认为，吃和交媾一样，皆'应偶一为之'。在耶稣的圈子里，五饼二鱼就是很丰富的飨宴。"

禁饮食之欲的言论从未断绝，重量级人物轮番出来苦口婆心地劝说。不过，无论古今中外的大人物们说什么，都无力遏制食欲的膨胀，无法阻止人类在追求奇珍异馔的路上越走越远。

一箸山蔬胜八珍

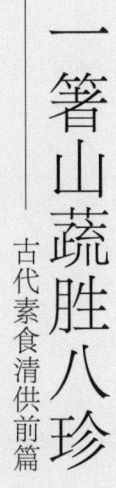

古代素食清供前篇

上下五千年，素食是多数国人在多数时间里餐桌上的主角。底层百姓因经济条件被动吃素，上流社会为健康或信仰而主动吃素，不过不管是被动还是主动，中国的素食文化从来不曾单调乏味，不曾黯然失色。在对植物食材的运用上，国人才华横溢、创意非凡，花样之多令世界为之惊叹。

所谓素食清供,就是以植物类、菌类、豆制品类食物为原料烹调而成的菜肴。在人类的饮食中,荤菜与素食分庭抗礼。荤菜胜在丰美醇厚,素菜胜在清新甘爽。一匙鲜蔬,让人嗅到斜风细雨,也触到杨柳桃花,满满的都是田园气息。人本是杂食动物,吃肉也吃菜,但慢慢地,许多人变得偏爱素食。

需求促进供应,古人制作了无数素食。素食清供之多,仅宋代邵桂子《疏屋诗为曹云西作》一诗,就列举了近百种蔬食。诗一开头便讲"草菜可食,总名曰疏",所以其实邵桂子写的不是"疏屋诗",而是"蔬屋诗"。接下来,邵桂子便历数各种蔬食,不厌其烦:

> 薇蕨藜藿,瓜瓞匏瓠。楮鸡桑鹅,箨龙棕鱼。
> 马齿鹿角,鼠尾虎须。薯蓣蔓菁,杜蘅蘼芜。
> 茵陈莪萝,芄兰茹藘。赤苋银茄,翠荇墨菰。
> 酸浆辣酷,甘荠苦荼。……召南蘋藻,韩奕笋蒲。
> 知味羡黄,咬根叹胡。葵蓼饫颛,葱韭厌徐。
> 火芋明璜,山菌接舆。庾郎三种,石生一盂。
> 刘参玉版,苏传冰壶。巢字元修,鲥姓豆虑。
> 菘羔抱孙,蹲鸱将雏。丝滑露葵,练净土酥。
> 野荠馄饨,水苔脯臑。……

若你无耐心通读全诗，只消看看全诗里出现了多少草字头与木字旁，你便知道诗中有多少蔬食。这还只是邵桂子一人一诗的记录，古代素食清供数不胜数，五花八门。而素食在中国古代是如何发展的，是个相当有趣的问题。

一、素食主义：一路高歌猛进

有学者认为素食主义早在史前社会便已开端，当时人们从大自然采集蔬果，并慢慢学会种植蔬果，饮食的绝大部分内容也就是蔬果。在我看来，这个观点多少有些荒谬，人们在有多种食物可选择的情况下选择吃素，这叫素食主义；在捕猎手段低级、根本就没有太多肉食可吃的情况下，"被迫"吃素，这叫物质贫乏。我拥有A与B两个选项，我可以自由考虑与抉择，在这种情况下，我选择了A，你可以称我为A主义者；我目前只有A这个选项，没有第二条路可走，那我要选择了A，这是无可奈何。根本区别就在于有没有选择，有"选择"，才存在"主义"。

先秦时代，生活物资慢慢丰富起来，贵族的食案上堆满玉液琼浆以及猪牛羊和各种家禽。但先秦贵族很快意识到，大食荤腥不是长久法，贵族们的想法如《吕氏春秋》所载："肥肉厚酒，务以自强，命之曰烂肠之食。"意思就是吃太多荤食与美酒，不利于身体健康，应有所节制。意识到暴饮暴食、大油大荤的危害，在这一点上，我们的古人可是比同时代的罗马人明智多了。

与中国先秦差不多同时的古罗马，以鼓励子民暴食而闻名于世。作为有教养的罗马人，都明白参加宴会时如果不打饱嗝，是对主人的不尊重；都知道吃饱之后不能立刻退场，而要用鹅毛搔弄喉咙以引发呕吐，将之前吃的东西全部吐出来，以便接下来能够吃进更多的美食，所以古罗马的宴会上除了有铺天盖地的美酒佳肴之外，呕吐池也是必不可少的。古罗马人酷爱举办宴会，生辰与结婚那是必须要庆祝的，有的人甚至在自己还活着的时候就为自己举办盛大的葬礼，目的当然不是诅咒自己，只是想要找个名目来大吃大喝一场。

古罗马宴会上的菜肴大多奢华而油腻，比如在暴发户特瑞马乔为自己举办的葬礼上，人们就边聆听特瑞马乔虚假的讣告，边吃一道接一道丰美的荤菜。前菜是由雄鸡冠、火烈鸟舌、鸵鸟脑、飞兔肉等奇异肉类组成的冷盘。正餐有以牛奶喂养、拳头般大小的蜗牛，浇着甜酸可口的酱汁；有油酥"蛋"，"蛋"中盛装着一种袖珍鸟，裹着生蛋黄和胡椒粉，人们一口可以吃下一整只鸟；有烤天鹅，其实不是真的天鹅，而是用猪肉做的假天鹅，肥腻至极。主菜更加骄奢淫逸——牛腹中塞着全羊，羊腹中塞着整猪，猪腹中塞着整只公鸡，公鸡腹中塞着小鸡仔，小鸡仔腹中塞着鸫鸟。如同俄罗斯套娃一般，每打开一层就有一层全新的油腻与惊喜。

特瑞马乔还在另一场宴会上，发明了一道叫作"特洛伊烤猪"的名菜：当时一整只烤猪被用人端入宴会厅，结果宾客却发现烤猪肚子鼓鼓，显然主厨忘记给猪去除内脏了。主厨因为失职，要在宴会现场被当众绞死，但是处死主厨之前，特瑞马乔命令主厨在宾客的注目下为烤猪清除内脏。厨师泣不成声，颤抖着双手举刀向猪腹刺去，突然间，数量惊人的香肠从猪腹中喷涌而出，形成壮观的香肠喷泉。众人目瞪口呆，这才明白一切都是玩笑，他们又有大量的肉菜可吃，于是赶紧奔赴呕吐池清空肠胃，好迎接下一轮肉的洗礼。

罗马人就这样暴食油荤，直到公元前1世纪，才由罗马议院出面禁止了成百上千道奢侈的菜品。而罗马帝国最终覆灭，和罗马人的暴饮暴食多多少少有些关联。一说是罗马人奢侈的饮食习惯导致了罗马国库虚空；另一说是罗马人长期用铅质酒壶疯狂饮酒，大脑受到严重损伤。如果光荣的罗马人少举办点宴会，少吃些花费巨资制作的菜肴，少饮些香甜的葡萄酒；如果罗马人豪爽潇洒的性格之中能再添加一点点克制，或许西方世界的历史整个都要重来一遍。反过来想，如果先秦的贵族没有意识到酒肉荤腥的害处，似罗马人一般长期胡吃海塞，或许华夏文明的进程也会改写。只是，历史从来都没有如果。从某种意义上来讲，我们是不是应当感激我们祖先的清醒与克制？

当然，先秦贵族的餐桌上还是以肉食为主，那是他们身份的象征，只是在量上有所控制，且素食也开始受到重视。中国先秦时已有多种可口蔬果，《诗经》中就记载了三十八种蔬菜[1]、十一种水果，如"采葑采菲，无以下体"（《谷风》）中的葑（蔓菁）、菲（萝卜），"六月食郁及薁，七月亨葵及菽"（《七月》）中的郁（李子）、薁（葡萄）、葵（葵菜）、菽（大豆），"陟彼北山，言采其杞"（《北山》）中的枸杞，"思乐泮水，薄采其芹"（《泮水》）中的芹菜，"摽有梅，顷筐塈之"（《摽有梅》）中的梅子，"彼采艾兮，一日不见，如三岁兮"（《采葛》）中的艾草……蔬果品种如此繁多，先秦贵族就算吃素也算不得吃苦了。

而对于无力置办"肥肉厚酒"的小民来说，素食主义依然是件奢侈的玩意儿，

---

[1] 数据来源于〔清〕顾栋高：《毛诗类释》。

他们的桌上只摆得起蔬食，且常常还是滋味清苦的野菜，没得选择。小民倒是想要"烂肠"，只可惜没有酒肉。

从汉魏南北朝开始，素食之风在贵族和士人阶层中日益转盛，从此再也不曾衰落，这与佛教的传入和道教的兴盛息息相关。

最早的佛门清规中并无不能吃荤这一条，仅要求佛门弟子不食特地为僧众所杀的肉。重点就在"特地"二字，但凡不是特地为僧众杀的，那肉便被称之为净肉，但吃无妨。这个规矩到了史上最狂热的佛教徒梁武帝萧衍手里，一下就变了，佛门从此只能吃素，连五辛[1]都一并禁了。至此，佛家饮食取消了最后一抹刺激，佛家子弟的味蕾彻底陷入沉寂。再说道教，道家追求淡泊宁静的境界，挚爱的修炼大法是辟谷。想想便知，连五谷杂粮都需要避开，肉食对他们来说显然是太重口味了，还是素菜更能助人抵达清澈澄明。

总之，佛教与道教算是中国素食发展的助推器，这从某些谈到素食的诗歌中就能看出，如唐代姚合诗"道友怜蔬食，吏人嫌草书"（《武功县中作三十首》之二十六），明代石沆诗"蔬食寻常饭，荤腥间或尝。净神三遍咒，暖室一炉香。念念归真境，心心向道场"（《自咏》）。

素食在贵族和士人中的拥趸渐多，虽是吃素，但他们毕竟不是小老百姓，吃素亦要吃得花样百出。据《梁书·贺琛传》记载，贺琛曾向梁武帝进谏，批评当时上流社会奢靡成风，梁武帝回应说自己并不豪奢，为佛门做功德也未过多破费，菜品看上去很丰盛，其实是"变一瓜[2]为数十种，食一菜为数

---

[1] 五辛，五种有辛味、带刺激性的蔬菜，如葱、蒜、韭菜等。五辛究竟是哪五辛，不同的典籍有不同的说法。刘宋时期流行的《梵网经》规定的五辛是大蒜、草葱、韭、薤、兴渠。

[2] 这里的"瓜"也有可能是指葫芦，但无论如何都是素食。

十味",不过是将一种瓜、一种菜做成几十种花样罢了。不过,梁武帝的回应亦说明了一项事实,那就是当时已有人拥有将一种瓜做出几十种风情、一种蔬菜做出几十种味型的绝技,素馔做得比肉菜还精美。

到了宋代,平民也吃得起肉了,但宋人爱素食爱到心坎里,开发了数量惊人的素食品种,写下诸多专门的素食食谱,如林洪的《茹草纪事》、陈达叟的《本心斋蔬食谱》。

这还不够,宋人还为素食作了数不清的赞美诗。杨万里诗"庖凤烹龙世浪传,猩唇熊掌我无缘。只逢笋蕨杯盘日,便是山林富贵天"(《初食笋蕨》),称只要有笋有蕨,便是山林人家美味而富贵的筵席,哪需要什么猩唇熊掌;赵密夫诗"笋蕈初萌杞叶纤,燃松自煮供亲严。人间肉食何曾鄙,自是山林滋味甜"(《三脆面》),意思是我不鄙薄肉食,但在我心目中,蔬食显然更胜一筹;陆游诗"湘湖烟雨长莼丝。菰米新炊滑上匙"(《灯下读玄真子渔歌因怀山阴故隐追拟五首》之四)、"老翁愈老欲安归,归卧稽山饱蕨薇"(《倚筇》)、"箭笴脆甘欺雪菌,蕨芽珍嫩压春蔬"(《饭罢戏示邻曲》),几乎把味觉方面的褒义词全部用在了素食身上。苏轼的《春菜》,更是秉持"一个都不能少"的精神,将春季的菜蔬逐一歌颂了一遍:

蔓菁宿根已生叶,韭芽戴土拳如蕨。
烂蒸香荠白鱼肥,碎点青蒿凉饼滑。
宿酒初消春睡起,细履幽畦掇芳辣。

一箸山蔬胜八珍

75

（明）沈周《辛夷墨菜图》
从古代以蔬果为主题的绘画可知，
古代蔬果已有相当丰富的品种。

茵陈甘菊不负渠，鲙缕堆盘纤手抹。
北方苦寒今未已，雪底波棱如铁甲。
岂如吾蜀富冬蔬，霜叶露牙寒更茁。
久抛菘葛犹细事，苦笋江豚那忍说。
明年投劾径须归，莫待齿摇枋发脱。

明清时节，素食继续风行，素馔愈发多。《西游记》第八十六回，获救的樵夫为答谢唐僧师徒，拿出看家本领，做了一桌盛大的野菜宴："嫩焯黄花菜，酸齑白鼓丁。浮蔷马齿苋，江荠雁肠英。燕子不来香且嫩，芽儿拳小脆还青。烂煮马蓝头，白燠狗脚迹。猫耳朵，野落荜，灰条熟烂能中吃。剪

刀股,牛塘利,倒灌窝螺操寻荠。碎米荠,莴菜荠,几品青香又滑腻。油炒乌英花,菱科甚可夸;蒲根菜并茭儿菜,四般近水实清华。看麦娘,娇且佳;破破纳,不穿他,苦麻台下藩篱架。雀儿绵单,猢狲脚迹,油灼灼剪来只好吃。斜蒿青蒿抱娘蒿,灯娥儿飞上板荞荞。羊耳秃,枸杞头,加上乌蓝不用油。"

虽同为野菜,但不同的野菜滋味与质感相去甚远,故要"因材施烹",对不同的菜做不同的处理——嫩焯、酸齑、烂煮、白熝、油炒、油灼,做出不同的口感——香嫩、清脆、滑腻、软烂。

农家野菜宴尚有如此水准,更甭提国宴了。在《西游记》最末一回中,师徒四人历经九九八十一难取回真经,于是唐太宗犒赏了师徒四人一顿素食的"满汉全席"。虽出家人当节欲,但国宴毕竟是国宴,环境与食器都奢华无比:"门悬彩绣,地衬红毡。异香馥郁,奇品新鲜。琥珀杯,玻璃盏,镶金点翠;黄金盘,白玉碗,嵌锦花缠。"

接着,各种素食清供闪亮登场了:"烂煮蔓菁,糖烧香芋。蘑菇甜美,海菜清奇。几次添来

(清)赵之谦《四时果实图之一》
四时果品亦是素食清供的重要内容,《西游记》的素食国宴中就有相当数量的果品。

姜辣笋，数番办上蜜调葵。面筋椿树叶，木耳豆腐皮，石花仙菜，蕨粉干薇。花椒煮莱菔，芥末拌瓜丝。几盘素品还犹可，数种奇稀果夺魁。核桃柿饼，龙眼荔枝。宣州茧栗山东枣，江南银杏兔头梨。榛松莲肉葡萄大，榧子瓜仁菱米齐。橄榄林檎，苹婆沙果。慈菇嫩藕，脆李杨梅。无般不备，无件不齐。还有些蒸酥蜜食兼嘉馔，更有那美酒香茶与异奇。说不尽百味珍馐真上品，果然是中华大国异西夷。"

《西游记》写的是唐朝的事，但给唐僧师徒安排的大餐，显而易见用的是明朝的菜谱。最末一句"说不尽百味珍馐真上品，果然是中华大国异西夷"，证明了两件事。上半句证明彼时素菜菜肴已多达百种以上；下半句证明彼时素菜的做法一点也不简陋寒酸，相反，做法应该非常精巧，否则就几盘素菜哪能证明华夏文明的优越性呢？

清代时，宫廷御膳房里专设素局，随随便便就能做出两百多种味道各不同的素馔。老百姓做素馔虽不如官里排场大，但从诗词记载来看，清代民间素馔的烹调手段已具有相当水准，莼菜能做得"红盐细糁凝脂滑，香满一匙生翠"（项鸿祚《摸鱼儿·莼》），鸡枞能做得"鲜于锦雉膏，腴于锦雀腹""只有婴儿肤比嫩，转觉妇子乳犹俗"（赵翼《路南食鸡枞》），就连味道最是普通寡淡的大白菜，也能做得"湘羹甘满匕，窨俎香沁齿"（叶申芗《霜天晓角·白菜》）。

二、仿荤素菜：走向传奇之路

中国素食史上还有个不得不单独书写的大事件，那便是仿荤素菜的发明。顾名思义，仿荤素菜即用素菜做原料，制作出荤菜的外形与口感，叫人乍一看或乍一品尝，不能辨别是荤还是素。换个形象的说法，仿荤素菜就是一出大戏，演员是素菜，导演是厨师，导演要调教演员发挥出高超的演技，逼真地饰演荤菜。

仿荤素菜史上第一人，大概是唐朝侍中崔安潜，且看孙光宪《北梦琐言》的记载："唐崔侍中安潜，崇奉释氏，鲜茹荤血……镇西川三年，唯多蔬食。宴诸司，以面及蒟蒻之类染作颜色，用象豚肩、羊臑、脍炙之属，皆逼真也。"崔安潜信佛，日常饮馔以蔬菜为主，鲜少食用荤腥。信仰的力量是强大的，生物本能却也不容小觑，崔大人心中常有佛亦常有肉，时常纠结挣扎。如果让崔大人用诗来对肉食表白，必是一句"世间安得双全法，不负如来不负卿"。而他当真也找到了双全法，佛不许他吃肉，他就吃一副肉的安慰剂——宴饮时崔安潜常将面食和蒟蒻之类染成鲜红，做得如同豚肩、羊臑、脍炙一般来食用。

仿荤素菜在宋代极为风行，北宋东京市场上有假河豚、假鼋鱼、假蛤蜊、假野狐、假炙獐；南宋临安市场也不甘示弱，有油炸假河豚、五色假料头肚尖、假炙江瑶肚尖、假炙鲨柈、假熬蛤蜊肉、假淳菜腰子、假炒肺羊熬、下饭假牛冻、假熬鸭、假炙鸭、假羊事件、假驴事件、假煎白肠、假煎乌龟等。

宋代绝大多数仿荤素菜的做法都没有详细记载，但我们可以通过《山家清供》里一则关于假煎肉的记载推想其他仿荤素菜的做法："瓠与麸薄切，各和以料煎，麸以油浸煎，瓠以肉脂煎，加葱、椒油、酒共炒。瓠与麸不惟如肉，其味亦无辨者。"将瓠瓜和面筋切成薄片，加料后煎炸，面筋用油浸着煎，瓠瓜用肉脂煎，然后加入葱、椒油、酒一起炒，做出来的假煎肉与真肉味道几乎完全相同。

我虽没有亲自做过这道菜，但亦可想见其精妙处。明人龚诩诗云"瓜瓠及时肥更好"（《寒家况味诗三首》之三），瓠瓜质地仿若肥肉，而面筋的质地则仿若瘦肉，再加上两者都是易吸汁吸味的食材，用油和肉汁一并煎过，自然有了脂肪的味道。

想来其他的仿真菜亦如是，首先找到形态和色泽近似于肉类的素菜作原材料，比如豆腐、萝卜、面筋等，再通过佐料和烹调手段做出荤菜的味道。一般来说，都会选择仿制用油炸、酱爆、红烧等方式烹成的重口味荤菜。略一思考就能明白，若用酱爆、红烧之类的方式来加工，原材料荤也好、素也罢，原本的滋味最后几乎荡然无存，佐料之味占了绝对优势；但若是用清蒸、清炖的方式来加工，菜的清香、鱼的鲜甜、鸡鸭猪牛的肥美，都会保存完好，做手脚的可能性很小。因此用素菜模仿出鱼香肉丝并非不可能完成的任务，只要将鱼香味做得十足，那么无论原材料是面筋还是肉，最后吃起来都是鱼香肉丝的味道；但要用素菜模仿清炖老母鸡的味道，却是难上加难。

清代还有两种极受欢迎的仿荤素菜。一种是素烧鹅："煮烂山药，切寸为段，腐皮包，入油煎之，加秋油、酒、糖、瓜、姜，以色红为度。"（袁枚《随园食单》）用山药泥模仿鹅肉，用豆腐皮模仿鹅皮，还要用各色调料做出烧鹅的红润来，做法不可谓不精致。另一种是素鸡："素鸡用千层为之（吴俗呼百叶），折叠之、包之、压之，切成方块，蘑菇、冬笋煨之，素馔中名品也。或用荤汤尤妙。"（夏曾传《随园食单补证》）将豆腐百叶折叠、包裹、压紧，这便接近于鸡肉的口感了；再用蘑菇、冬笋，甚至是肉汤，赋予百叶以鸡的鲜美，做法不可谓不聪慧。

正因仿荤素菜做法太妙，有了"化腐朽为神奇"的意思，以至于古人几乎将它视同法术，崇拜不已。

比如《虚谷闲抄》中就有这样一则记载："蜀中有一道人，卖自然羹，人试买之。碗中二鱼，鳞鬣肠胃皆在。鳞上有黑纹，如一圆月。汁如淡水。食者旋剔去鳞肠，其味香美。有问鱼上何故有月，道人从碗中倾出，皆是荔枝仁，初未尝有鱼并汁。"

道人贩卖的自然羹中有两条鱼，鱼的鳞片内脏俱在，鱼鳞上还有黑色纹理，如同一轮圆月。买者剔除鱼的鳞片与内脏后食用，只觉味美无比，不禁好奇这是何鱼，为何鱼上有圆月纹理。道人默然不语，只将碗中鱼倾倒出来，结果并没有什么带着月亮花纹的鱼，全都不过是荔枝仁而已。若真有人能用荔枝或荔枝仁做出仿真鱼，大概也只有用神奇的法术来解释了。

菜根有真味

古代素食清供后篇

肉食一开始是贵族专利，后来平民亦能享用。但是为什么国人在后来有肉作选项的情况下，依然喜爱素食清供？有人是因着一颗仁心，不愿伤害飞禽走兽；有人是为了修身养性，视素食为身体与灵魂的双重补药；有人是为了戒除骄奢淫逸，奉行节俭，励精图治……而茹素的不同理由，体现的其实是中国传统精神文化的不同侧面。

回头来想想，国人为什么在后来物质条件大好，可以尽情选择肉食的情况下，依然会对素食清供情有独钟呢？纵观历史，支持吃素的理由形形色色、目不暇接，但不管是出于宗教的原因，还是出于世俗的原因，总体归纳起来，其实主要就三大理由。

一、肉食非吾事，从今戒杀生

理由一，反对杀生，代表人物是清末薛宝辰。他写了一部《素食说略》，坚决提倡素食，除了认为素食能够修身养性之外，更重要的原因是他觉得做荤菜会伤害许多生灵。薛宝辰以伤痛的笔调写道：一碗肉羹是用许多飞禽走兽的生命换来的，只用想想动物们在天地间自由自在生活的快乐模样，对比动物被人类捕获后绝望而悲伤的挣扎，以及动物被送上砧板时失去呼吸和心跳的可怜情景，你还怎能忍心对它们伸出筷子？所以大家还是尽量吃素菜的好。

宋人诗云"杀鸡固不忍，从众那得阻。嫩菜送香粳，颇觉清肺腑"（陈藻《道中戏嘲朱叔纬》）、"网得金鳞不忍烹，一瓯春菜眼偏明"（王之望《次韵王圜中二首》之一），与薛宝辰是同一思路，都是讲杀鸡杀鱼不忍心，还是吃蔬食稳妥，不伤害谁的生命。

薛宝辰等人为禽兽请命，他们的善良毋庸置疑。只是这样的呼吁，逻辑上未必很严密。我们可以反问薛宝辰们一系列的问题：难道植物就没有生命吗？只因植物与人类差异太大，不似禽兽与人这般相近，您就断定植物不会有动物那样的感觉和感情吗？我们摘下一颗白菜丢进油锅烹煎时，是白菜当真不伤心,还是我们以为白菜不伤心?"杀"植物是不是也可算作杀生?

　　本人最欣赏的当代学人熊逸先生,对此就有一段精辟的论述:"最极端的例子恐怕要数佛教理论中'佛性论'的一种主张:'青青翠竹,尽是法身;郁郁黄花,无非般若',说的就是植物的佛性;苏轼有诗'溪声便是广长舌,山色岂非清净身',说的是高山流水的佛性。由动物、植物乃至无机物,万事万物皆有佛性,皆有成佛的潜质。以这个标准而论,石头、瓦片都可以说是我们的'同胞'。

　　"道家学说里也有类似的看法,譬如五代年间,黄老一系的学者谭峭,也就是道教当中的紫霄真人,在《化书·道化》里作过理论总结,说老枫化为羽人,朽麦化为蝴蝶,这是无情之物化为有情之物的例子;贤女化为贞石,山蚯化为百合,这是有情之物化为无情之物的例子,所以说'土木金石皆有情',万物都是一物。

　　"以今天的知识来看,这样的观点绝不像乍看上去的那样荒诞不经,因为在进化论的意义上,复杂的生命形式正是从无机物演化而来的。"[1]

　　万物皆有情,连石头瓦砾也不例外,更何况植物。若薛宝辰知道了这些理论,他又该提倡吃什么呢?

　　宋代林同诗说"菜心且不食,亲念一何深。为尔有生意,存吾不忍心"(《江沁》),说自己吃菜不肯吃菜心,因为菜心给人以孕育的联想,让人想起双亲,再加上这菜心也有生命,自己不忍下口。苏轼诗说"黄菘养土膏,老楮生树鸡。未忍便烹煮,绕观日百回"(《和陶下噀田舍穫》),菘是

---

[1] 熊逸:《我们为什么离正义越来越远》,湖南文艺出版社2012年版,第85页。

菜根有真味

〔宋〕林椿《果熟来禽图》
古人描绘蔬果常常加上一两只小动物作为点缀，增加画面的生趣。其实按照苏轼等人的理论，植物的生趣不输动物，亦是鲜活有灵的。

白菜，树鸡是木耳，这几句诗说的就是苏轼面对蔬菜不忍心立即吃掉，每天围着它们打转，看了又看。比起薛宝辰等人来，林同与苏轼的仁慈更上一层楼。

薛宝辰是站在动物可怜的角度劝人吃素，宋代释尊式也劝人莫杀生，但他的出发点与思路截然不同。释尊式写有一首两千四百字的皇皇巨诗《诫酒肉慈慧法门》："……若有行慈者，不杀不食肉。仰愿佛威神，世世常加护。杀生佛所说，即杀自父母。亦杀自妻女，兄弟及姊妹。一切男女摄，皆曾为父母。生生所受胎，从之禀遗体。受一畜生形，骨血如山海。一一类中身，生生不可计。轮回六道间，展转为亲属。故食诸众生，名食父母肉。又观一切身，悉是我本体。自肉及他肉，其实是一肉。如舍前后住，亦名为我舍。当知食肉人，即食自身肉。佛观如来藏，佛界众生界。一界无二界，一切肉一肉……"

世间有六种生命形式，也就是佛学里讲的六道——天、人、阿修罗、畜生、饿鬼、地狱。在六道轮回中，没有生命会真正消亡，它们只会从一种生命形式转换成另一种生命形式，比如人死后转生成为阿修罗或者畜生。你杀的动物，可能就是由你的祖先转生而来；而这动物死后，也有可能转生成为你的亲人。换句话说，世间一切动物都有可能和你有千丝万缕的亲属关系；且你也有可能是由动物转生而来，或死后将转生成为一只动物，那么吃动物的肉不就相当于在杀害亲人、杀害自身吗？你的肉，别人的肉，动物的肉，本是一肉，没有分别。

释尊式一心扑在讲理上，诗写得并不漂亮。但这番道理有一个漂亮的版本，也是一首诗，由英国玄学派诗人约翰·多恩所写：

> 没有人是自成一体、与世隔绝的孤岛，
> 每一个人都是广袤大陆的一部分。
> 如果海浪冲掉了一块岩石，欧洲就减少。
> 如同一个海岬失掉一角，
> 如同你的朋友或者你自己的领地失掉一块。
> 每个人的死亡都是我的哀伤，因为我是人类的一员。
> 所以，不要问丧钟为谁而鸣，它就为你而鸣！

多恩不但是个诗人，更是个虔诚的天主教徒，所以这首诗也是一篇布道词，希望教会人们不分彼此，明白世间所有的一切都同你个人是一体的。一句"丧钟为你而鸣"，感动全世界。美国作家海明威的大作《丧钟为谁而鸣》，书名的灵感就来自这首诗。

释尊式的诗虽不能与多恩的诗相媲美，但他的苦口婆心堪称感天动地。将大道理掰开揉碎反复讲述之后，释尊式还是不放心，怕世间人欲念太深，不肯戒除荤腥，于是搬出了绝招，用地狱惨象恐吓肉食主义者。阴间酷刑千姿百态，但总体遵循一个原则——你在阳间如何对待动物，阴间的工作人员就用同样的方式对待你，而且既然是惩罚，那当然得从严和加倍才能起到惩戒作用："汝听煮肉人，堕镬汤地狱。一万有二千，深广由旬量。昼夜猛火然，涌涌汤常沸。于中受大苦，一万七千岁。汝听炙肉人，堕热铁床狱。其狱有八千，纵广由旬量。床下猛火烧，罪人卧其上。心肝肉焦烂，一万二千岁。汝听切肉人，死堕斫剉狱。五百大力士，利刀斩罪人。万段至微尘，业风吹更活。如是终复始,一万二千岁。汝听养群鸡,为贪肥肉者。一鸡于一日,计食五百虫。主人当半罪,同鸡堕地狱。其狱盛热粪,八万由旬量。人鸡俱入中,满五千万岁。汝听捕猎人,安锵及设弶。罥索安陷阱,利刃放鹰犬。四边竞围合,逼逐杀众生。死堕铁轴狱,方丈一万钉。驱上轮一匝,遍体万钉刺。举身悉交彻,苦痛不可忍。百千万岁中,受斯对报苦。"

读者朋友请注意,在这首诗里,肉食者们第一次有了自己的分类体系,分为煮肉人、炙肉人、切肉人、捕猎人等等,每一种肉食者还拥有为他们量身订制的独特刑罚:有被汤煮的,有被刀砍的,刑期还动辄就是一万两千岁,苦不堪言。

释尊式劝人吃素是为了向善,但劝说的口吻未免太怨毒。其实人处在食物链之中,自身要存活下去,必然要消耗其他生物。只要不滥杀动物,不以残忍的方式捕猎,吃肉也并非不可饶恕。

先秦贵族猎杀动物的方式就体现了慈悲为怀。《周易》的爻辞有一句"王用三驱,失前禽",前半句讲的就是当时标准的捕猎方式——三面包围猎场,但还要留出一面来;后半句有各种解释,其中郑康成的解释最为合理:"失前禽"是指不射杀迎面过来的动物,也不射杀从旁逃遁的动物,只射杀那些背对着自己逃走的动物。前半句要求猎手网开一面,给动物一条活路;后半句要求猎手只射杀那些背对自己的动物,而不是遇什么杀什么。凡事只要心存克制便好,想来懂得克制的猎人即使下地狱,铁面无私的阎罗王也会判缓刑。

二、养生所甚恶，旨酒及大肉

理由二，吃素为了修身养性，代表人物为宋代林洪。林洪的《山家清供》历来被人们视为以素菜为主的山家菜谱，依我看，把它当作"素食修身养性功效大辞典"更恰切。

在林洪笔下，素菜的功效简直堪比太上老君的仙丹、王母娘娘的蟠桃：以旱莲草制成的青粳饭，"久服，益颜延年"；以山药制成的玉延索饼，"无毒，且有补益"；进贤菜中的苍耳可"疗风"；柳叶韭"能利小水，治淋闭"；酥琼叶"止痰化食"……而在说到以白蓬草做成的蓬糕时，林洪对素食的赞美攀升至顶点："世之贵介子弟，知鹿茸、钟乳为重，而不知食此实大有补益，讵可以山食而鄙之哉。"这世上的显贵，养生只以鹿茸、钟乳为重，一点也不懂得吃蓬糕的滋补作用有多大，怎可以因为它是民间食品而鄙薄它？

不止林洪，古代许多文人学者皆认同素食对身体的效用。唐代白居易就曾写诗称扬蔬食助他延缓衰老："篮舆腾腾一老夫，褐裘乌帽白髭须。早衰饶病多蔬食，筋力消磨合有无。不准拟身年六十，上山仍未要人扶。"（《不准拟二首》之一）年逾六十仍可在无人搀扶的情况下爬山登高，这在人类身体素质已大幅提高、人均寿命已达七十五岁的今时今日也不多见，更别说那是在"人生七十古来稀"的唐代，蔬食延缓衰老的作用可见一斑。宋代陆游亦认为荤食不如素食益于养生，所以他高举"食淡百味足"（《对食有感二首》之一）的大旗，认为素食能滋养病体："菘芥煮羹甘胜蜜，稻粱

诗词里的人间百味

90

齐白石《丝瓜蜜蜂》
瓜类是古人极为喜爱的素食种类之一，关于瓜类的古诗词多不胜举，如庾信《和乐仪同苦热》"美酒含兰气，甘瓜开蜜筒"，张堪《游洪山馆》"五月瓜盘美，殊乡雨话真"。

炊饭滑如珠。上方香积宁过此，惭愧天公养病夫。"（《病中遣怀》）宋代陈著则在诗中说四季蔬食不断是长寿之家的家规："终日书声清屋气，四时蔬食寿家规。"（《闲居有感》）

　　素食不但对身体有裨益，亦是精神气质的一帖补药。《山家清供》中写及以萱草为原料的忘忧齑，林洪劈头就引用嵇康《养生论》语"合欢蠲忿，萱草忘忧"，证明素淡的忘忧齑的确能助人忘却烦恼。宋代罗大经《鹤林玉露》中有一语，亦是讲素食对精气神的益处："醉醴饱鲜，昏人神志。若蔬食菜羹，则肠胃清虚，无滓无秽，是可以养神也。"一言以蔽之，吃素，在帮你"肃清"肉体的同时，还帮你"肃清"了头脑和灵魂。

　　清代顾仲更是将吃素的优越性扩大到了遗传学领域，他说："凡父母资禀清明，嗜欲恬淡者，生子必聪明寿考。"父母饮食清淡、爱吃素食的，生的孩子必然聪明且健康长寿。这说法未免夸张，只是以现代科学的眼光来看，食用过多油荤的确会导致血液黏稠、血流速度变缓，引起大脑供氧不足。而大脑供氧不足最直接的表现，就是反应迟钝、记忆力下降，直白一点说，就是变蠢。古人所谓"肉食者鄙，未能远谋"，不无道理。

　　古人对"素食可修身养性"这一观点的认同，还可以用一则传说来印证。关于秦始皇与徐福之间的纠葛，流传最广的版本是秦始皇派徐福到汪洋大海中，为自己寻找仙药。而南北朝时期的《金楼子》却给出了故事的另一版本：秦始皇听信鬼谷先生之言，派徐福入海，但求的绝非仙药，而是"金菜玉蔬"。对照两个版本，发现不同之处仅在仙药与金菜玉蔬之间，我们几乎可以推断，金菜玉蔬就是仙药的另一种形式。

历史上徐福到底有没有背负着秦始皇对永生的期许而扬帆入海呢？如果当真有出海之事，徐福帮秦始皇找的到底是仙药还是金菜玉蔬？这一切都不重要了，就让它们成谜；最重要的是，这个故事从侧面证明，古人对蔬食修身养性的效果非常肯定，否则哪会安排金菜玉蔬来担任仙药的角色？

苏轼亦提倡食素养生，曾送野菜给病酒之人，"野菜此出珍又珍，送与西邻病酒人。便须起来和热吃，不消洗面裹头巾"（《送煮菜赠包安静先生》），这一举动证明苏轼笃信蔬食对健康有益。东坡先生还主张"已饥方食，未饱先止"（《养生说》），理由是"夫已饥而食，蔬食有过于八珍。而既饱之余，虽刍豢满前，唯恐其不持去也"（《东坡志林·赠张鹗》），"未饥而食，虽八珍犹草木也。使草木如八珍，唯晚食为然"（《东坡志林·颜蠋巧于安贫》）。翻译过来，即苏轼主张人们饿了再吃东西，在吃撑以前便停止进食，保持半饥饿的状态。为什么呢？因为人在饥肠辘辘之时，即使吃蔬果素食，也觉得比八珍更可口；在吃得太饱的情况下，即使吃八珍，也像是在吃寡淡的蔬食，毫无滋味。所以在半饥饿的状态下吃素最佳，既养生，又美味。

苏轼比林洪、罗大经等人更进步的地方在于他在提倡吃素养生的同时，还将人类的本能欲望作为重要变量考虑进了吃素的公式里。蔬食的确不如肉食味浓，人类偏爱肉食是本能，与本能作对相当痛苦。别指望人人都能依靠精神力量抵御欲望的袭击，这样的强者毕竟是少数。因而苏轼想出对策，协助人们抵御山珍海味的诱惑，那就是利用"饥饿法"使食客在吃素时感觉更加可口，感觉蔬食不输肉食，从而实现"愉快地吃素"。

不得不说，苏轼颇有人道主义精神，他不搞"存天理，灭人欲"那套，他不纵容欲望泛滥却尊重欲望是个合理的存在。最后，他想出了极有现实操作性的办法，帮助人们在关上欲望洪水的闸门时尽可能地愉快一点。我以为，这才是苏轼的伟大之处。

而那些一味鼓吹禁欲的卫道士们，总让我莫名地想起钱锺书先生的两段话，一是"世界上的大罪恶，大残忍——没有比残忍更大的罪恶了——大多是真有道德理想的人干的。没有道德的人犯罪，自己明白是罪；真有道德的人害了人，他还觉得是道德应有的代价"，另一段是"上帝要惩罚人类，有时来一个荒年，有时来一次瘟疫或者战争，有时产生一个道德家，抱有高尚得一般人实现不了的理想，伴随着和他的理想成正比例的自信心和煽动力，融合成不自觉的骄傲"。

三、中年弃嗜欲，晚岁节饮食

理由三，吃素是为了戒除骄奢淫逸，提倡勤俭励志，代表人物是东汉末年的枭雄曹操。曹操为图霸业，时常茹素，以奉行节俭，励精图治。而这样的观念，在历代有志之士那里都备受推崇。

唐代白居易就曾多次写诗劝人多吃蔬食少花钱。"蔬食足充饥，何必膏粱珍。缯絮足御寒，何必锦绣文"（《赠内》），蔬食已足够充饥，何必非要山珍海味？缯帛丝绵所制的衣服已足够御寒，又何必非要一身锦绣穿戴？"朝饥有蔬食，夜寒有布裘。幸免冻与馁，此外复何求"（《永崇里观居》），饿了有蔬食，冷了有布裘，生活需要都满足了，还起什么别的贪

诗词里的人间百味

94

（宋）佚名《野蔬草虫图》
宋人大爱素食清供，创作了诸多以蔬果为主题的绘画。

求？白居易这两段诗文过于直白，文学性并不高，然而精神境界胜过一切。

宋仁宗朝宰相杜衍，位极人臣，日常饮食却只用一面一饭，从无大鱼大肉。别人夸他勤俭，他并不厚着脸皮自诩廉洁，而是坦率地讲出了自己内心深处的一番思虑。他说自己原本家境贫寒，一介措大[1]而已，所享用的一切都是国家所给，他常担心自己成为尸位素餐的罪人，哪还敢在饮食上挥霍？而另一方面，若有一天不再当官，没了官俸，自己还得被打回措大的原形，如果当官时养成了大吃大喝的毛病，将来回到措大的身份，自己该如何生活下去？还是一贯保持勤俭克己，过得更踏实些。据苏轼说，杜衍的书法"遂乃一代之绝，清闲妙丽，得晋人风气"，全无半点世俗烟火气。字如其人，想来杜衍脱俗的书法与他踏实本分、不贪婪不奢求的个性不无关系。

宋代官员中，许多人有着与杜衍相似的出生背景，他们吃过苦中苦，更知惜福，不愿暴殄天物。因而宋代士大夫推崇素食，以吃粗茶淡饭为荣，王禹偁还专门写诗劝自己弟弟多吃素："吾为士大夫，汝为隶子弟。身未列官常，庶人亦何异。无故不食珍，礼文明所记。况非膏粱家，左宦乏赀费。"（《蔬食示舍弟禹圭并嘉祐》）大意是我们做的不过是小官，跟庶人无异，家里又无余钱可挥霍，于礼于理都该节约，饮食上要少吃奇珍多吃素。

在宋代，哪怕出身并不贫寒的官员也受此风气影响，追求简朴之味，"徒行若车安，蔬食如肉美"（陆游《对酒作》）。出生于中产之家的黄庭坚就列举了饮食中人们常犯的三宗罪："美食则贪，恶食则嗔，终日食而不知食之所从来则痴。"（黄庭坚《士大夫食时五观》）看到美食就起贪念，看到素简的饮食就嗔

---

[1] 措大，指贫寒失意的读书人。

怪，终日吃个不休却不知这些饮食背后花费了多少劳力，这就是贪嗔痴三过也。黄庭坚苦口婆心地劝说众人，各位在家啃老，吃的是父母祖先积攒的财富；当官靠民，吃的是民脂民膏，然而无论吃的是哪一种，都不该奢侈浪费。吃素，当然就比吃山珍海味节俭多了。

真德秀在论菜蔬时，也像黄庭坚一般，将吃素与做官的道理联系到了一起："百姓不可一日有此色，士大夫不可一日不知此味。"这两句话对为官者不啻当头棒喝：老百姓的脸上不可有菜色，因为这说明老百姓过得清贫；士大夫不可一日不尝菜味，否则在燕窝鱼翅龙肝豹胆的轰炸下，必会将勤俭节约、励精图治抛到千里之外。而真德秀的一生，是当之无愧的正直的一生，他为官期间严惩贪污，设立慈幼仓救济流离失所的老人与儿童，真真实现了"百姓不可一日有此色"。

元代赵孟𫖯诗"蔬食饮一饱，亦与膏粱同"（《游幻往庵》），也是劝导众人勤俭节约，宣传吃肉吃菜都一样。到了明代，吃素励志已不仅仅针对为官者，而成了大众处世哲学的一部分。明朝最著名的心灵鸡汤《菜根谭》，书名蕴含的深意便是"人咬得菜根，则百事可做"。咬得菜根，字面义为茹素和吃粗茶淡饭，引申义为吃苦耐劳、淡泊明志。一个嚼得了菜根、咽得下苦头、受得住清贫的人，必定百事可为，并百事可成。菜根能教给你鸡鸭鱼肉无法教会的事情，碗中几条苦涩的菜根，就是人生路上的微型荆棘，你"闯"过去了，你才能逐渐成长为精神上的英雄。

国人以吃素来进行精神修炼，其实是世界范围内以简朴饮食作为精神砥砺这一观念的缩影。

用素淡甚至粗糙的餐饭，将人锻炼成强者，这一招早在公元前7世纪的斯巴达就开始采用了。斯巴达人一日三餐都在公共大厅里进行，分量少得可怜，菜肴寡淡无味，吃不饱是常事。他们将脑满肠肥的公民驱逐出境，将进食举止太过文雅的外国使节也撵出斯巴达的领域。一位希腊哲学家认为，斯巴达这些规矩是为了避免公民"躺在昂贵的沙发上，旁边餐桌上摆满美味佳肴，店主或厨师递过食物时才欠起身来，这副样子活像角落里等待喂食的贪吃的兽类一样，以此浪费生命"。而斯巴达人吃的苦没有白费，他们成为古希腊最强悍的战士，所向披靡。九千户斯巴达公民，能够轻轻松松统治十二万农夫和二十万奴隶，能够征服浑身蛮劲儿的美塞尼人，能够成为希腊各城邦的仲裁者与领导人，艰苦的日常饮馔是斯巴达人成功之路坚实的基础。

而精细奢华的日常饮馔会导致精神力量萎缩的想法，在世界历史上从未断绝。法国贵族禁止农民食用松软的白面包，以防精致的食物弱化农民血液里吃苦耐劳的基因；维多利亚时期的英国，中产阶级严格遵循着夏瓦西的育儿建议，"肉、土豆、面包，加上饥饿这一最好的食物，应该成为孩子们唯一的食谱"，认为这样才能革除儿童与生俱来的无知和邪恶。

窃以为，万事皆有度。饮食太奢，人的确会因为过分安逸而变得软弱；饮食太简，又失去了生活的乐趣。如果一辈子都在嚼菜根吃土豆，即使能够拥有钢铁意志，成为宇宙之王，这一生又有何滋味？

紫驼之峰出翠釜

—— 古代菜肴的造型艺术

一直以来，我们都认为我们是在用舌头感受美味。但心理学实验证明，舌头远没有你想象中那么强大，很多时候，眼睛都在协助味蕾品尝食物。食物的滋味醇美，舌头会觉得好吃；食物的色彩漂亮，眼睛才会觉得好吃。舌头和眼睛共同作用，才能让大脑得出"美味"这个结论。中国古代的庖厨不做心理实验也在长久的厨房作业中明白了这个道理，所以他们都属于"外貌协会"，不仅在菜品的调味上精益求精，更在菜品的视觉效果上追求止于至善，从烟熏火燎的厨房向灯火通明的宴会厅，送去一道道倾国倾城的佳肴。

《韩非子》里有一则很悲伤的故事。卫灵公一度非常宠爱长相俊美的弥子瑕。某次弥子瑕的母亲生病了，弥子瑕得知后就连夜偷乘卫灵公的车子赶回家去看望母亲。依照卫国的法令，偷驾国君的车辆要处以砍脚的刑罚，而卫灵公不但不罚，还盛赞弥子瑕"孝哉！为母之故，忘其刖罪"。另有一次，弥子瑕与卫灵公同游果园，他摘了一个桃子吃，觉得很香甜，没有吃完，就把剩下的一半献给卫灵公品尝，卫灵公不但不怪罪，还感动万分："爱我哉！忘其口味，以啖寡人。"但花无百日红，弥子瑕最终也逃不过美人迟暮、年老色衰的命运，老丑的弥子瑕不再受宠，于是卫灵公想起那两件往事，恨得牙痒痒，愤然道："是固尝矫驾吾车，又尝啖我以余桃！"以往的好，在今时通通变成了欺君之罪，卫灵公太薄情。

不过，我们并不比卫灵公高尚多少。一百多年来的几十项心理学研究都证明，我们天然会认为容貌美丽的人个性更可爱，甚至认为他们更加聪明与诚实。连智商和人品都能跟相貌挂钩，多么匪夷所思。在学校的研究证明，教师们会给漂亮的学生打出更高的分数；在职场的研究证明，那些美的人比不太漂亮的人收入多出12%。

这一切的一切，足以证明人类是视觉动物。对待饮馔，人自然不例外。一盘好菜，首先得好看，征服人类的眼球，否则这菜肴就要重蹈弥子瑕的覆辙，失宠于人。古代中国人深深明白这点，故将食物做得美轮美奂。

一、造型制胜

国人从很早开始便尝试赋予食物优美的姿态。比如唐代的雕梅橼子：

"枸橼子，形如瓜，皮似橙而金色，故人重之，爱其香气，京辇豪贵家钉盘筵，怜其远方异果。肉甚厚，白如萝卜。南中女子竞取其肉雕镂花鸟，浸之蜂蜜，点以胭脂，擅其妙巧，亦不让湘中人镂木瓜也。"（刘恂《岭表录异》）枸橼子属岭南特产，芳香袭人，果肉厚实。唐代的南国姑娘们竞相剜出枸橼子果肉，雕镂成花花鸟鸟，再以蜂蜜为它增味，以胭脂为它添色。

唐时岭南还是蛮荒之地，跟"啼花戏蝶千门侧，碧树银台万种色。复道交窗作合欢，双阙连甍垂凤翼"（卢照邻《长安古意》）的长安、洛阳有着天壤之别，那里有的是"蜃吐朝光楼隐隐，鳌吹细浪雨霏霏。毒龙蜕骨轰雷鼓，野象埋牙断石矶"（元稹《送岭南崔侍御》）。在彼时的中原人士看来，岭南简直就是"侏罗纪公园"，遍地野兽猛禽，与文明世界隔离。臣子若接到"走，到岭南去"的圣旨，多数要哭倒在地，因为这不仅意味着贬官，还意味着接下来长时间艰难而枯燥的生活。在没有太多娱乐节目的岭南，雕枸橼子想来是南国姑娘极为愉快的游戏之一。

萝卜与枸橼子质地近似，枸橼子便于雕镂，萝卜自然也是。《随园食单》中就讲到了一种可爱的萝卜雕："萝卜取肥大者，酱一二日即吃，甜脆可爱。有侯尼能制为鲞，剪片如蝴蝶，长至丈许，联翩不断，亦一奇也。"像削苹果一样削萝卜，但不同的是，削出的不是直条，而是一只接一只的蝴蝶，连绵不断，直至丈许。多么旖旎的画面：一只普普通通的萝卜，经过一双巧手，变身为一长串蝴蝶，羽翼相连。萝卜水润，雕成的"蝴蝶"虽不能飞翔，却有着晶莹剔透、美不胜收的翅膀。不知古人给这道菜取了怎样的名字，我想，唤作"化蝶"再合适不过。

西瓜的外壳软硬适中，皮质光滑，却不至于滑得无法着力，雕刻起来相当方便；而它外皮油绿，里层嫩白，镂刻外皮透出里层后形成强烈的色彩对比，这使得西瓜成为适于雕刻的食材之一。唐代宫廷有用瓜雕刻而成的"瓜花"，每逢七夕北宋汴京市场上就叫卖雕镂成各种花样的"花瓜"，而瓜雕这一小众的艺术门类，在清朝终于迎来了自己的全盛时代。

其实细究起来，清人的餐桌上并无瓜雕，但是，在清人的夏季雅集中，总会悬挂精雕细刻的西瓜灯为宴饮平添风味。"亦间取西瓜皮镂刻人物、花卉、虫鱼之戏，谓之西瓜灯"（李斗《扬州画舫录》），将西瓜果肉掏走，空余西瓜皮，在瓜皮上雕刻花鸟人物，并在瓜皮内置入烛火，一盏西瓜灯便做成了。

说起来简单，做起来就难了。清代许宗彦就曾写了一首诗，描绘做西瓜灯的艰辛："生翠玲珑照雪房，热中转觉外清凉。真同刻楮三年巧，欲夺捎金二等光。卍字回环珠斗灿，雷文错落锦机张。郑心镇后犹堪用，腐草何须聚练囊。"（《镂瓜为灯制甚工巧诗以咏之》）西瓜灯内燃烧着烛火，热力四射的光经瓜皮"过滤"后，变得清凉如水；灯上"卍字回环珠斗灿，雷文错落锦机张"，美轮美奂。但雕成一盏西瓜灯需要花多少工夫呢？诗人用了"刻楮"的典故来说明。

此典出自《韩非子》："宋人有为其君以象为楮叶者，三年而成。丰杀茎柯，毫芒繁泽，乱之楮叶之中而不可别也。此人遂以功食禄于宋邦。"有一位宋国人，为他的君主用象牙雕刻楮叶，花了三年时间方刻成。它的宽窄、筋脉、绒毛、色泽之逼真，若混杂在真的楮叶中，谁也不能分辨出来。

象牙楮叶雕刻得实在太好，以至于此人因为这一功劳在宋国当上了官。韩非子是想借这个故事说明"故不乘天地之资，而载一人之身；不随道理之数，而学一人之智，此皆一叶之行也"的大道理，但"刻楮"从此以后成了技艺工巧和治学刻苦的代表。许宗彦说"真同刻楮三年巧"，做一盏西瓜灯需要多么精湛的技术，花费多少时间，我们也就可以想象了。

像"刻楮"那样刻西瓜，做出来的西瓜灯好似艺术品。清代黄之隽还写过一首《西瓜灯十八韵》，盛赞西瓜灯绝色倾城：

瓣少瓤多方脱手，绿深翠浅但存皮。
纤锋剖出玲珑雪，薄质雕成宛转丝。
小篆曲蟠絷未了，回文层累积多时。
斜斜整整冰千叠，锁锁钩钩月一规。
苍璧镂为高士佩，湘波剪作丽人帷。
淡淡有色非烘染，窳突无痕恰蔽亏。
佛火八棱青琥珀，鬼工四面碧琉璃。
好因消暑供清赏，技巧惊人是偃师。

西方万圣节有南瓜灯，东方仲夏夜有西瓜灯。南瓜灯是为了用可怕而夸张的造型，吓走那些既不能进天堂也不能下地狱、只能在人间寂寞游荡的野鬼；西瓜灯却是为了用纤巧而精致的设计，安抚那些在盛夏炎热的气候里躁动不安的灵魂。

比雕西瓜灯更难的，乃是雕鸡蛋。对西瓜皮，下手可轻可重；对蛋壳，可不能没轻没重，力道稍有差池，就会导致功亏一篑。但这么高难度的绝活，却早在汉代之前便已出现，到了唐代，镂鸡子已经同桃花、柳树一起，成了寒食节的标配。"红染桃花雪压梨，玲珑鸡子斗赢时"（元稹《寒食夜》），各家各户镂刻鸡蛋，可不是为了闭门自我欣赏与自我陶醉的，而是要拿出来和邻里比拼一番，所以当时的寒食节还是一场"最美鸡蛋"选秀。

唐人们都爱将鸡子镂刻成什么模样呢？"刻花争脸态，写月竞眉新"（骆宾王《镂鸡子》），唐人将鸡蛋塑造成人脸的样子，还要考虑那一年的流行趋势，为鸡蛋脸画上当年最时尚的眉形。唐代姑娘酷爱画眉及设计新眉形，每年流行皆不相同，且每一种眉形都有一个典丽的名称，如月棱、小山、涵烟、拂云、倒晕……样式多到连唐明皇都忍不住下令画工作《十眉图》，记录下这千娇百媚。现代有手模特、脚模特，而唐代的镂鸡子，算是眉模特吧？

进入清代后，镂鸡子还是风行，但有人对此习俗产生了不满，清人阮葵生就说："石崇雕薪画卵，侈为奢豪。今人男女行聘，及生儿为汤饼之会，皆绘五色鸡卵，作吉祥故事。予见贵家生儿，每一卵画杂剧一曲，盛以丝络，悬以竹竿，凡数百枝，抑又甚矣。"（阮葵生《茶余客话》）晋代富豪石崇最为人诟病的行径，莫过于连柴火和鸡蛋都要镂刻装饰，太过奢华；而今人竟向石崇看齐，无论是行聘礼还是给新生儿办汤饼之会，总会在鸡卵上用五彩颜料描绘吉祥故事。这还不算过分的，富贵人家生子，每一颗鸡蛋上竟然要镂画一出杂剧的情节，然后用丝络网住鸡卵，悬在竹竿上炫耀，且这样的鸡蛋一做就是几百个。

其实，奢侈与否且不论，如此蛋雕真是罗曼蒂克：以一颗鸡蛋为舞台，人心的大悲大喜，人生的大起大落，就在这方寸之间"上演"，颇有芥子纳须弥的意味。

分析起来，阮先生的心路历程大抵如下：鸡蛋到底是要拿来吃的，蛋壳终会被敲破，在上面画再多花鸟人物，结局不过是"彩云易散琉璃碎"。既然不得长久，又何必在上面浪费金钱与时间呢？私以为，奢靡之风当然不可长，但艺术创作本就是一件奢侈的事，需要财力的支持。富豪们拿钱出来"投资"蛋雕，总比一股脑地跟风购买LV和兰博基尼来得有格调。

瓜果也好，鸡蛋也罢，因质地有一定的硬度，便于雕刻，为它们做造型还不算是"不可能完成的任务"；真正难于上青天的，是"雕刻"软塌塌的肉食。但我们的祖先自有解决方案，他们在治肉方面积累了丰富的经验，拥有神乎其技的刀工，"挥刀纷纭窅肉骨，巨口噉喝诚可怜"（楼钥《玉版鲊次陆子元郎中韵》）、"大儿执鸾刀，缕缕切红玉"（郑燮《李氏小园》）、"老夫畏热饭不能，先生馈肉香倾城。霜刀削下黄水精，月斧斫出红松明"（杨万里《吴春卿郎中饷腊猪肉戏作古句》），诸多诗词皆是明证。

清代烹饪教材《调鼎集》中记载了松鼠鱼、花篮鲈鱼、松果肉、樱桃肉、菊花肉、荔枝肉、金钱肉、荔枝鸡等"肉雕"作品的做法。这些菜和普通菜的命名方式不一样，前缀皆非做菜用到的材料，而是指菜做出来的造型，比如樱桃肉可不是指在炒肉时添加了樱桃，而是指做好后肉状如樱桃。

荔枝肉、荔枝鸡，是在生肉块或生鸡脯上使出"荔枝花刀"刀法，然后放入锅中加热，肉质收缩，最后呈现出荔枝的造型；菊花肉，先将肉切片，再切成细条，油炸之后，一片片肉就成了一朵朵"寒菊"；松果肉，将五花肉切成酒杯一般大小，再在肉皮上"划作围棋档"，再经红烧与油炸，"松果"横空出世；松鼠鱼，整鱼去骨、雕切，再拖上蛋黄、淀粉油炸，鱼便成了"松鼠"，这道菜最奇妙之处在于，上桌时需以精制浆汁浇头，油炸"松鼠"还会发出吱吱的叫声，与真松鼠相似度达99%。在"雕刻"肉菜的过程中，操刀的厨师不是唯一的作者，火和油也参与了创作，为最后的造型做出了努力。

瓜果雕或蛋雕，从你下刀开始，每一步你都能望见最终的结果，你在果肉上划一个叉，直到最后那也会是一个叉；"肉雕"完全不同，雕刻之后要经过炒汆烧炸等步骤，你一开始在肉上划的一个叉，最后可能变成一朵花，亦可能变成一团渣。所以"肉雕"对厨师是极大的挑战，厨师须在下刀时清楚自己最终要制造出的效果，并估计接下来每个加工步骤对形状有多大的改变，然后往回推算下刀时需用的力道和角度。不过在这里需要的恐怕不是数学能力，而是经验的累积。唯有时间，可以教一名厨师学会"肉雕"绝技。

古代除了食品雕刻，还有食品雕塑。《北齐书·元孝友传》里就记载了一种精妙绝伦的食品雕塑："今之富者弥奢，同牢之设，甚于祭盘。累鱼成山，山有林木；林木之上，鸾凤斯存。徒有烦劳，终成委弃。"大意是说今天的豪富之家愈发奢侈了，婚礼比祭祀搞得还隆重，把层层叠叠的鱼肉摆成山岳的模样，山岳上用其他食材做成林木，而林木之上还立有用食材雕刻而成的鸾凤，花费功夫做成这般精致的菜品，最后却轻易就丢弃了。

山林鸾凤雕塑不仅造型漂亮，还暗含了"凤栖碧梧"这一典故，象征清高之士会择良处而居，不甘于同流合污。[1]但凡诗词中出现"凤栖碧梧"的意象，不是要形容环境高洁，就是要比喻人品高洁，概莫能外，譬如"寒螀爱碧草，鸣凤栖青梧"（李白《陌上桑》），又譬如"凤栖桐不愧，凤食竹何惭"（李佰鱼《桐竹赠张燕公》）。只是多么讽刺，北齐那道菜历来被视为世俗之人奢靡浪费的典型，与"凤栖碧梧"高洁的含义恰恰相反。

《春明梦余录》记载："明初筵宴、祭祀，凡用茶食果品，俱系散撮。至天顺后，始用粘。初每盘高二尺，用荔枝圆眼一百二十斤以上，枣柿二百六十斤以上……"明代筵席上，有用果品做成的"高塔"，果品等于砖块，由厨师垒砌、黏合，终达二尺高。

厨师用什么"胶水"来黏合，原文没有记载，不过我们可以推测，乃糯米浆、鸡蛋清之类，既具黏性又可食用。别小瞧此种天然胶水的威力，福建客家土楼的围墙就是由泥土掺上糯米浆、鸡蛋清等制成。客家人被称为"中国最聪明的人"，他们的选择多半不错，混入糯米浆及蛋清的墙体坚固异常，保护世世代代客家人远离风雨。

清代的食品雕塑更加精妙，"自顺治以来，即以荤素品装成人物模样，备极鲜丽精工，宛若天然生动，见者不辨其为食物，亦莫辨其为何物矣"（叶梦珠《阅世编》）。用各种荤素菜捏制成人物，而这人物雕塑做得有多生动呢？竟然让诸

---

[1] 典出《庄子秋水》："惠子相梁，庄子往见之。或谓惠子曰：'庄子来，欲代子相。'于是惠子恐，搜于国中三日三夜。庄子往见之，曰：'南方有鸟，其名为鹓鶵，子知乎？夫鹓鶵发于南海，而飞于北海，非梧桐不止，非练实不食，非醴泉不饮。于是鸱得腐鼠，鹓鶵过之，仰而视之曰：吓！今子欲以子之梁国而吓我邪？'"

位食客看不出是由食物捏塑而成，且即使你看出是由食物做成，也看不出究竟用的是何种食物，堪称绝技。

　　说到中国古代的食雕，我不禁想起欧洲文艺复兴时期一些惊为天人的食雕作品。彼时的佛罗伦萨，有一个艺术团体叫作大锅会，会员名额只有十二个。大锅会定期进行聚餐，聚餐时每个会员可以带三到四个客人，另外每个人还要带一道别出心裁的菜肴，如果菜肴不够创新或是与他人重复，就要被罚款。会员们为了让自己带的菜脱颖而出，在造型上做足了功夫："有一次，吉安·弗朗切斯科用一只硕大无朋的酒桶做饭桌，叫客人坐在里头。乐师在桶底下奏乐。桶中央伸出一株树，树枝上放着菜肴。弗朗切斯科做的菜是一个大肉包，'尤利斯在包子里用开水煮他的父亲，使他返老还童'，两个人物都用白煮阉鸡装成。另外还有许多好吃的东西，安德烈亚·德尔·萨尔托带来一座八角神庙：底下是一列柱子；一大盆肉冻做成的地面上，仿照宝石镶嵌的款式画出许多小格；肥大的香肠做成像云斑石一样的柱子；帕尔梅森的奶饼做柱头和础石；各式糖果做楣梁，杏仁饼干做骑楼。神庙中央是冷肉做的一张圣书桌，书桌上用细面条排成一本弥撒经，胡椒代表文字与音符；周围的唱诗童子是许多油炸画眉，张开着嘴；后面两只肥鸽代表低音歌手，六只莺雀代表高音歌手。多梅尼科·普利谷用一只乳猪装成一个乡下女人，一边纺纱一边看守小鸡。斯皮洛用大鹅装成一个铜匠。便是今日，我们仿佛还能听到他们滑稽古怪、哄堂大笑的声音。"[1]

　　哪怕没有达·芬奇的《蒙娜丽莎》，

[1] ［法］丹纳著，傅雷译：《艺术哲学》，江苏文艺出版社2012年版，第137页。

没有米开朗琪罗的《圣母怜子》,没有布鲁内莱斯基设计的佛罗伦萨大教堂,仅凭这些充满想象力和设计感的菜式,也能够证明文艺复兴的伟大,证明在那个时期发生了人类历史上最卓越的艺术大爆炸。

食品雕塑"放平"之后,就成了花色拼盘。古往今来,中国最有名的一道拼盘出现在唐末五代:"比丘尼梵正,庖制精巧,用鲊臛、脍脯,醢酱、瓜蔬,黄赤杂色,斗成景物,若坐及二十人,则人装一景,合成辋川图小样。"(陶谷《清异录》)

辋川别墅乃唐代大诗人王维晚年隐居之所,有二十余处景点[1],有竹有杏,有滩有泉,有亭有馆,怎叫王维不爱?故王维绘《辋川图》以示纪念,并和友人裴迪往来唱和,为每一个景点都作了诗,如《辛夷坞》:"木末芙蓉花,山中发红萼。涧户寂无人,纷纷开且落。"如《木兰柴》:"秋山敛余照,飞鸟逐前侣。彩翠时分明,夕岚无处所。"字里行间,有超凡脱俗的禅意,亦有对辋川深沉似海的爱意。

五代梵正,既是尼姑,也是名厨。蕙质兰心的她,按照《辋川图》和王维、裴迪写的诗,用诸多食材拼出了辋川图小样,景点无一遗漏。在梵正生活的年代,王维早已去世,但王维晚年的挚爱,辋川的文杏、香茅、檀栾、青苔、幽篁、松风、扁舟、明月,以及飞鸟与鱼,却尽数在梵正手下复活。梵正与王维的精魂,就在那道花色拼盘里碰撞、交会。

唐末五代还有一种花色拼盘,不如辋川图小样盛大华贵,却胜在清新

---

[1]〔宋〕庄绰《鸡肋编》:"王摩诘画其所居辋川,有辋水、华子冈、孟城坳、辋口庄、文杏馆、斤竹岭、木兰柴、茱萸沜、宫槐陌、鹿柴、北垞、欹湖、临湖亭、栾家濑、金屑泉、南垞、白石滩、竹里馆、辛夷坞、漆园、椒园,凡二十一所。与裴迪赋诗,以纪诸景。"

俏丽，在《清异录》中有记载："吴越有一种玲珑牡丹鲊，以鱼叶斗成牡丹状，既熟，出盎中，微红如初开牡丹。"将鱼切片如花瓣，拼作牡丹形状，加之鱼肉微红似牡丹初开时的色泽，整个菜逼真度极高。拈鱼片入嘴，"牡丹"在舌尖盛放，味道不提，仅是品尝如此意境已叫人沉醉。

既说到鱼叶斗成的玲珑牡丹鲊，不得不说到生鱼片。吃生鱼片并非日本人的发明，中国早在孕育出《诗经》的年代就有了吃生鱼片的风俗，《诗经·小雅·六月》里就有关于生鱼片的诗句："饮御诸友，炰鳖脍鲤"。"脍"字既可作名词用，指切细的生肉；也可作动词用，指把生肉切细。只因古人太爱食生鱼片，后来从脍字还发展出了"鲙"。

"鱼脍槎头美，醅倾粥面浑"（陆游《幽居》）、"归思鲈鱼脍，离筵竹叶樽"（杨亿《义门胡生南归》），鱼脍味鲜毋庸置疑，更重要的是它在食用价值之外，还具有观赏价值，"细刽之为生，红肌白理，轻可吹起，薄如蝉翼"（屈大均《广东新语》），仅读文字，便觉鱼脍是道绝佳风景。如果古代刀工有职称考试，那么能把生鱼片切到如斯晶莹的地步，定可评上高级职称。古人为这道风景感动，为之写下无数曼妙诗赋，比如汉代傅毅《七激》"涔养之鱼，脍其鲤鲂。分毫之割，纤如发芒；散如绝谷，积如委红"，比如晋代张协《七命》"尔乃命支离，飞霜锷，红肌绮散，素肤雪落，娄子之豪不能厕其细，秋蝉之翼不足拟其薄"。在诗人笔下，做鱼脍的刀工已近乎杂技表演。

古人对鱼脍的喜爱，有一半是出自对晶莹之美的追求。这种追求终于在宋代诗人杨万里的某种饮食中登峰造极，且来看他的这首诗：

上饶灵山无它灵,空山满腹著水精。
炯然非石亦非玉,乃是阴崖绝壑千秋万岁之坚冰。
只知灵山有爽气,谁知水精有奇味。
诗人新试餐玉方,解遣坚凝作松脆。
银刀细下雪缕飞,金盘钉出琼瑶堆。
齿牙著处霜霰响,骰鲭厌后胸襟开。
尊前欢伯来督战,坐上嘉宾欲惊散。
胸中自有水精宫,不怕醉乡无畔岸。

全篇玲珑剔透的字眼,让人以为他写的不是生鱼片便是宋代的冰淇淋——其实都不是,这首诗的题目叫作"水精脍",水精即水晶,杨万里吃的是山里开采的水晶。没错,就是现代女性用来做首饰的水晶。现代人都明白,水晶不可食用,但古人常出于某些特殊动机食用千奇百怪的东西,比如"餐玉"就是为了长生不老,"餐玉驻年龄,吞霞反容质"(沈约《奉华阳王外兵》)、"吹箫新有伴,餐玉共求仙"(王炎《临江仙》)之类的观念在古人中颇有市场;而杨万里吃水晶,大概就是因为水晶的视觉效果太美好,叫人忍不住下了嘴,否则诗人不会将笔力都落在了水精脍的外观描写上。

二、色彩为王

在古人给菜品造型的方法中,有一种最常见的方式,那就是通过精心的色彩搭配,使菜品变得更加漂亮。光看描写饮食的诗词里有多少字眼与颜色

紫驼之峰出翠釜

113

（北宋）赵佶《文会图》远远望去，餐桌一片色彩缤纷。

相关，就明白国人多么重视菜肴的色彩设计："香红糁熟，炙美绿椒新"（陆游《与村邻聚饮二首》之二）、"新钓紫鳜鱼，旋洗白莲藕"（陆游《思故山》）、"鄞江鲜鱼甲如银，玉盘千里紫丝莼"（郑獬《题明州太守钱君倚众乐亭》）、"黄鸡与白酒，欢会不隔旬"（白居易《朱陈村》）、"玉盘翠苣映红蓼，捧案朝来献两宫"（司马光《皇后阁五首》之四）……举不胜举。我们的传统绘画颜色素净，传统绘画的重要分支水墨画更是只在黑与白之间做文章，但在国人的饭桌上，所有绚烂夺目的色彩搭配都被开发出来。

　　色彩搭配看上去是菜肴的造型艺术中最"简单"的一种手法，然而它的科学含量却是诸手法之首。这不是笔者故意耸人听闻，菜肴的色彩搭配包含了"同时对比法则"和"色彩心理学"两个知识板块。

　　先来看"同时对比法则"。法国化学家、光学家谢弗勒在19世纪发现了一个有趣的现象，即眼睛在同时摄取两种颜色时，这两种颜色就会尽可能地显得不同，当相邻的两种颜色互为补色时，"同时对比法则"的效果则会抵达峰值。所谓补色，就是反差最大的颜色，一种颜色和自己的补色混合起来会变成黑色，比如蓝的补色是橙，红的补色是绿，黄的补色是紫。同时对比法则，形象一点来说就是：黄在别种颜色的映衬下会显得更黄，但在紫的映衬下显得最黄；红在别种颜色的对比下会显得更红，但在绿的对比下显得最红。当几种反差极大的颜色搭配在一起的时候，每一种颜色都会比自己单独存在时来得更强烈，综合起来显得格外鲜艳，产生疯狂的视觉冲击。

　　最早将谢弗勒的理论应用于实际的，是法国画家修拉。他利用这套理论创作了那幅著名的《大碗岛的星期天下午》，那个"下午"大概也是西方美术史上最明艳的一个"下午"。到了现代，谢弗勒的那一套依然吃香，在这高扬个性、每人都希望被全世界注目的时代，服装越来越多地使用撞色，就是为了产生同时对比效应，让自己鲜艳得能在人群中脱颖而出。而早在谢弗勒的理论诞生之前，中国人的厨房里已经炮制出了像《大碗岛的星期天下午》那样有着惊人视觉冲击力的"作品"，只不过作品是一道道菜肴、一桌桌筵席。

"鲫乌紫白螺开靥，蚯紫虾红鳠挟肠"（岳珂《谢赵季茂海错二律之一》）、"绿蚁醅浓粘玉盏，紫驼峰美照金盘"（喻良能《谢中书施舍人宴集》）、"净淘红粒罯香饭，薄切紫鳞烹水葵"（白居易《池上小宴问程秀才》）、"回廊曲榭称春游，绿酒红花白玉瓯"（李梦阳《春日宴豫斋王子之第二首》之二）……驼峰以金盘为背景紫色愈浓，绿酒在红花和白玉瓯间更显青翠，国人很早就琢磨出了配色的秘诀。古代餐桌充满了艳丽的对比色，有时是一道菜自身，比如宋代的十色蜜煎蚫螺、十色头羹、三色水晶丝、下饭二色炙（吴自牧《梦粱录》）；有时是与其他菜肴或周边环境形成撞色效果。

《南史·周颙传》中的一段对话，证明国人对菜肴色彩搭配的美学多么执念："卫将军王俭谓颙曰：'卿山中何所食？'颙曰：'赤米白盐，绿葵紫蓼。'文惠太子问颙：'菜食何味最胜？'颙曰：'春初早韭，秋末晚菘。'"周颙在历史上以清贫寡欲而闻名，他在山中的日常饮食简单至极，不过就是米、盐、葵、蓼。但正因为有了赤、白、绿、紫的耀目对比，使这朴素到可怜的粗茶淡饭，竟成了中国古代史记载下的最美筵席。

谈完色彩的搭配，现在该来谈谈色彩究竟对食欲有何影响。且来看两个

诗词里的人间百味

〔五代〕顾闳中《韩熙载夜宴图》（局部）一桌筵宴，菜肴有红有白有青，餐具亦是金黄灿然、银白雪亮，搭配在一起美不胜收。

有趣的心理学实验。

华盛顿大学在一项关于味觉和色彩关系的实验中，让被试者品尝饮料，并让被试者能够清楚看到饮料的色彩，比如能看到橙汁是橘黄色，葡萄汁是紫色。在既能品尝又能看到颜色的情况下，被试者几乎都正确地辨认出了饮料的味道。这个实验的结果并不奇怪，在所有人的意料之中，真正奇怪的是对照实验的结果。在对照实验中，只让被试者品尝饮料，不让他们看到饮料的颜色。结果，品尝葡萄饮料的人中，只有70%的人尝出它是葡萄饮料，15%的人认为是柠檬汁；樱桃饮料的数据更夸张，只有30%品尝樱桃饮料的人辨认出了这是樱桃饮料，绝大多数人以为自己喝的是柠檬汁。如果人仅凭味觉来品尝食物，那么前后两个实验的结果应当一样才对。

在另一项实验中，实验者询问被试者最喜欢的食物是什么。接着，实验者将这些食物统统染成了让人最没有食欲的蓝色，然后请被试者品尝。实验过程保证，蓝色色素改变的只是食物的外观，并不影响食物的气味、口感等。但是实验的结果是：几乎所有的被试者，都对自己曾经的最爱产生了嫌弃感，没了食欲。如果舌头才是美食鉴定的主宰，那么即使"最爱"被染成了"阿凡达"，也应当觉得可口才是。

这两个实验完全颠覆了人们的固有印象，一直以来，我们都认为我们是在用舌头感受美味。事实上，舌头远没有你想象中那么强大，很多时候，眼睛都在协助味蕾品尝食物。食物的滋味醇美，舌头会觉得好吃；食物的色彩漂亮，眼睛才会觉得好吃。舌头和眼睛共同作用，才能让大脑得出"美味"这个结论。

中国古代的庖厨不做实验也同样在长久的厨房作业中明白了这个道理，所以他们都属于"外貌协会"，不仅在菜品的调味上精益求精，更在菜品的视觉效果上追求止于至善，所以他们能够从烟熏火燎的厨房向灯火通明的宴会厅，送去一道又一道倾国倾城的菜肴——"瓷罂酒湛碧玉浆，雕盘鸡割黄金肪"（顾璘《豫章江上逢方大参文玉》）、"红姜紫蓼纷堆盘，往往舆台足沾溉"（冯誉骥《食蟹叹》）、"畲黄鲤赤太凡生，莼紫枨青道不行"（米芾《同官送鲈二首》之二），每一道菜都美得像个传奇。

世界上有成千上万种颜色，但这么多种颜色都可分为两大类：一是暖色，一是冷色。暖色包括红、黄、橙色等，目睹这些颜色，人的内心会变得温暖、热烈、活泼。冷色包括青、蓝、黑等色，它们对人心的作用与暖色恰恰相反，能让人冷静、镇定。科学研究表明，颜色能影响心情，更能影响食欲。红色能刺激人的神经系统，促进肾上腺素分泌，加速血液循环；橙色能激起人的活力，诱发食欲，并有助于人体对钙的吸收；绿色使人联想到舒适的春季，对人的精神有镇静作用，能帮助人体更好地消化食物；紫色可以维持人体内的一些生理平衡，调和其他色彩的刺激……每一种色彩对食欲的影响皆不相同，不过总的来说，暖色调增加食欲，冷色调消灭食欲。

所以在前文提到的实验中，人们面对染成蓝色的冷色调美食失去了品尝的冲动；所以世界上有名的快餐连锁麦当劳和肯德基的招牌都以红为主，室内充满橙色或黄色的布置，因为红黄橙是提升食欲的法宝，知识就是力量，想把生意做好也得懂科学；所以专家建议想要减肥的女同胞可以将厨房装饰成蓝色，或是使用紫色的餐具，冷感会帮你控制食欲；所以超市的肉食柜台常打上红色灯光，以刺激你的品尝欲继而刺激你的购买欲；所以一盘成功的菜肴，不但要味道可口，颜色还得正确。

然而，冷暖色调对食欲的作用也不是绝对的。菜肴的色彩还要同气候相适应，夏季菜肴得以冷色为主，冬季菜肴得以暖色为主，为什么呢？夏季若做暖色菜肴，炎炎天气下再给食者增加暖意，食者必因双倍燥热而降低食欲；同理，若冬季做冷色菜肴，则是在冰天雪地中再添一丝凛冽，叫食者如何下咽？

古人虽未像现代心理学家一般将这些认识整理成豪华的理论体系，但他们在一菜一饭中展现出的审美，表明他们早已深谙此道。比如陆游的《初夏》"白白糍筒美，青青米果新"，青与白的搭配，清爽了一整个夏天；白居易《戏招诸客》"黄醅绿醑迎冬熟，绛帐红炉逐夜开"，黄醅绿醑，带来暖意和春的气息，让这个冬季不太冷；杨基《忆北山梨花》"晚晴汲井试新火，紫笋绿薤供盘餐"，晴日需用紫笋绿薤"去热"；皮日休《寒夜文宴得泉字》诗"蟹因霜重金膏溢，橘为风多玉脑鲜"，寒夜得以金蟹黄橘"供暖"。

中国一代又一代的厨师和美食家们推陈出新，做出无数精致新颖的菜肴造型，但发展到清代，竟然出现了"反造型"的一品会。那是康熙年间，太平盛世，京都繁华，笙歌清宴常常通宵达旦，在这样的背景下，达官贵人间突然流行起了一品会。所谓一品会，就是筵席上无二物，仅有一盘菜，这与宴会上通常"尊罍溢九酝，水陆罗八珍"（白居易《轻肥》）的景象背道而驰。

相国王胥主持的一品会，宴会开始只端出一个大冰盘，冰盘中只有一块圆形豆腐，再简陋不过，一点观赏价值也无。这时候主人开始哭穷，说：家无长物，仅余一块豆腐可以款待嘉宾，还请各位不要笑话。但是，谁认真谁就输了，你若信了这话，以品尝豆腐的心情伸出筷子，一定会吓一大跳——因为豆腐中"珍错毕具，莫能名其何物也，一时称绝"（宋咸熙《耐冷谭》）。豆腐只是朴素的保护色罢了，豆腐中别有洞天。

而另一场闻名于世的一品会，由尚书徐健庵主持，"隔年取江南燕来笋，负土捆载至邸第，春光乍丽，则之而挺爪矣，直会期乃为煨笋以饷客，去其壳则为玉管，中贯以珍羞，客欣然称饱"（宋咸熙《耐冷谭》）。宴会时，主人搬出仅有的一道菜——煨笋招待众宾，笋的外壳包裹得严严实实，俨然一棵刚挖出土的鲜笋，但待宾客剥去竹笋灰头土脸的外壳，才发现笋内灌满珍馐。

别的菜式是想尽一切办法扮俏，一品会上的菜肴却是挖空心思藏巧。那一腐一笋，如同两部成功的侦探小说，作者巧妙地掩盖事实，布置下一系列虚假的线索，指引你推理出错误的结果，最后用意想不到的真相，彻底震撼你的心灵。私以为，如斯"反造型"的菜式，才是菜肴造型艺术的巅峰之作，且不说将佳肴填到豆腐甚至竹笋中需要多少复杂的技巧，单是这两道菜蕴含的逆转情节便足以称霸造型界。

从此以后，所谓"造型"，不再仅限于塑造菜肴的外形，还致力于丰富菜肴的灵魂；从此以后，菜不只是菜而已，菜也成了一出戏，不看到最后，不知道结局。

就荷叶上包鱼鲊

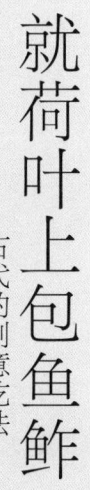

古代的创意吃法

进入现代社会，科技日新月异，工业文明带给我们的好处多得像是天上的星星。然而，工业文明也带来了与好处势均力敌的坏处，那就是让大家习惯了流水线一般的人生，对批量生产安之若素，虽然高唱着"我就是我，是颜色不一样的烟火"，但每个人的个性却日益模糊，直至诗意从生活中完全被驱逐。时至今日，我们吃的东西越来越多，我们的吃法却越来越无趣，毫无个性的快餐和方便食品开始侵占我们一日三餐，每顿饭都像用机械生产出来的，相差不过毫厘。而古人在吃饭这件事上，却有着许多今人难以想象的创意，让寻常饮食变得不朽。

一日三餐，吃饭喝酒，每天一样，天长日久，谁都腻烦，于是有的人在菜式上不断翻新，有的人在吃法上大做文章。以往人们光注意新菜式，却往往忽略了新吃法。笔者有心填这个空，于是此节专记古代那些吃法上的"锦绣文章"，拾掇古代食案上遗失的美好。

一、醉饮鲸翻沧海波

吃饭之前，我们先饮酒。

唐代段成式在《酉阳杂俎》中记录了一种极为风雅的饮酒之法："历城北有使君林，魏正始中，郑公悫三伏之际，每率宾僚避暑于此。取大莲叶置砚格上，盛酒二升，以簪刺叶，令与柄通，屈茎上轮菌如象鼻，传吸之，名为碧筒杯。历下学之，言酒味杂莲气，香冷胜于水。"曹魏正始年间，郑悫率众夏日聚宴时，喜将翠绿可爱的荷叶连着叶梗一并摘下，架在砚盒之上。随后，用簪子刺破荷叶的叶心部位，打通叶片与叶梗之间的连接。荷叶梗是中空的，如此一来，荷叶即化身为一盏有"吸管"的酒杯，名唤碧筒杯。

荷叶中注满美酒，饮酒人只用含住叶梗的末端，轻轻一吸，荷叶中的美酒就顺着叶梗的空腔，裹挟着荷叶的清凉与芬芳，一股脑儿涌入饮酒人的口腔。一夏的烦闷燠热，在碧筒酒的甘爽中消融。

碧筒杯饮酒法经久不衰，唐代戴叔伦诗曰"茶烹松火红，酒吸荷杯绿"（《南野》），宋代欧阳修词曰"逡巡女伴来寻访，酒盏旋将荷叶当"（《渔家傲》），明代高濂词曰"折得碧筒劝酒，还堪荷叶为裳"（《风入松》），清代王时翔词曰"舟舣。白莲塘里。一醉。碧筒香"（《荷叶杯》），都是碧筒杯风行了一代又一代的明证。不过现在已无法考证，一开始究竟是谁发明了如斯浪漫的饮酒法。无论是谁，我都对他感激万分。是的，我知道这般发明没有实用价值，但谁能说它比电灯、电视、照相机的发明来得逊色？科技发明便捷了生活，而情趣发明温柔了心灵。

三国人以荷叶为杯，元人就用荷花饮酒，这种饮法被陶宗仪记录在案："酒半，折正开荷花，置小金卮于其中，命歌姬捧以行酒。客就姬取花，左手执枝。右手分开花瓣，以口就饮。其风致又过碧筒远甚。余因名为解语杯，坐客咸曰然。"（陶宗仪《南村辍耕录》）涉水取来一枝荷花，挑选半开半合欲语还休的那种，将满载美酒的金杯悄悄藏在花蕊深处。宴会开始，美人持荷劝酒，宾客左手高举荷茎，右手分开花瓣，将嘴凑近花瓣，酒液便从荷花中倾泻而出。末了，这种荷花酒杯还有个风情万种的名字，荷花既叫作"解语花"，用荷花做成的酒杯自然就叫作"解语杯"了。想想那场景，美人媚如芙蓉，芙蓉婉似美人，人面芙蓉相映红，真真应了诗中所写的"荷花解语偏宜醉"（刘崧《五月十日雨宴集周氏亭子，适溪水暴至，不得归，因留夜宴，乐甚。后数日，叔用将之豫章，次韵赠答以识感也二首》之二）。

唐末五代时，后唐国主发明了用橙皮做的"软金杯"，以软金杯盛酒，橙香甘洌，酒香醇厚，混合出小清新的味道。国主拥有各种价值连城的杯碗盘碟，却对这软金杯情有独钟，遇到值得庆贺的事，还会用软金杯赏赐近侍。橙皮不值钱，软金杯毕竟不是金杯，不过这样的赏赐胜在有新意，受赏的人倒也开怀。

软金杯到了元代愈发流行，只要到了橙子丰收的季节，用软金杯饮酒就成了饭局中的固定节目;而吟咏软金杯,则成了宴会上骚人墨客的趣味游艺。元人卢挚就曾为软金杯赋曲一首:"摘将来犹带吴酸,绣縠轻纹,颜色深黄。纤手佳人,用并刀剖出甘穰。波潋滟宜斟玉浆,样团圞雅称金觞。酒入诗肠,醉梦醒来,齿颊犹香。"(《橙杯》)橙果灿黄,酸香宜人,佳人拿刀剖开橙子,剜出饱满多汁的果肉,用橙杯盛装玉液琼浆。饮一杯,酒与橙在舌尖碰撞,满怀的淋漓酣畅,沉醉入梦,梦醒来唇齿依然留香。

在这首曲子诸多绚烂的字眼中,尤其值得注意的是"吴酸"与"并刀"。并州在今天的山西太原一带,自古就以制造锋利的刀具而闻名于世,并刀当然就是指产于并州的刀。那么吴酸又作何解呢?吴地盛产橙子,吴酸大概是指橙子带有吴地特有的气息。其实,佳人剖橙所用的刀具未必当真产自并州,橙子的酸味亦大抵相似,并无什么地方特色,但是,在"刀"前冠以

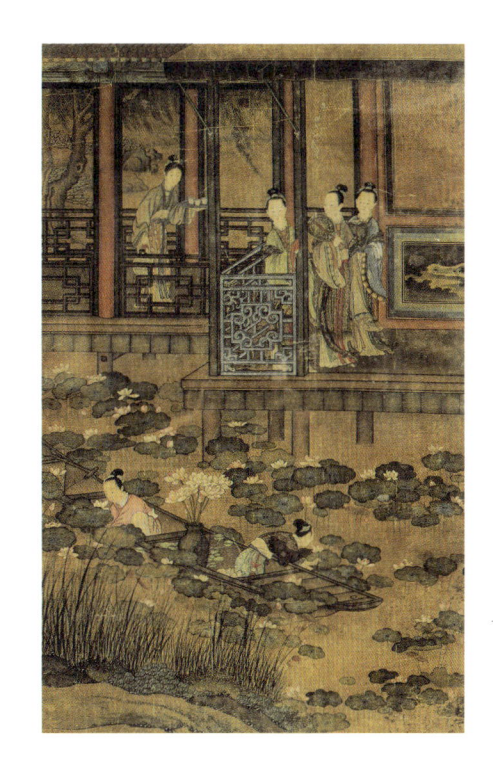

佚名《采莲图》

"并"字，就让读者产生了锋利的想象；在"酸"前冠以"吴"字，这酸便有了吴地温润柔软的气息。而这，就是中国古代诗人最了不起的一种创作手法。

古代诗词中有许多诸如"并刀""吴酸"的美丽意象，你不要对每个字眼太当真。"破额山前碧玉流，骚人遥驻木兰舟"（柳宗元《酬曹侍御过象县见寄》）、"燕姬彩帐芙蓉色，秦子金炉兰麝香"（沈佺期《古歌》）、"唯有虹梁春燕雏，犹傍珠帘玉钩立"（故台城妓《金陵词》），骚人遥驻的舟未必是用木兰所做，冉冉生烟的香炉质地亦未必是金，歌妓挽起的帘钩也不太可能由贵重的玉做成，但是木兰舟、金炉与玉钩，可比现实生活中灰扑扑的木舟、铁炉、铜钩浪漫十倍，它们出现后营造的优美氛围已叫人目眩，谁还去细究所谓的事实？这就是诗的语言，美是至高原则，其他靠边站。

说回软金杯。元代白朴的《风入松·咏红梅将橙子皮作酒杯》，揭露了软金杯的另一个秘密："软金杯衬硬金杯，香挽洞庭回。西溪不减东山兴，欢摇动、北海费樽罍。老我天涯倦客，一杯醉玉先颓。"橙皮质地柔软，容易变形，盛酒时难免力不从心，所以元人在软金杯之下，再用真正的金杯托衬，以保持软金杯的形状。别说这是多此一举，不如直接用真金杯，即使不是为了往酒中添加橙的馥郁，当软金杯与真金杯重叠，两种质地截然不同的金色相遇，迸发出的诗意亦是惊人的。

宋人谢奕礼款待客人时，曾命婢仆把香圆果剖开，挖除内瓤，做成酒杯，称之为"香圆杯"。香圆杯比软金杯更精致，因为在香圆杯上还要刻满花纹。用精雕细刻的香圆杯饮酒，只觉金樽玉斝之类的高档酒具也成了俗器，不值一提。

　　用碧筒杯也好，使香圆杯也罢，都是纤巧的饮酒方式，而我们的古人，永远不乏霸气的创意。唐代汝阳王用云梦石铺砌了一条长渠，在渠中注满芳香的酒液，然后率众宾在酒河上泛舟。酒河的澄澈不输给天然河流，唯独输在没有鱼虾在舟侧穿行，少了乐趣。但这难不倒汝阳王，他命匠人用金银打造许多小龟小鱼，放在酒河中浮沉。宾客想要饮酒时，无须另寻酒器，你只用从翻涌的酒浪里，捕捉一只金子做的龟或鱼，那就是你的酒器了。

　　每次阅读这则故事，我总会想起法国诗人兰波的《醉舟》，想起诗中那段美得令人心悸的"如果我想望欧洲的水，我只想望/马路上黑而冷的小水潭，到傍晚/一个满心悲伤的小孩蹲在水边/放一只脆弱得像蝴蝶般的小船……"船在酒河中扬帆，可不就是醉舟吗？

　　唐代虢国夫人的创意更恢宏，她在屋梁上悬挂起鹿肠，将鹿肠的下端打结，再命仆人灌美酒于肠内，称之为"洞天瓶"。屋梁很高，宾客入席时察觉不到洞天瓶的存在。待宴饮开始，夫人一声令下，鹿肠的结被解开，玉液琼浆便从高空飞驰入杯，在杯中溅起晶莹的水花，大有"飞流直下三千尺，疑是银河落九天"（李白《望庐山瀑布》）的气势。宾客手足无措，眼睁睁看着美酒从天而降，如同做梦一般。我想，若能用这样魔幻的方式畅饮，哪怕只是饮白水也能醉人吧。

　　前面说的都是独具创意的饮酒法，而宋代朱弁却在《曲洧旧闻》中讲了一种神奇的劝酒法："蜀公居许下，于所居造大堂，以长啸名之。前有荼䕷架，高广可容数十客。每春季花繁盛时，燕客于其下。约曰：有花飞堕酒中者，为余釂一大白。或语笑喧哗之际，微风过之，则满座无遗者。当时号为飞英会，传之四远，无不以为美谈也。"

宋代范镇的家宅前有一大座荼蘼花架，一年一度荼蘼花开，范镇便邀请宾客，召开"飞英会"。数十位客人，人手一杯清酒，静候于开满莹白花朵的荼蘼架下，主人并不劝宾客饮酒，因为在飞英会中，劝酒是荼蘼花的任务——众人约定，荼蘼花落入谁杯中，谁就饮酒。偶遇微风徐来，荼蘼飘散，每只酒杯都落入花瓣，所有人相视一笑，就着满杯荼蘼一饮而尽。

元代蒲道源曾为荼蘼写了一阕《点绛唇》，将荼蘼的美描写得淋漓尽致："玉蕊珑璁，绕篱盈树知谁种。碧云堆重，化作飞琼洞。勾挽春衫，袅袅珠缨弄。风微动，行人飞鞚，更着清香送。"荼蘼叶苍翠如碧云堆叠，衬得花瓣更加洁白玲珑，所以蒲道源形容荼蘼花飘散之时，荼蘼花架如同一座飞琼洞。可不是吗？白而小的瓣子在风中打转，好似一场有香气的雪。在飞琼洞中举办的飞英会，自然是酒不醉人人自醉。

（明）钱穀《兰亭修禊图》

二、斗巧搜奇事事能

古代中国，饮酒有饮酒的创意，吃饭亦有吃饭的创意，喝完酒后，就让我们进入正餐。

公元前27年的某一天，汉成帝各种生理指标突然飙升，来了一次能够载入史册的心血来潮：他在那一天里，同时为他的五个舅舅封了侯，史称"一日五侯"。对于这件事，五个舅舅满意又不满意，满意的是自己被封侯，不满意的是另外几人竟然也封了侯。五侯彼此看不起，在接下来的日子里互不往来，连门下的宾客也不得到别家串门，但唯有一人是例外，那就是娄护。

娄护凭着如簧的巧舌，在五个侯爷间左右逢源，"传食五侯间，各得其欢心"（葛洪《西京杂记》）。娄护若是能讨其中一两位的欢心不足为奇，做门客的，总有些让人喜欢的本领，否则怎能让富贵之家心甘情愿地养他？但他竟能让五位彼此间势同水火的侯爷都喜欢他，且争相向他送来珍奇佳肴，这就不是一般的智商与情商能办到的了。五侯都给他送菜，这是本事；能不偏不倚地处理这些菜，不得罪任何一家，更是本事。

聪慧如娄护，想出了完美的解决方案：他将五侯送来的菜放在一起烹煮，最后同列一盘，称之为"五侯鲭"，也就是诗中所写的"合五侯鲭为一馔，染公鼎指要先尝"（陈杰《食客》）。吃五侯鲭，相当于你一步未动，却同时吃了五家的筵席，创意满分。而五侯鲭，也成为奇珍异馔荟萃的象征，频频出现在诗词歌赋中，如"味厌五侯鲭，嘉蔬列琼玉"[1]、"金盘厌饫五侯鲭，玉壶浇泼郎

---

[1]〔宋〕杨冠卿：《楚有蓴菜，色洁而味辛，夜对吴监丞饮，饮酣荐之以此，恍然如在湖湘间》。

官清"（黄庭坚《次韵答杨子闻见赠》）、"五侯之鲭世所贵，五辛之盘吾亦欲"（许有孚《蔬圃》）。

五侯鲭，其实很接近今天的大杂烩，宋代孙应时诗曰"五侯鲭具人间味，百衲衣哀天下工"（《胡元迈集句作官词二百首求题跋为书两章之一》），把五侯鲭比喻为百衲衣，相当确切。从五侯鲭出发，我还当真想到了日本江户时代一件有名的百衲衣，且它的珍贵程度，与五侯鲭有得一拼。

那件百衲衣出现在江户时代小说家井原西鹤的代表作《好色一代男》里，是贵公子世之介穿的一件纸外衣，"这件外衣是用写有经了佐鉴定确属真迹的古墨迹断片帖中的藤原定家和歌手稿、原赖政亲书的三首和歌、三十六歌仙之一的素性法师的长歌以及其他历代歌人墨迹的纸缝合而成的。把这件纸外衣穿在身上，简直就是不知天高地厚，是荒唐绝伦的浪费"。也许有读者对日本文化不熟悉，我且将这段对应到中国文化里，你便知这件百衲衣的价值：这件衣服，相当于用苏轼的手稿、岳飞的亲笔、李白手写的《梦游天姥吟留别》以及历代诗人的墨宝粘连而成。普通纸外衣是日本古代廉价的保暖服装，而世之介这件纸外衣，却是用古代文化名人的墨迹断片连缀成的百衲衣，价值连城。

将历代名人的墨宝衲于一衣，世之介富贵逼人；而将五侯家的佳肴汇于一盘，娄护创意非凡。

到了唐代，熊翻发明了一种新奇的吃羊法，叫作"过厅羊"。宾客到齐，饮酒至半酣，这时由仆人领一只肥羊到客厅前当众宰杀。宰杀后并不急于把肥羊抬回厨房，而是请各位嘉宾离座片刻，亲自操刀割肉，看中肥羊哪个部位就割哪个部位，想吃多少就割多少，悉听尊便。瓜分肥羊完毕，给每块肉系上彩线做记号，拿到厨房蒸熟，再端回桌请每人各自认领各自的肉。过厅羊比一般的吃羊法有趣太多，因此俘获了大批拥趸，风行一时。

与过厅羊类似的，要靠食客"自己动手，丰衣足食"的菜肴，还出现在清代。彼时的满汉全席中，有一项颇受欢迎的活动，就是让食客自己动手剥食瓜杏。瓜杏的皮明明可由厨师处理掉，厨师却特地保留了下来，而食客也乐得剥皮，倒比平时吃得更起劲。人都是贪图安逸的，为什么古代食客偏偏喜欢如过厅羊、手剥瓜杏之类的麻烦菜呢？这就不得不提到宜家效应[1]。

从20世纪40年代开始，美国出现了各种方便型的烘烤配料，比如饼干粉、蛋糕粉等，大大降低了主妇们烘焙点心的难度。然而市场研究人员很快发现：有一种蛋糕粉，只需加水略作调和，就可以入炉烘焙成一个完美的蛋糕，如此方便的材料，主妇们却丝毫不感冒。市场研究人员百思不得其解，一度怀疑是不是蛋糕粉过甜或是人工色素过浓的缘故。可怪就怪在，与蛋糕粉口味、颜色近似的食品，却很受欢迎，可见症结并不在外形或口味上。那么，问题到底出在哪里呢？

一位叫欧内斯特·迪希特的研究人员提出了假设：把蛋糕粉中的几样配料去掉，变成让主妇们根据自己的喜好另行添加配料，能否解决问题？事实证明这个假设再正确不过，生产蛋糕粉的公司将配料表中的蛋黄去掉，请主妇们自由添加鸡蛋、奶制品、食用油等，蛋糕粉的销量立即暴增。学者对这个有趣的现象进一步深

---

[1] "宜家效应"由美国行为经济学家丹·艾瑞里研究发现并命名。人们购买的宜家家具多半不是成品，回到家后还需花力气组装，而人们对于自己亲手组装的家具，喜爱程度就会远远超过对同等品质的其他家具。

入研究，甚至计算出了半成品烹饪的黄金分割点并申请了专利：半成品烹饪讲究"70/30黄金分割原理"，就是方便型烘焙材料最好给顾客提供70%的半成品，而另外30%，要交由顾客自己加工完成。若提供的是80%或90%的半成品，顾客将因为感觉自己参与不足，而不再对最后的作品拥有自豪心理。所以一款成功的半成品，应当替顾客省掉70%的麻烦，却不要剥夺顾客那30%投入的乐趣。

这就是所谓的宜家效应，人们对那些自己投入过精力、时间、金钱的事物，有着强烈的好感。蛋糕粉最初的配方，主妇们只需加水便能烘烤，过少的投入使主妇们无法认可烤出来的蛋糕是自己的作品，既不是"自己的作品"，看它的眼光当然很挑剔；而蛋糕粉改进配方后，主妇们需要加入水、蛋、奶、油，以及一些偏好的配料，充足的参与感使她将最后成形的蛋糕视为自己的作品，好感度立马飙升。宜家效应也完全解释了为什么在父母眼中自家小孩总是最漂亮的，因为小孩是父母最大的作品。

吃过厅羊的时候，自己亲手挑肉、割肉；吃瓜杏的时候，自己亲手剥皮、去壳。当我对一道菜肴投入了时间精力，当一道菜肴中有了"我"的存在，我吃起来就更觉美味。宜家效应，正是过厅羊和手剥瓜杏能够大获成功的秘诀。

古代中国没有宜家也没发现宜家效应，但国人肯定对宜家效应有所感触。因为他们在写诗填词时，但凡想让一餐饭显得更加有趣和美味，就总会出现剥、采等字眼，让食客亲自参与到菜肴制作中，譬如"嫩剥青菱角，浓煎白茗芽"（白居易《春末夏初闲游江郭二首》之一）、"梅豆渐黄探鹳

顶，芡盘初软剥鸡头"（吴伟业《望江南》）、"采珠樱在盘，剥玉笋登俎"（韩维《同晏著作饮薛园坐中赋》）。菱角、鸡头、樱桃、玉笋，经过自己采摘和剥壳，自然是愈发香甜了。

不过，不管是怎样的吃法，以往一场宴席，一道菜肴，客人们只负责尽情享受美味，不问由谁埋单；而唐末南汉后主刘铱，发明了一种新式吃法，要通过比赛来决定这顿饭究竟是谁请客。据《清异录》记载："刘铱在国，春深令宫人斗花。凌晨开后苑，各任采择，少顷敕还宫，锁花门。膳讫普集，角胜负于殿中。宦士抱关，官人出入皆搜怀袖，置楼罗历以验姓名，法制甚严，时号'花禁'。负者，献耍金耍银买燕。"

每至春深，姹紫嫣红开遍之际，刘铱便下令宫女斗花。比赛在凌晨时分就拉开帷幕，刘铱开放后花园，让宫女恣意采摘。然而采花有时限，参赛者需加快动作，时间一到，花园立时关闭。待吃过早饭，宫女带上花草到殿前集合，花草PK正式开始。另外，为了保证花草PK的公平，平日里宫女出入宫门还要搜身，确保她们没有为了赢得比赛而从宫外挟带花草进来。

南汉宫中斗花草究竟采用何种规则，《清异录》中并没有写。但历代都有斗花草之戏，从诸多关于斗花草的诗词中可看出，"佳丽重阿臣，争花竞斗新"（敦煌歌辞《斗百草》），斗花草主要比拼谁采的花草品种更多更新奇。想在斗花草中获胜，常常还要准备一两个撒手锏，比如王建《宫词》中那个机灵的小宫女，"总待别人般数尽，袖中拈出郁金芽"，等别人出尽百宝之后，她再缓缓拿出珍贵而稀少的郁金芽，一举拿下整个比赛，赢得最后的胜利。

斗花草既然是场比赛，就有胜负和奖惩，而奖惩的内容，由参赛者自己约定。"君莫羡花间女郎只斗草，赢得珠玑满斗归"（范仲淹《和章岷从事

（明）仇英《汉宫春晓图》（局部）
斗花草是古人春季喜爱的游戏之一，画面中央几个妙龄女子正全神贯注地斗花草，每人都有充分准备，拿着品种繁多的花草。

斗茶歌》）、"无端斗草输邻女，更被拈将玉步摇"（孙棨《题妓王福娘墙》）、"竞斗草、金钗笑争赌"（柳永《夜半乐》），参赛者常用金银首饰作赌资，赢家从输家手里赢取珠玑、步摇、金钗等。但刘铱组织的斗花比赛不同，输家输掉的不是体己的首饰，而是一桌好菜。因采摘花草品种不够而输掉比赛的人，要出钱置办丰盛的宴席供大家享用。

　　用斗花的方式来办宴，看上去的确风雅，但宫女们本无太多钱财，以往在斗花中输了，大不了就是赔上两件小首饰；现在斗花输了，也许要赔上自己整个身家才能办出像样的宴席来。刘铱组织斗花买宴，新颖和浪漫有余，仁慈与体贴不足。

　　我国古人在吃饭这件事上，开发了许多今人难以想象的创意，让寻常饮食变得不朽，在这一点上，西方世界也毫不逊色。比如文艺复兴时期的意大利就有一个叫作"泥刀会"的团体，时常在聚餐时创造新吃法。某一次，泥刀会会长要求会员穿着泥水匠的服装，并携带全套泥水匠的工具出席餐会，待众人到齐，大家一起用肉类、面包、糖果砌了一座房子。这栋"房子"可不可口已经不重要了，奇巧的吃法令它成为所有人心目中的传奇。

　　进入现代社会，科技日新月异，工业文明带给我们的好处多得像是天上的星星。然而，工业文明也带来了与好处势均力敌的坏处，那就是让大家习惯了流水线一般高效率的人生，对批量生产安之若素，虽然高唱着"我就是我，是颜色不一样的烟火"，个性却日益模糊，直至诗意从生活中完全被驱逐。时日至今，我们吃的东西越来越多，我们的吃法却越来越无趣，毫无个性的快餐和方便食品开始侵占我们的一日三餐，每顿饭都像用机械生产出来的，相差不过毫厘。

这样的变化叫人恐慌，因为这不仅意味着饮食方式的简化，更意味着人类灵魂的钝化。所以在工业浪潮来临之时，各个文化人不约而同地向无个性、批量饮食的代表——罐头食品发起了攻击，在他们笔下，罐头与没有思想、没有文化的大众是紧紧联系在一起的。英国学者约翰·凯里在《知识分子与大众》一书中，列举了当时文化人对罐头的嘲弄："我们看到E.M.福斯特笔下的雷纳德·巴斯德在吃罐装食品，作者描写这种举动是想告诉我们一些对雷纳德不利的重要相关信息；……T.S.艾略特的《荒原》中的打字员'放下了罐装食物'；约翰·贝杰曼指责大众爱好'罐装水果、罐装肉食、罐装牛奶、罐装豆类'；在格雷厄姆·格林的作品中，罐装鲑鱼总是下层社会烹饪的特点。……威尔斯笔下最讨厌的一个人物——《爱和刘易斯厄姆先生》中卑鄙的造假者卢卡斯·赫德尼斯先生，也嗜好罐装鲑鱼。"

最后，凯里总结说："在知识分子的概念词汇表中，罐头食品成了一个大众标志，因为它冒犯了知识分子看作自然的东西：它是机械的和没有灵魂的。作为均质化的大众产品，它也违犯了个性的神圣，因此可能只有被讽刺和被否认才能进入艺术。"[1]

撇开社会精英对大众的傲慢与偏见不谈，精英们抓住了一个重点——缺乏个性的饮食背后，其实是缺乏诗意与内涵的灵魂。

---

[1] [英]约翰·凯里：《知识分子与大众：文学知识界的傲慢与偏见，1880—1939》，译林出版社2010年版，第24页。

翡翠宫前百戏陈

古代宴会上的观赏节目

聊中国的饮食文化，只聊菜品是狭隘的，古代中国人的宴席上多的是舌尖以外的精彩，仅观赏节目就有数百花样：寻橦、戏车、腹旋、吞刀、吐火、激水、象人、怪兽、含利、旱船、长𪖊、掷倒、戏轮、跳铃、掷剑、透梯、戏绳、缘竿、弄碗珠……不消观看节目内容，光看形形色色的名目就知道表演多姿多彩。古人们宴饮时的观赏节目之多，几乎达到了喧宾夺主的地步，菜色有时已不是最重要的了。

西方有一个奇怪的食俗，就是在吃圃鹀——一种极其美味的鸟时，要用黑布或绣花布盖住自己的头。这么做的理由有两种不同说法：一说这是因为食客羞于让上帝看见自己暴食的模样；另一说出自法国大厨巴拉丹，他对前一种说法不屑一顾："羞愧？当然不是！这么做是为了让你集中注意力，享受脂肪流入喉中的快感。"[1]在我看来，后一种说法显然更为可靠，要知道，在西方人的信仰中，上帝可是全知全能的，他的视线岂是一块布所能够遮挡的？

为了尽情体会美味，特地将其他感官都蒙蔽，以免视觉听觉等干扰舌头的感受力，这样的吃法实在高明。但如斯高明的吃法，如果放在中国古代，却难以获得国人的理解，国人推崇的是"博爱"的吃法：用美食满足舌头的同时，还要用精彩的演出和节目"喂饱"眼睛与耳朵，一场宴饮就是要让身体每一种感官都得到享受。

一、神仙幻术从来有

古代宴会上，仅音乐歌舞表演一项，就有数不清的花样：白纻舞，"城头乌栖休击鼓，青蛾弹瑟白纻舞"（王建《白纻歌二首》之二）；霓裳羽衣舞，"飘然转旋回雪轻，嫣然纵送游龙惊"（白居易《霓裳羽衣歌》）；破阵舞，"戢戢攒枪霜雪耀，腾腾击鼓云雷磨"（元稹《和李校书新题乐府十二首·立部伎》）；柘枝舞，"鸾影乍回头并举，凤声初歇翅齐张"（张祜《周员外席上观柘枝》）；软舞，"内人已唱春莺啭，花下傞傞软舞来"（张祜《春莺啭》）；字舞，"舞成仓颉字，灯作法王轮"（孙逖《正月十五日夜应制》）；胡旋舞，"胡旋舞低翻翠袖，串珠喉稳

---

[1] [美]艾伦著，陈小慰、朱天文、叶长缨译：《恶魔花园：禁忌实物的故事》，新星出版社2008年版，第73页。

怯春寒"（王恽《雨中与诸公会饮市楼》）；惊鸿舞，"清歌鸣凤舞惊鸿，宝树琼轩乐未穷"（张元凯《金昌篇》）；凌波舞，"回旋凌波舞，轻明饮露仙"（宋庠《对雪有寄》）……歌舞升平，可不是昏庸帝王的后宫里独有的景象，而是古代从天子国宴到士大夫家宴的常态。

如果说歌舞给宾客以眼与耳的享受，那么幻术表演带给宾客的就是心的

（五代）顾闳中《韩熙载夜宴图》（局部）

《韩熙载夜宴图》其实就像一小型音乐会的现场，喝酒吃菜倒在其次，音乐演奏与舞蹈表演成了画面的绝对主角。

（五代）顾闳中《韩熙载夜宴图》（局部）

画面中央的女子正在翩翩起舞，旁边的人为她打着节拍。

刺激。"曼衍鱼龙一瞬间，犁轩幻术人惊睇"（刘富槐《读金桧门总宪观剧绝句》），幻术一出场，宾客目瞪口呆的表情便定格了。

古代的幻术，就是现代的魔术，叫法不同而已。在汉代发明直至唐朝仍在宴席间流行的一种幻术，叫作种瓜，"乃于席上以瓦器盛土种瓜，须臾引蔓生花，结实取食，众宾皆称香美异于常瓜"（蒋防《幻戏志》）。这个幻术表演的厉害之处在于全程透明，如果曾用布匹遮盖花盆，那谁都明白布匹就是障眼法，揭开布匹之时，此花盆非彼花盆，就算盆里长出人参来也不稀奇。而种瓜表演全程无遮掩，观众目不转睛地看着盆中的种子发芽抽条、开花结果，尽管每位观众都知道，表演者一定采取了特殊手段让这逆自然规律而动的奇迹发生，但因表演手法太过简洁，反而叫人挑剔不出任何破绽。

关于这点，日本现代魔术师兼推理小说家泡坂妻夫先生在他的小说《十一张牌》中，借一位天才魔术师之口做了总结："魔术要单纯明了，这就是我的信念。……我们应尽量避免在同一个魔术中使用过多的技法。例如，我经常看到有些魔术师明明使用换牌的技法将观众选中的纸牌移动到特定位置，但他却还要用特殊洗牌的技法重新处理一遍纸牌。后面的这些技法完全是多余的。无论魔术师的技法多么纯熟，表演魔术时也不应单纯为了炫耀而使用技法。"

大家在观看魔术表演时，总是边欣赏表面的现象，边试图解读内部的手法，若魔术过于复杂，魔术的表象与内部手法就会混淆不清，让观看者头疼不已。魔术师应当尽可能地减少多余的动作，环节和道具越少越好，这让观众觉得魔术师没有完成奇迹的机会与空间，这样当奇迹发生时，观众才会大大惊喜。如此高明的魔术理论，汉唐时人还未总结，但种瓜幻术完全体现了现代魔术以简为贵的美学。

与种瓜相似的，还有钓鱼和生姜的幻术。曹操某次宴请宾客，请来了当时最有名的魔术师左慈。待众人坐定，曹操说今天大家来此欢宴，珍馐佳肴俱备，唯独少了松江的鲈鱼，可惜了。左慈微微一笑，说这有何难，接着就要来一个铜盆一支钓竿，盆中盛满清水，钓竿挂上鱼饵，左慈手持钓竿悠悠然地垂钓于铜盆中。下面便是见证奇迹的时刻，不一会儿左慈就从除了水什么都没有的铜盆中钓上一尾上好的鲈鱼，举座哗然，曹操抚掌大笑。只是一条鱼怎么够满座宾客享用？得多钓几条。挑战升级，但左慈轻松完成，从铜盆里接二连三地钓出肥美可爱的鲈鱼来。唐代徐夤诗云"文翁未得沈香饵，拟置金盘召左慈"（《郡侯坐上观琉璃瓶中游鱼》），用的就是左慈盆中钓鲈的典故。

鲈鱼得用蜀中生姜来配，紧接着左慈又按曹操的要求，变出蜀中生姜来。曹操乃人中枭雄，生性多疑，对幻术的真实性必须检验一番才过瘾，于是说："前些日子我正好派人去蜀中采购蜀锦，既然你能到蜀中'买'姜，可否通知我的敕使，多买两匹锦缎。"左慈仍是一副"这有何难"的表情，继而完成了任务。而这个幻术是否成功，则待敕使从蜀中多采了两匹蜀锦回来才得到了证实。鲈鱼生姜的奇迹给人震撼之大，以至于到了元代，还有人对此念念不忘，作诗吟咏这个故事："老瞒实雄猜，乃忌仙者徒。鲈鱼既可脍，蜀姜不可无。"（张雨《东汉高士咏·左慈》）

后来又有一次，曹操带着浩浩荡荡百余位宾客到郊外游宴。左慈自带一升美酒一斤肉脯，在自斟自酌的过程中，顺便喂饱了百余位宾客，大家吃得心满意足。然而这可不是耶稣"五饼二鱼"的神迹，但曹操很快发现，自己为宾客们准备的饮馔不翼而飞，想来这正是左慈戏法所变酒脯的来源。曹操勃然大怒，对左慈起了杀心，但左慈遁墙而逃，曹操终无所得。

这样奇幻的故事，却并非志怪小说，而是出自《后汉书·左慈传》，属于史实的一部分。后一次幻术向我们透露了一点左慈的秘密，想来这世间并没人能做到无中生有，左慈也是通过搬运，才能"变出"鱼和酒菜来。只是搬运的手法太巧妙，无人看穿，于是成了奇迹。

而左慈也凭借这一系列奇迹，成为古代幻术的最佳形象代言人，常被诗人提及，如"流年苏武雁，往事左慈鲈"（方回《次韵邓善之书怀七首》之二）、"左慈闲戏神仙术，五色霞杯绕洞飞"（王镃《游仙词三十三首》之十九）、"不为壶公左慈之幻眩，不为祀灶却老之诞漫"（宋聚《天台道人歌》），左慈在人们心目中几同神仙。

明代出现的筒子戏法，是左慈用一升美酒一斤肉脯喂饱百余宾客的2.0版。宾客到齐之后，宴会开始，但是主人家并不上菜，仅上一位幻术师。只看幻术师十指翻飞，将两只没顶没底的空筒套来套去，陆续从筒中变出果品、蔬菜、杯碟、美酒，直至变出整桌筵席来。

这类无中生有的戏法之所以在古代大受欢迎、经久不衰，除了因为它们的表演效果着实奇幻绚丽，大概还因为它们展现了中国古代朴素的宇宙哲学："道生一，一生二，二生三，三生万物。"（《道德经》）道即是世界的本原，这个本原可以称之为无，从无中孕育出了有，继而生出万物，这是

（宋）李嵩《骷髅幻戏图》画家用抽象的手法表现了幻戏表演的神奇。

国人对世界本原最初的认识。可以说，这是先祖们在面朝黄土的现实生活中，第一次真正抬起头来思考天空的结果。

种瓜、钓鱼、筒子戏法是无中生有，而清代纪晓岚在《阅微草堂笔记》里记叙的遁鱼戏法则反了过来，将有变无：幻术师在筵席上随手端起一碗鱼,猛然向空中抛去,那碗鱼就像融化在空气里,霎时间了无痕迹。戏法还未结束,好戏在后头,幻术师告诉主人,碗和鱼都已经跑到书柜里去了,主人跑回书房打开书柜,只见鱼躺在一只盘子里,而那盘子中原本盛装的佛手却装到了碗里。这是纪晓岚童年时欣赏到的戏法,却让他记了一辈子。

小宴靠小规模的幻术表演已足以提升气氛,那国宴之类的大宴呢?得大型幻术表演才能匹配,比如汉代出现的鱼龙曼延,"赓歌千载盛明良,宸翰如今更炜煌。漫衍鱼龙看未了,梨园新部出《西厢》"(王鏊《十一绝句之十三》)、"岛屿微茫午夜间,鱼龙漫衍出尘寰。兰缸射水翻星汉,莲幕传烽破玉山"(张煌言《海上观灯,限十五删、十五咸二韵之一》)。曼延,也作漫衍,在古诗文中,鱼龙曼延总是连缀在一起,其实鱼龙和曼延分别是两种不同的表演。

先看鱼龙。鱼龙是一头叫作"含利"的瑞兽,相当于今天所说的吉祥物。曹植的《鼙舞歌》中有"白虎戏西除,含利从辟邪。骐骥蹴足舞,凤凰拊翼歌"之句,含利能与白虎、骐骥、凤凰并驾齐驱,可见在古代,含利属于吉祥物中的VIP,级别很高。鱼龙表演拉开帷幕后,含利闪亮登场,在庭院的水池中穿梭腾飞,激起千层浪。就在浪花无数如碎玉飞琼之际,含利霎时消失,替代它出场的是一尾巨型比目鱼。比目鱼不但在池中游弋跃起,还不时昂首喷水,直喷得水雾漫天,人眼迷离,一众宾客犹在龙王的水晶宫中。朦胧之间,一条八丈长的黄龙横空出世,在水雾中蜿蜒,"蛟龙骞举霭云雾"(王绂《万木图歌为杨庶子荣勉仁》)。

其实现在想来,鱼龙表演并不算太难,不过是几种大型道具在水雾掩护下的轮番出场，但难得的是舞美设计——含利、比目鱼、黄龙形象各异，利用水池作戏，又用水雾打通了舞台与观众席的间隔，将场上场下融为一体，让大家仿若在"云雾"中就餐，多么绮丽。且意思又吉祥，最后那一幕表现的不就是《周易》中所说的"飞龙在天"吗？那可是六十四卦中最吉利的一卦。

再看曼延。鱼龙的表演场面已相当惊人，但与曼延比起来，却只算小儿科。张衡在《西京赋》中生动地描绘出了曼延之戏的表演场面："巨兽百寻，是为曼延。神山崔巍，欻从背见。熊虎升而挐攫，猿狖超而高援。怪兽陆梁，大雀踆踆。白象行孕，垂鼻磷囷。海鳞变而成龙，状蜿蜿以蝹蝹。"翻译过来大意如下：巨兽高达百寻，这就是曼延。崔巍的神山，突然从巨兽的后背浮现。大熊猛虎在巨兽的背上爬行，猿猴在其间跳跃攀缘。巨兽背上，还有怪兽徜徉、大鸟进退。白象垂着长长的鼻子，好像怀孕的样子。海中的大鱼变成龙，蜿蜒起伏。

一寻等于八尺，百寻就等于八百尺，那八百尺是怎样的概念呢？陶渊明作诗曰"迢迢百尺楼，分明望四荒。暮作归云宅，朝为飞鸟堂"（《拟古九首》之四），百尺高的楼已能作为归云的宿栖之地，可见其高；而八座这样高的楼叠起来，才相当于曼延之戏中巨兽的高度。赋体虽浮夸，也是以事实为基础，再加上巨兽背部简直就是个动物园，鱼龙象猿熊虎鸟雀俱全，另还背负了一座神山，由此可见，巨兽规模惊人是毋庸置疑的。

看到这里，你对曼延的场景有没有一种似曾相识之感？没错，答案就在《列子·汤问》对传说中五座仙山的描述里："其中有五山焉：一曰岱舆，二曰员峤，三曰方壶，四曰瀛洲，五曰蓬莱……而五山之根无所连箸，常随潮波上下往还,不得暂峙焉。仙圣毒之,诉之于帝。帝恐流于西极,失群仙圣之居,乃命禺强使巨鳌十五举首而戴之。"五座仙山无根,在汪洋中随波逐流,不得停靠,以仙山为家的仙人们受不了了,打了个报告给天帝。天帝怕仙山继续飘荡,让众仙流离失所,于是派了十五只巨鳌去托举仙山。从此以后,仙山在烟波浩渺间有了固定且唯一的坐标。曼延戏中,巨兽托举着神山和神兽,正是模仿五座仙山的模样。瀛洲蓬莱,是传说中最美的归宿,是国人千年不变的向往。

二、诸行百戏都呈艺

幻术还只是古代宴会百戏的其中一种。东周时期,宴会上开始用各种杂技表演为珍馐佳肴增色,比如都卢——爬竿,比如角抵——花样摔跤。那时候的杂技表演,内容虽不如后世丰富,但也已具备相当高的娱乐性。以东周为起点,几千年来国人的筵席上出现了愈来愈多让人瞠目结舌的杂技花样,比如寻橦、戏车、腹旋、吞刀、吐火、激水、象人、怪兽、含利、旱船、长躅、掷倒、戏轮、跳铃、掷剑、透梯、戏绳、缘竿、弄碗珠、扛鼎、旋盘、弄枪、蹴瓶、擎戴、飞弹、拗腰、踏球、瞋面、冲狭……不消观看节目,光看形形色色的名目就知道表演多姿多彩。

西汉时期,席间百戏已有了固定规模,如《汉书·西域传》记载的汉武帝为外国来使举办国宴:"设酒池肉林以飨四夷之客,作巴俞都卢、海中砀极、曼延鱼龙、鱼抵之戏以观视之。"巴俞都卢、海中砀极、曼延鱼龙、鱼抵之戏,都是盛行于当时的宴会节目。到了东汉,国宴上要有百戏杂技表

诗词里的人间百味

148

（宋）马和之《豳风图·七月》宾客们一边推杯换盏，一边欣赏庭前的百戏表演。

演,已经不再是某个皇帝的个人癖好,而成了宫廷礼仪的一部分,被写入了礼仪典籍,如《后汉书·礼仪志》所记载:"百官受赐宴飨,大作乐"。

齐梁二朝,迎来了杂技史上第一个春天:政府公开招募各方杂技艺人,包括舞盘伎、舞轮伎、跳铃伎、掷倒伎、跳剑伎、吞剑伎等,只要你技艺超群,你就能进入体制内,摇身变为吃皇粮的人,到政府的宴会上去表演。由政府供养出色的杂技艺人,让杂技艺人享受公务员待遇,这无疑对杂技艺术产生了超强助推力。

提到齐梁,人们最先想到的恐怕不是杂技百戏,而是文学史上赫赫有名的"齐梁体"。齐梁体是齐梁时一种流行的诗风,追求极端的精致和纤柔,歌咏题材不外乎风花雪月,多半都是类似这样的无病呻吟,"寂寂掩高门,寥寥空广厦。待君竟不归,收颜今就槚"(王微《杂诗二首》之一),或是"北方有佳人,端坐鼓鸣琴。终晨抚管弦,日夕不成音"(张华《情诗五首》之一),柔弱得你简直想要伸手扶作者一把。但就是这孕育出无数靡靡之音的齐梁朝,却也推动了诸如吞剑、舞轮等富于雄壮气质的艺术形式的发展。由此可见,一个时代同一个人一样,都是具有多面性的。

进入唐朝后,百戏俨然成了朝中宴会的标准配置,就没有哪一次皇家筵席是无百戏相伴的,"春发三条路,酺开百戏场"(张九龄《奉和圣制南郊礼毕酺宴》)、"合宴千官入,分曹百戏呈"(张说《东都酺宴》)、"千官尽醉犹教坐,百戏皆呈未放休"(张籍《寒食内宴二首》之一)。《唐语林》说得很清楚:"旧制,三二岁,必于春时,内殿赐宴宰辅及百官,备太常诸乐,设鱼龙漫衍之戏,连三日,抵暮方罢。"旧制一词充分证明,在唐代，以百戏佐餐已成制度。

唐代不但皇家宴会如此，就连官府的筵席，或是士大夫阶层的家宴，百戏也成了盐一般的存在——一顿饭什么都可以少，唯独缺不得它。梁肃《中和节奉陪杜尚书宴集序》记述了扬州官府的聚宴情况：席间觥筹交错之际，"百戏坌入，丝竹杂沓、球蹈、盘舞、橦悬、索走之捷，飞丸、拔距、扛鼎、逾刃之奇，迭作于庭内"。百戏的表演项目多到难以计数，观众越来越高的期待，督促艺人们开发出越来越多的新花样，每次宴会都是一场新杂技的发布会。"楼前百戏竞争新，唯有长竿妙入神"（刘晏《咏王大娘戴竿》），刘晏的两句诗虽然是着重称赞长竿表演，但也从侧面证明了百戏表演竞相求新的情况。

再往后，元明清时大型筵席仍少不了百戏表演，只是宾客们喜欢的表演类型随时代的变化而变化。比如市民文化崛起的明代，社会主流审美观念中不再只有贵族偏爱的清新高雅，也有了小市民的烟火气，故而明代的席间百戏表演愈发热闹，口技这种表演形式就在明代大受推崇。

明代沈德符《万历野获编》记叙了一次精彩的口技演出，围屏遮住表演者，表演者用各种不同的声音，"编织"了一段复杂的故事："初作徽人贩姜邸中，为邸主京师人所赚，因相殴投铺。铺中徒隶与索钱，邸主妇私与徒隶通奸。或南或北，或男或妇，其声嘈杂，而井井不乱，心已大异之。忽呈解兵马，兵马又转呈巡城御史鞫问。兵马为闽人，御史为江右人，掌案书办为浙江人，反复诘辨，种种酷肖。廷下喧哄如市，诟詈百出。忽究出铺中奸情，遂施夹拶诸刑，纷纭争辨，各操其乡音，逾时毕事而散。"商、贩、官、吏，男、女、老、少，各操乡音，嬉、笑、怒、骂样样俱全，仅凭口技表演者三寸不烂之舌，便都表现得活灵活现。

对这场精彩的口技表演，有人解读出了背后的文化意味，相当有趣有见地："这是一段由'瞽者'表演的口技，用各种人物的不同声音演绎了一段纷争，其中人物的身份颇具意味，实际上代表了民间的共识：贩姜商人为徽州人即徽商，店铺的老板为京师人，兵马司官员为福建人，御史为江西人，书办则是浙江人。这实际把各种职业的地域特征予以了充分表现：商人中徽商影响最大，所以商人用徽州乡音；赣、浙、闽为科举大省，当官者多为进士出身，所以御史用江西乡音，兵马司用福建乡音；浙江书办则是绍兴师爷的前身，因而书办用了浙江乡音。"¹不善读书的人，把史料都当成《故事会》来读；善读书的人，哪怕读《故事会》都能读出史料。

除了口技外，古代宴会的百戏杂技表演还有太多，因篇幅关系没办法逐一写尽，下面详细介绍两三项，诸位看官也能窥一斑而知全豹了。

《庄子·徐无鬼》中的一句话，是有史以来我国典籍记载的第一项杂技表演，它发生在公元前479年："市南宜僚弄丸，而两家难解。"弄丸，也名跳丸，表演者用手轮番抛接两个以上的圆球，抛接的球越多，难度越大。抛球与接球的节奏不能相差分毫，否则一球还未抛出，一球已回至手中，表演就算失败了。外行看热闹，行家看门道，据说弄丸表演中，五球是一个坎儿，当表演者抛接球的数目达五个之时，想再增加一球，难度将有质的变化。之前每增加一球只需稍加练习便可做到，但要从五球增至六球，表演者不苦练两年，绝

---

1 曹亚瑟：《笑笑生为何反感江西官员》，载《书屋》2011年第1期。

无办到的可能。所以各位看官,您以后若有机会观看跳丸,请仔细留意球数,这样才不辜负表演者背后下的功夫。

将跳丸表演中的球换成剑在手中抛接,就成了弄剑表演。"纵横既跃剑,挥霍复跳丸"(薛道衡《和许给事善心戏场转韵诗》)、"前头百戏竞撩乱,丸剑跳掷霜雪浮"(元稹《和李校书新题乐府十二首·西凉伎》),弄剑虽常和跳丸同时出现,但它与跳丸相比,难度全面升级:剑的形状不像球那么规则,重心难以把握,抛接时就不易保持平衡;加之表演者一定得接住剑柄,若表演失误,接剑时握的是剑刃,表演者的一双巧手可能就废了。但也正因有了危险性,这项表演才让观看者感觉更刺激。明代于慎行诗"观者叠迹色怖沮,跳丸弄剑安足数"(《杯槃舞歌》),就是形容跳丸与弄剑表演时,周围观众惊怖的表情。

白居易在新乐府《立部伎》"舞双剑,跳七丸。袅巨索,掉长竿"中提到的"袅巨索",则是古代宴会杂技表演中另一个非常重要的类型——绳技,相当于现代的走钢索,不同的是古人走的是绳索。两头钉上木桩,高高系起绳索,古代没有飞机,人们便通过绳技表演幻想凌空的乐趣,将履绳者视为会飞的仙子,"泰陵遗乐何最珍,彩绳冉冉天仙人"(刘言史《观绳伎》)。

绳技玩法很多,每种玩法都有其独特的挑战点,绝不重复。先看履平绳,即将长绳呈水平状系好,表演者履绳而行,具体情况如蔡盾《汉官典职》中所示:"以两大丝绳,系两柱间,相距数丈,两倡女对舞,行于绳上,对面道逢,切肩不倾。"履平绳的挑战点在于,在绳子上保持平衡和行走已属不易，表演时还要两人相对而行，且在一根细细的绳子上擦肩而过。再看履斜绳，就是在一根倾斜的长绳上行走，挑战点在于表演者除了得保持平衡之外，还得与地心引力做斗争，防止自己身体下滑。后来还出现了在绳索上跳丸、弄剑、挑水、踩高跷、叠罗汉、踏木屐……

绳技表演中，道具和表演动作每一个小小的变化，都会导致重心的变化，而重心把握略有差池，表演者就会从高处坠下。这种表演的危险性，古人深有感触，宋人刘克庄就写诗描述了绳技的危险情态："公卿黠似双环女，权位危于百尺竿。身在半天贪进步，脚离实地骇傍观。愈悲登华高难下，载却寻橦险不安。谁与贵人铭座右，等闲记着退朝看。"（《绳技》）古代杂技表演并无太多保险措施，一旦失误，等待表演者的将是或残或死的悲惨命运。不夸张地说，绳技表演者是拿生命在演出。

而古代绳技的巅峰之作，出现在《聊斋志异》一则叫作《偷桃》的故事中，那是蒲松龄青年时期亲眼所见的一场表演。

父子两个，挑着箩筐在官府堂前卖艺，应观众的要求，要变个桃子出来。时值春节的头一天，到处冰天雪地，桃花都还未曾含苞，遑论桃实了。父亲一脸愁容，小孩帮腔，说：既然各位官老爷想看，咱们就想点法子变出来吧。父亲想了想，说这寒冬腊月的，此桃只应天上有，看来只有从王母娘娘那四季都长满桃子的果园里偷来了。到王母娘娘的果园去偷桃的提议，大概来自东方朔三次到西王母果园中偷桃的神话。这个神话的浪漫色彩颇受古人亲睐，所以频频入诗："人许风流自负才，偷桃三度到瑶台"（韩偓《自负》）、"招招瑶母来庭闱，拍手共笑偷桃儿"（文天祥《生日谢朱约山和来韵》)、"方朔偷桃徒语尔,安期食枣足珍哉"(韩维《和太素密杏》)……诗人们不厌其烦地从各个侧面解读东方朔偷桃的故事。

父亲提出上天偷桃之后,这次换小孩发愁了,哀叹道:天那么高远,没有梯子怎么上去?父亲说这倒也不难,随即抱出一大团绳子,将绳头用力朝空中一扔,玄幻的一幕发生了,绳子就像挂在了天空上,且愈升愈高,直到一团绳子全部拉完,父亲对小孩说道:我年纪大了,身子笨重了,还是你爬上天去吧。小孩面露难色:就这么一根细绳,若我爬到半空时绳子扯断了,还不摔我个粉身碎骨?父亲接着劝说:等你完成了任务,官人们必会赏我们百金,到时候给你娶个漂亮媳妇。

小孩这才拉过绳索,如蜘蛛爬丝般攀缘而上,越爬越高,直至消失在天际。不多时,一个碗大的桃子从天而降,父亲大喜,将桃呈给官爷传看。又过了一阵,绳子突然坠地,父亲大惊,说必是天神发现了小孩偷桃才割断了绳索,看来儿子小命不保也。

这一波惊吓还未过去,又一波惊吓接踵而来——忽地,一个血淋淋的东西坠落地面,父亲忙捡起来一看,乃是小孩的人头,紧接着又从空中掉下四肢和半截尸体,惨不可言。父亲一边将小孩残碎不全的尸骨收拾进箱子里,一边号啕大哭说都因官爷们逼着自己变桃子,才导致了儿子惨死,无论如何得要些安葬费。

官爷们吓得面若死灰,忙不迭掏出金银给父亲,父亲接过钱后拍拍木箱:"我的儿,快出来谢赏!"小孩突然从箱中跃出行礼,毫发无损,人们才知这一切不过是变戏法而已。

这次绳技表演信息含量很大，值得一再回味：一来这是一次将绳技、幻术和滑稽游艺多种表演形式融为一体的精妙演出，说明古人不拘于单一形式的表演，相反，他们擅长混搭，将各种风格的表演搭配得天衣无缝；二来杂技和幻术表演不再仅仅是无聊的特技展示，而是设计了诸多情节，并把这些情节连缀成了一个跌宕起伏、一波三折的故事，说明古人已懂得为百戏表演增添叙事性，以此来提升趣味；第三，如此表演要求艺人拥有更高的素质，不但得有精妙的杂技技巧——攀绳上天，还得是个演技派——孩子对绳梯的担忧，桃子从天而降时父亲的喜悦，人头落地时父亲的惊骇和悲伤……无一不需要精湛的演技。只有情绪演到位了，整个表演才能让观众产生期待与共鸣，最后的逆转也才能震撼全场。

同样是绳带之戏，舞流星却是另一番情致。舞流星，是用一条长约一丈的绸带，将两端扎上彩结，表演时舞动绸带，两端的彩结如流星翻飞。本是个形式相对单一的表演，却被古人发展出帛流星、水流星和火流星三个变种，演绎出三段截然不同的风华。

帛流星，绸带两端扎的是彩球，舞动时帛球的斑斓色块在空中快速穿梭滑动，高手能把柔软的绸带舞出一根长棍的质感来；水流星，绸带两端各系一个玻璃碗，碗中盛有清水，舞者持带而舞，完成抛接翻滚等一系列动作，还要保证滴水不洒；火流星，绸带两端各系一个铁丝络，铁丝络中炭火燃烧，舞动时火星四溅，"歌童扮旦妙娉婷，小戏多从嵩祝听。卖艺最宜灯下看，夜间看耍火流星"（杨静亭《卖艺》）。当流星舞起来，帛流星流光溢彩，水流星寒光粼粼，火流星灿若太阳，真真是美不胜收。舞一撮色彩，舞一波水,舞一团火,想想便觉诗意盎然。

古人们宴饮时的观赏节目之多,几乎达到了喧宾夺主的地步,菜色已不是最重要的了。宫廷宴会常常是行一盏酒,便更换一轮观赏节目,一场宴会就好似一场艺术展。此文接近尾声,最后就让我们以宋徽宗的生日宴为例,对古人宴饮时的娱乐活动做个全景式的扫描:

第一盏酒,歌手唱歌,舞人进场后先是独舞,再是双人对舞,接着又是独舞。第二盏酒,奏慢曲子,上演三台不同的舞蹈。第三盏酒,百戏杂技艺人入场,表演上竿、跳索、倒立、折腰、弄碗注、踢瓶、翻筋斗、擎戴等节目。第四盏酒,诗朗诵,合奏大曲。第五盏酒,琵琶独奏,两百余人的小儿队入场,十二岁左右的小儿分列四行,各执美艳花枝,载歌载舞。第六盏酒,左右军进行蹴鞠比赛。第七盏酒,奏慢曲子,四百人的女童队入场,人人皆穿锦绣之衣,在殿前组成莲花形状,表演各种舞蹈。第八盏酒,换一轮全新的歌舞表演。第九盏酒,相扑队进行摔跤表演。

宋徽宗的生日宴已叫人眼花缭乱,但这并非有宋一代综艺节目最多的宴会,宋代创纪录的宴会共行酒十九盏,也就演出了十九场不同的节目;一顿饭吃下来,相当于欣赏了十九台各具特色的文艺晚会,这放在世界艺术史上,也足以为傲了。

投壶击鞠绿杨阴

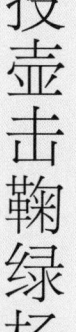

古代宴会上的体育竞技

古人宴饮时能文能武，会吟诗作对，欣赏文娱节目，亦会活动筋骨，做几样竞技性的小游戏。游戏包括射鹄、射粉团、玩升官图等，而最受欢迎的宴饮竞技活动，非投壶莫属。投壶游戏到今天已式微，然投壶的发展史，却是一部微型的中国古代意识流变史。我们将梳理投壶在每个时代留下的每个脚印，因为即使是宴饮时一个小小的佐餐游戏，从中也能看到一个大时代的精神气候和历史走向。所谓"一沙一世界，一花一天堂"，便是如此。大历史之中，没有小事。

大家都知道，人的各种感觉与意识都归大脑统管，只是不同的感觉、意识归大脑不同的部位所控制，这就好比每个职工都有自己的分管领导。而现代神经病学研究表明，饥饿感与进攻意识的"分管领导"是同一位，换句话说，就是大脑的某一部位既控制着饥饿感，也控制着进攻意识。当那个部位受到刺激，人就会产生不可遏制的进食与进攻的冲动，进食与进攻冲动常常成双成对地出现，就像是不离不弃的爱侣。这个科学发现也解释了饥饿状态中的人为什么暴躁易怒，这与个人修养无关，纯属生物本能。

古代医学可没有如此高明的研究，但古人显然对人在饥饿状态中呈现出来的攻击性有所感触，所以才在宴会中准备了五彩缤纷的竞技类游戏，一来提升用餐的趣味指数，二来让食客们尽情释放伴随饥饿感而来的攻击性。一场宴会下来，吃饱喝足，竞技也玩了个痛快，饥饿感与进攻意识皆被安慰，如此宴会才称得上圆满。

一、投壶接高宴

纵观中国古代史，要说在国人的宴席上最受欢迎的竞技性游戏，那么非投壶莫属。关于投壶的诗词歌赋俯拾皆是，唐代唐彦谦的诗"饮酒阑三雅，投壶赛百娇"（《汉代》），宋人吴潜的词"瀹茗空时还酌酒，投壶罢了却围棋"（《望江南》），元代陶宗仪的诗"宾朋满坐冠峨冠，投壶散帙謦交欢"（《曹氏园池行》），每一句都证明投壶为宴饮增加了多少乐趣。

投壶的基本玩法说来极为简单，就是让投壶者站在一定的距离外，向一只广口细颈的壶投箭，投中数量多者获胜，输了的人要罚酒。然而投壶游戏在几千年的文明历程中发展出种种不同的讲究和规则,折射出了不同历史时期不同的意识流。

投壶在先秦贵族的宴会上便已风行,只是那时候玩投壶,除了要考验竞技者的投壶技术之外,还要考验竞技者懂不懂礼。儒家古礼汇编《礼记》,拿了整整一卷来讲在投壶游戏中贵族所要遵循的礼仪:游戏开始时得由主人捧着箭,由司射的属吏捧着计算投中次数的筹码,再由另一个人捧着壶,什么身份捧什么物件,一点错不得。主人向宾客发出邀请有套路,得说:"本人有不直的箭,歪了口的壶,斗胆邀请您来娱乐。"箭当然是直的,壶也精美无朋,但话得那么说,这是谦辞。宾客的回答也有套路,得说:"您招待我美酒佳肴,我已经受赐了,再加上娱乐,我不敢不推辞啊。"接着主人再次按套路发出邀请:"不过是不直的箭,歪口的壶而已,不值得推辞,再次诚邀您参加。"宾客再次按套路推辞,推辞的话同前一次一模一样;主人也再把前一次的邀请一模一样复述一回,相当于邀请了第三回,宾客才会应允:"我一再推辞得不到允许,那么只好恭敬不如从命了。"这还只是邀请阶段,接下来每一步都有无数细节要遵照执行,若皆录于此,需数千甚至上万言才能讲清。比如投箭应轮番来,投壶者若因为投中之后过于高兴而抢先再投一箭,没让对方投掷,那么即使投中了,也算作无效,这是对冲动和不讲礼的惩罚。其礼仪之烦琐,导致一场投壶比赛需要十多个人来伺候。

在现代人看来,投壶不就是宴饮时的一项消遣吗,何须这般讲究?但礼仪贯穿于先秦社会的方方面面,就算是消遣也不能例外。礼仪貌似空洞,其实相当实在,它就是人在社会中的行为准则,它告诉你一个人在社会中是什么样的身份，就应当有什么样的行为，说话做事一举一动一颦一笑皆有相应的规则可循。不同的身份地位配套有不同的行为，天子有天子的礼节，臣子有臣子的规矩，天子不必理会臣子的规矩，臣子也不用遵守天子的礼节。每个人要清楚自己在一个群体中所分配到的角色，每个人都要按礼仪演好自己的角色。

对于先秦时人来说，礼仪是他们维护社会等级与秩序的利器，是区分贵族和平民的标志；而礼仪最重要的作用，就是教每个人认清自己的等级和角色，从而安于自己的等级和角色，这样才能四海晏清。若人人都像陈胜、吴广那样仰天长啸"王侯将相宁有种乎"，期望得到不属于自己的身份，统治者怎能睡踏实？所以我们别忙着对先人们的繁文缛节嗤之以鼻，他们远比我们所想的要深谋远虑。投壶游戏虽小，规矩却不能少，要知道，"千里之堤，溃于蚁穴"。

正因为投壶过程像一场礼仪展示，所以连正襟危坐的国宴也不排斥这种娱乐。而当投壶遇上国宴，游戏遇上政治，精彩可以想见，公元前530年就来了这么一次精彩。

是年晋昭公继位，各国诸侯前来道贺，晋昭公设宴款待，席间就以投壶来游戏一番，融洽诸侯间的气氛。而故事的另一背景是，当时诸侯林立，各国诸侯都想要号令天下，不免明争暗斗，就好似五岳剑派比剑争当盟主一般。投壶游戏正式开始后，最先上场的是东道主晋昭公，在他拿起箭矢准备投掷之际，晋国大臣中行穆子掀起了第一轮攻势，起身致辞："有酒如淮，有肉如坻。寡君中此，为诸侯师。"意思是：我们晋国酒多如淮水，肉高如水中的高地，如果我们的国君投中了这一箭，当为诸侯的盟主。接着晋昭公不负期望，果真投中。

齐景公闻此言见此景，不服气了，也在投壶前致辞："有酒如渑，有肉如陵。寡人中此，与君代兴。"意思是，我们齐国酒多如渑水，肉高如山陵，若我投中了此箭，那就该我代替你们晋国国君成为诸侯盟主。话毕，手起箭落，齐景公亦投中了。故事的最后结局，是齐景公回到了自己的国家，不再听命于晋国，因为他从晋昭公"用游戏决定命运"的举动中，看出了晋昭公的轻浮，轻浮之人怎能成大事？晋国不足为惧。初读《左传》中这则故事，除了对投壶游戏和见微知著的大道理印象至深之外，还为彼时的外交辞令深深惊艳，"有酒如淮，有肉如坻""有酒如渑，有肉如陵"，文采斐然，荡气回肠。

到了汉朝，中国成为富强而繁荣的统一帝国，在世界范围内可与这个帝国比肩的，唯有横跨三洲、以辽阔的地中海为自己内陆海的罗马帝国。和所有强者一样，汉王朝也喜欢开疆拓土，喜欢扩大自己的势力范围，为自己加冕更炫目的荣耀。以气势阔达和华美富丽为特点的汉赋的诞生，就是这种时代精神的明证。小时代孕育不出《上林赋》，"于是乎卢橘夏熟，黄甘橙楱，枇杷橪柿，亭奈厚朴，梬枣杨梅，樱桃蒲陶，隐夫薁棣，答遝离支，罗乎后宫，列乎北园"，彼时就算只是写个水果，也能写得波澜壮阔。

社会大气候变了，投壶却依然在大大小小的宴会中流行，如一首描写宴会的汉诗所写的那样："主人前进酒，弹瑟为清商。投壶对弹棋，博弈并复行"（汉乐府《古歌》）。只是投壶的礼仪色彩逐渐消失，游戏过程中不再有那么多规矩。而汉人除了保留原始玩法，还发明出了截然不同的新玩法。

旧式投壶，在壶中盛满红小豆，这样箭矢投入之后便不会因反弹力而跳出；新式投壶，壶中无豆，箭矢也采用更有弹性的材料，要的就是箭矢反复跳出，被投壶者反复接住，再反复投入壶中，宛若杂技表演。《西京杂记》中就记载了一位高手，能做到"一矢百余反"，让一支箭在手与壶之间来回跳跃上百次。要箭矢大幅度反弹，需要力量；要箭矢恰好反弹回手中，需要技巧。如此强调力量与肢体技巧的新玩法，与汉人崇尚武功的风气是一致的。

进入东汉末年，至魏晋南北朝，政权更迭如同儿戏，战乱纷争变成主旋律，无论是公子王孙还是渔人樵夫，都陷入朝不保夕的忧虑里。当生命时时处于威胁之中，什么丰功伟绩、扬名立万，不过是浮云。既然明天谁也料不到，那就在今日尽情寻欢好了，所以魏晋时人好宴饮、好享乐、好奢靡，如此观念在《古诗十九首》里体现得淋漓尽致："浩浩阴阳移，年命如朝露。人生忽如寄，寿无金石固。万岁更相送，贤圣莫能度。服食求神仙，多为药所误。不如饮美酒，被服纨与素"（《驱车上东门》）。生命如朝露般脆弱，如暂时寄居般短促，生命的更替就算是圣贤也不能超越。有人炼丹服药以求永寿，但常常为药所毒，罢了呵，不如抓紧在世的分分秒秒，尽情享受美酒美食、盛装华服。

"生年不满百，常怀千岁忧。昼短苦夜长，何不秉烛游！为乐当及时，何能待来兹。愚者爱惜费，但为后世嗤。"（《生年不满百》）流年匆匆，一个人的一生不足百年，却时常还要为自己的子孙后代作长久的忧虑，快乐太少。而白昼太短黑夜太长，何不秉烛夜游，抓住一切时光享受？既然生命

如此短暂，当及时行乐，哪能慢慢等待将来的幸福呢？为了节约财物而不赶紧寻欢作乐的人是愚蠢的，这样的蠢货定为后世所耻笑。

在这样的思潮中，从前几乎可以当成礼仪课的投壶游戏，到魏晋南北朝时完全成了娱乐手段，单调的玩法已满足不了魏晋时人娱乐至死的渴求，花式投壶层出不穷。新投法之多，以至于晋人虞潭专门作了一卷《投壶变》来记录：当时的壶是带了两个壶耳的，将箭投入其中一只耳朵，让箭斜挂在壶身上，叫作"带剑"；箭头向前投出，却是箭尾入壶的，叫作"倒中"。另还有龙首、狼壶、豹尾、连中、贯耳、倚竿等诸多炫技性投法，不一而足；而宴会的气氛，也在各种令人心跳加速的投壶技巧中攀升至顶。魏人邯郸淳在《投壶赋》中便形容了投壶带给满座宾客的快乐，"悦与坐之耳目，乐众心而不倦"。

唐代投壶游戏特别风靡于军人的宴饮活动，"他日观军容，投壶接高宴"（李白《江夏寄汉阳辅录事》），几乎没有不玩投壶的军人宴会。私以为，军人青睐投壶是必然的：在宴饮中投壶，为的是活跃气氛、娱人娱己，但在投壶中练就的力量与

（清）包栋《仕女图》
画中女子玩的便是花式投壶。

技巧，上了战场却能帮助自己攻坚克强；今天边吃菜边玩的小游戏，也许明天就能帮助自己扫荡敌寇。再加上唐代的社会主流价值观是进取，是开拓，是"长风破浪会有时，直挂云帆济沧海"（李白《行路难三首》之一），是"丈夫三十未富贵，安能终日守笔砚"（岑参《银山碛西馆》），是"男儿仗剑酬恩在，未肯徒然过一生"（杜荀鹤《乱后宿南陵废寺寄沈明府》），唐人做梦都想着建功立业、青史留名，因此对于唐代军人来说，还有比投壶更富于实用价值的消遣么？他们不青睐才奇怪。

投壶自汉代以来，娱乐色彩愈来愈浓烈，但发展到宋朝，竟然出现了"逆生长"，又有人开始高扬礼仪的大旗，宋代李壁就曾写诗赞美投壶，称投壶最大的优点在于能使人看到礼仪和君子之道："弯弧力不任，棋局思虑费。不如习投壶，闲暇可观礼……造次垂令仪，高山劳仰止"（李壁《投壶》）。

而高扬礼仪大旗的另一代表则是一代名臣司马光。王辟之在《渑水燕谈录》中详细记录了司马先生的心路历程："司马温公既居洛，每对客，赋诗谈文，或投壶以娱宾。公以旧格不合礼意，更定新格。以为倾邪险诐，不足为善，而旧图反为奇箭，多与之算，如倚竿、带剑之类，今皆废其算以罚之。颠倒反覆，恶之大者，奈何以为上，如倒中之类。今当尽废壶中算，以明逆顺。大底以精密者为上，偶中者为下，使夫用机侥幸者无所措手。此足以见公之志，虽嬉戏之间，亦不忘于正也。"

简而言之，就是司马光认为投壶发展到而今，眼目下充斥了太多的奇技淫巧，许多地方不合礼仪和道德。举例来说，"倚竿""带剑"之类的投法，就是歪门邪道；"倒中"这种投法则是以下为上，有颠倒黑白之嫌，罪大恶极,"倒中"即使投入也应算作零分。就算只是游戏,君子也不应忘记追求礼仪和正道。

看上去司马光纯属小题大做,但若结合当时的时代背景,你就会明白这位名臣深层次的痛苦:北宋建立之后,读书人迎来了自己的黄金岁月,有宋一代始终贯彻"重文"的政策,为文人提供大量的职位、晋升机会并予以不小的尊敬。北宋张耒诗"从来书生轻武夫,坐遣挥毫写勋业"(《少年行三首》之二),本意虽是为武夫说话,却道出了一个社会现实,那就是北宋社会对武夫的轻视。若是在唐朝,论及武人的诗断不是这样写的,唐人写的都是"宁为百夫长,胜作一书生"(杨炯《从军行》),当时被瞧不起的是书生,受膜拜的是武夫。南宋陆文圭诗"国朝重文字,设官如经师"(《送华仲实译史入京》),也证明有宋一朝偏重于文,设置了教授儒家经典的讲师等官职。

不过凡事都有两面,在宋代重文政策的鼓励下,读书人的数量疯狂增长,很快这个数量就远远超过了政府所能提供的职位与机会,问题霎时爆发。

"职位数量有限,选官标准不断提高,竞争日趋白热化,使得许多举人在考试中求助于各种手段作舞弊欺诈。在过分拥挤的官场中,成功地获得了功名的人们激烈地争夺文官职位。政见之别以及其他因素——比如地缘派系、亲戚关系、私人友谊、官官相护、逢迎巴结、个人偏好、裙带关系甚至贿赂——加剧了官场摩擦和人际冲突。一些思想高尚的学者感到既困惑又憎恶。"[1]因此,司马光表面上是因投壶中的不当行为

---

[1] [美]刘子健:《中国转向内在:两宋之际的文化转向》,江苏人民出版社2012年版,第130页。

而愤怒，其实不过是借题发挥，愈发荒唐的宋代政治、日益朽坏的世道人心，才是他愤怒的根源。

那么投壶应该怎么玩呢？司马光在他的大作《投壶新格序》里加以总结："投壶者不使之过，亦不使之不及，所以为中也；不使之偏颇流散，所以为正也；中正，道之根柢也。"司马光坚持的，乃是儒家传统的中庸之道、正直之道。魏有邯郸淳的《投壶赋》，写的是投壶现场如同欢乐的海洋；宋有司马光的《投壶新格序》，关注的却是投壶游戏中表现的道德沦丧。魏晋时人追求的是快乐每一天和活在当下，宋代士大夫的毕生信念却是匡扶世道人心，用正道来治疗时弊，挽救宋王朝内忧外患的困境，即使在游戏时也不能松懈。

投壶到了明清时，老百姓忙着开发新式投法，仅有明一代便开发出了一百多种新花样，玩得不亦乐乎，"投壶散帙还随意，消得人间白日长"（浦瑾《闲居漫兴五首》之二）；帝王们忙着以投壶之名，宣扬尊卑有别的等级秩序，乾隆还曾御题投壶诗，称投壶能够让大家"宾主雍容欢既洽，降升揖让节堪论"。明清时期，平民的力量崛起，专制集权越来越难，怨不得帝王们恐慌异常。

投壶到今天已式微，而投壶的发展史，却是一部微型的中国古代意识流变史。我之所以花费如此多的功夫梳理投壶留下的每个脚印，是想通过这个事例，向大家证明：即使只是宴饮时一个小小的佐餐游戏，你也能从它身上看到一个大时代的精神气候和历史走向。所谓"一沙一世界，一花一天堂"，便是如此。大历史之中，没有小事。

二、挽弓当挽强

除投壶之外,另一个以箭为主角的宴会游戏,叫作射侯,又称射鹄。射箭属于传统的六艺之一,是先秦时贵族男子的必修课,每年都有射箭比赛,不过不是为了好玩儿,最终要严格地评定出实力高下的。但从战国到隋唐,射箭的游艺色彩越来越强,终于成为宴会上一项不可或缺的娱乐。诗仙李白、诗圣杜甫,都是射侯游戏的忠实拥趸,多次在诗中夸耀自己超群的射艺。

到了宋代,射箭活动在民间大受欢迎,越来越多的文人骚客为宴饮时的射箭比赛专门作诗。如苏轼《次韵王晋卿奉诏押高丽宴射》:"北苑传呼陛楯郎,东夷初识令君香。天山自可三箭取,海国何劳一苇航。宣劝不辞金碗侧,醉归争看玉鞭长。锦囊诗草勤收拾,莫遣鸡林得夜光。"又如苏颂《次韵陈蒙城金风堂射饮》:"……百夫决拾看和容,何用娱宾循饮格。前者新诗严武事,几日毬场较锋镝。幕中赖有从事贤,抱器逢时隼当射。聊从把酒发笑谈,岂独鸣弦观准的……"

看射箭活动大火,欧阳修便参照古礼制定了"九射格",作为士人雅集时的行酒令。什么叫作"九射格"呢?这还得从古代的礼制说起。

"侯",意为箭靶的中心,乃用皮革或布料制成,上面绘有熊、虎、豹、麋等不同的野兽,一个箭靶上只设一侯。与投壶的礼制相同,在先秦时期,射侯过程中的等级划分也是非常严格的——不同阶层、不同身份的人,要射不同的侯,且连设靶的距离、伴奏的音乐、环伺的侍者数量、使用的弓矢品种,皆有严格的区分,《礼记·射义》中明文规定:"为人父者,以为父鹄。为人子者，以为子鹄。为人君者，以为君鹄。为人臣者，以为臣鹄。故射者各射己之鹄。"翻译过来就是，你是什么人就用什么箭靶，不能僭越也不能降尊纡贵。周代大射之礼规定，王大射供虎侯、熊侯、豹侯，诸侯大射供熊侯、豹侯，卿大夫大射供麋侯。如果卿大夫射了虎侯和熊侯，就是僭越。

而欧阳修做的九射格，将九种不同等级的侯放入一个大侯之中，大侯里面分别有熊、虎、麋、雕、雉、猿、雁、兔、鱼九个小侯，宾客射中哪个动物，有对应的饮酒规则。古代一本正经的礼制，在九射格里终于"放下架子"，有了与民同乐的气质。

九射格身段放低了，但难度并未下降，射鹄依然是技巧要求极高的竞技游戏。若有人想要了解射鹄的难处以及技巧，但又不耐烦看长篇大论外加枯燥乏味的射艺专著，我推荐你看清代李汝珍的《镜花缘》。第七十九回中，几个女子闲来无事，找到一把小巧的弓箭，突然兴起，玩起了射鹄。李汝珍借几个角色之口，对射鹄有一番精当的议论，把射鹄的技巧总结为一阕《西江月》："射贵形端志正，宽裆下气舒胸。五平三靠是其宗，立足千斤之重。开要安详大雅，放须停顿从容。后拳凤眼最宜丰，稳满方能得中。"光这样还不能明白透彻，接下来故事中最懂射鹄的亚兰姑娘，就逐句对比分析其他姐妹射鹄时做错的地方："即如头一句'射贵形端志正'，谁知他身子却是歪的，头也不正，第一件先就错了。至第二句'宽裆下气舒胸'，他却直身开弓，并未下腰。腰既不下，胸又何得而舒？胸既不舒，气又安得而下？第三句'五平三靠是其宗'，两肩、两肘、天庭，俱要平正，此之谓五平，翎花靠嘴、弓弦靠身、右耳听弦，此之谓三靠；这是万不可忽略的……"

如果能将亚兰这番谈话理解消化，即使不曾碰过弓箭，也可称作半个射鹄的行家了。古往今来多少关于射鹄的议论，精华都被这阕《西江月》归纳。而《镜花缘》中这一段也算寓教于乐的典型，李汝珍就让几个俏丽女子一面巧笑倩兮，一面道出了射鹄的奥义。武功秘籍由妙龄佳人娇声说来，亦别有一番风情吧？

射箭游戏在历史上有一个极可爱的变种，那是唐代宫廷集体智慧的结晶："宫中每到端午节，造粉团、角黍，贮于金盘中，以小角造弓子，纤妙可爱，架箭射盘中粉团，中者得食，盖粉团滑腻而难射也。都中盛于此戏。"（王仁裕《开元天宝遗事》）端午节间，用金盘盛装着粉团和粽子，然后特特做一些缩微版的弓箭，架设在金盘旁，比赛谁能用小弓箭射中粉团、粽子，射中者方得食，若技不如人，只好对着甜软可口的美食干瞪眼。粉团也好，粽子也罢，都是糯米制品，质感如此滑腻的"猎物"，没有一点技术是射不中的。

射粉团可称得上是古往今来，将体育竞技与美食佳肴结合得最天衣无缝的游戏，这样集吃、玩、赏、闹于一身的游戏，谁人不爱？唐人发明以后，宋人继续玩，有周必大的诗为证："粉团菰黍簇金盘，仙术昌阳滟玉樽。小小角弓夸射中，两宫欢燕似开元"（《端午帖子之六·太上皇后阁》）。阖宫上下，因这娇滴滴的游戏而欢腾，素日的钩心斗角且放到一边。直至明清，此戏仍是端午节的宴席上颇受欢迎的保留节目，"团扇裁冰，宫盘射粉，画帘不上银钩"（沈宜修《满庭芳》）。

三、篇章竞出奇

我们的祖先向来不乏创意，宴饮时像射粉团这样的趣味竞技项目还有很多，而这些有趣的体育比赛，让平凡的宴饮得到升华，成为国人永恒的美丽记忆。

唐代宰相李宗闵在盛夏时节，常临水设宴，并采摘新鲜荷叶作为酒杯来饮酒。国人自古喜用荷叶饮酒，从唐诗"疏索柳花碗，寂寥荷叶杯"（白居易《酒熟忆皇甫十》），到宋词"酒盏旋将荷叶当，莲舟荡"（欧阳修《渔家傲》），再到明诗"饮便荷叶盏，坐爱木兰舟"（程敏政《饮虎丘舟中呈致政祝大参顾宪副及受封王太史》），历代诗词皆可为证。

看这开头，涉水采芙蓉，擎碧叶为杯，你以为故事接下来是唯美主义的走向？错，接下来是一场激烈的运动会——给荷叶注满美酒，靠近宾客嘴边，并用筷子将荷叶戳出洞来，宾客就着洞口喝酒，看谁饮得干净。谁有漏酒，便要受罚。荷叶质地柔嫩，把持的力度稍有差池，荷叶杯就会变形，漏酒是常事，因此这个比赛是对平衡感和肌肉控制力的考验。

宋代至明清，宴会上还流行一种创意爆棚的棋类游戏——采选。采选另有一个庸俗不堪却贴合人心的名字，叫作"升官图"。顾名思义，升官图的玩法是一众游戏者轮流掷骰子，根据骰子的点数，决定是升官还是贬官。升官或贬官都依循着图纸上画的官阶路线，最先拿到最大官职者取胜，可以视作"大富翁"游戏的前身。游戏的创意当然来自古代男子对仕途高升的向往，但游戏趣味性非同一般，以至于连与升官发财八竿子打不着的闺中女子，亦乐于此戏，"佳人不惯手谈输。却道如今重赌、选官图"（王之道《南歌子》）。

每个朝代的官制不同，升官图自然也要与时俱进，跟当时的官制挂钩，这样参加者玩起来就更容易投入角色、付出激情。以清代的升官图为例，上面列举了清代六十多个官职和十五个"出身"，有白丁也有秀才，有太师也有太保，先晋升到内阁者为胜。一张升官图，密密麻麻上万言，写满了各种衙门和官员的名称、官员的品级，待游戏结束，你也相当于在官场摸爬滚打了一回。

（明）周之冕《莲渚文禽图》

宋代胡仲弓《选官图》诗曰："百年穷仕宦，尽在此图中。真假名虽别，升沉理则同。前程如漆黑，末著满盆红。时采毋虚掷，平迁至上公。"说的就是升官图与现实中的官场沉浮相似，升官图是做官的模拟训练。

骰子掷出的不同点数，分别代表德、才、功、良、柔、赃。德最好，才与功次之，良和柔再次之，最糟糕是赃。虽是游戏，却也道出了做官和做人的道理，《左传》有云："太上有立德，其次有立功，其次有立言，虽久不废，此之谓不朽。"对于一个人来说，立德最高，立功第二，在升官图的游戏中亦是如此。柔代表优柔寡断，没有决断力的官员绝不是好官，只因没有大过错，所以不算太坏。德、才、功、良、柔都是升迁或停滞，唯有最末的赃，是要被罚贬官的，因为赃意味着贪赃枉法。

清代无名氏的一首《升官图》，总结了升官图的升迁罢黜办法："一朝官爵一张纸，可行则行止则止。论才论德更论功，特进超升在不同。只有赃私大干律，再犯三犯局中出。纷纷争欲做忠臣，杨左孙周有几人？当日忠臣不惜命，今日升官有捷径。"我想，升官图之所以能够风靡一代又一代，不仅因为古代士人个个盼着做大官，更因为升官图的游戏规则凝缩了人们的梦想：有德有才之人平步青云，贪赃枉法之人纷纷落马。若现实世界的运行能如游戏中一般公平公正，那谁还需要向往理想国？

除了升官，古人们还有另一类型的梦想，那就是修仙或成佛，故从升官图又发展出了选仙图、选佛图。清人高兆将创意再升级，制出了《揽胜图谱》，玩家人数限定为六人，一人一个身份，分别为美人、剑侠、羽士、词客、渔父、缁衣，羽士就是道士，缁衣则是和尚。图纸上的路线由各种风景

诗词里的人间百味

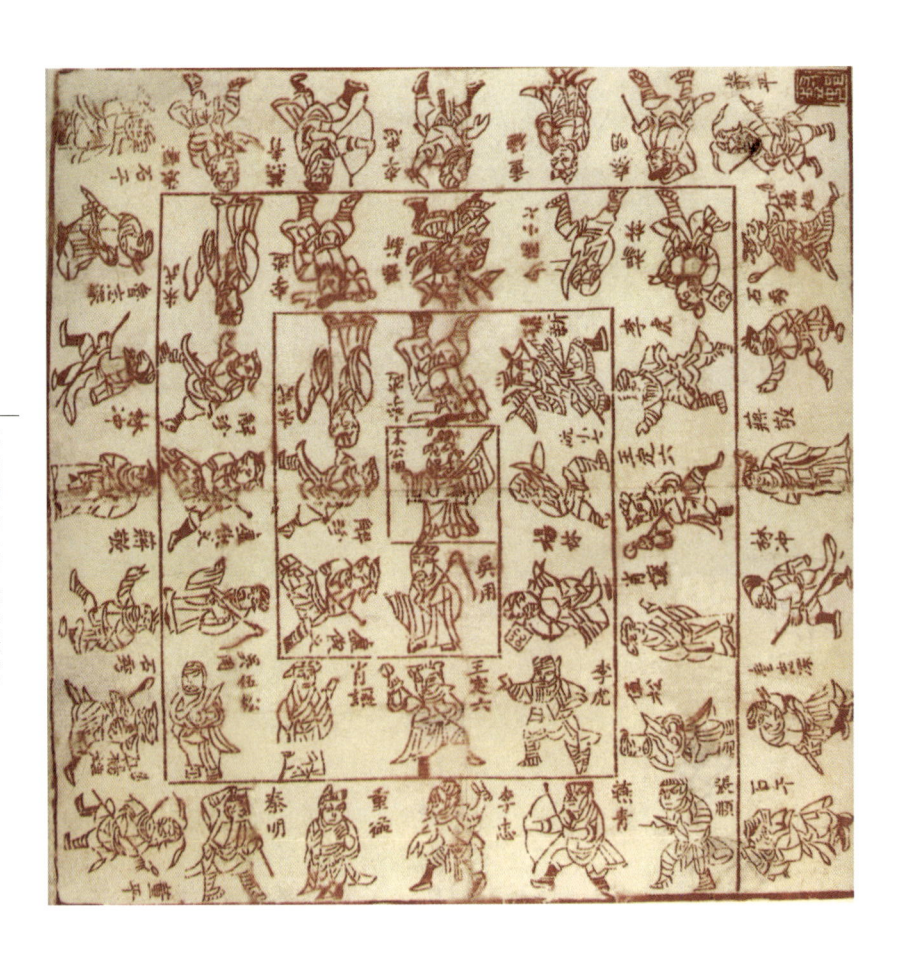

174

水浒选仙图年画（选自《清稗类钞》）这亦是采选游戏的一种，不过选的不是官，而是《水浒传》中的人物。

名胜串联而成，且游戏规则非常具有现实感，当玩家行至羊肠道时，后来者不得超过前面的人，唯有剑侠是例外——人家一身武艺，当然不同。在游戏中，六个人的起点是一致的，终点却是由各自身份而定，每一个人的归宿皆不相同。美人以天台为归宿，剑侠以青门为归宿，羽士以蓬莱为归宿，词客以瀛洲为归宿，渔父以桃源为归宿，缁衣以五老峰为归宿。

我总觉得这个游戏的设定很仁慈：没有千篇一律的幸福，给每个人安排一个最合适的结局。就让桃源安慰渔父清贫的一生，就让瀛洲满足词客缤纷的幻想，就让蓬莱报偿羽士辛苦的修炼，就让青门帮侠客从江湖纷争中退隐，就让五老峰为缁衣提供一方禅思的净土，就让风景如画的天台结束美人的飘零生涯，就让每一个人，都得到专属的幸福。如果说宴会上其他的体育项目是以竞技性而广受欢迎，那么，采选就是用梦想俘获了人心。

放眼世界，古代东西方都有宴饮时用竞技来增加乐趣的习俗。比如古希腊的酒客会以酒滴为箭，比赛谁能击沉浮在水盆中的杯子；或是给一只膨胀的酒囊涂油，然后比赛谁站立在上面的时间更长。而在某些历史时期，宴饮本身也成了一种竞技，人们用宴会代替战争，在吃吃喝喝中不动声色地完成对决。

15世纪最后一位勃艮第公爵——勇敢者查尔斯，为了向其他的贵族宣示自己对某些城镇的主权，他安排仆人在宴会中献上三十顶小小的丝绸帐篷，打开每顶帐篷，下面都是一个装饰着镀金字母的馅饼，而那些镀金字母，就是查尔斯所控制的城镇的名字缩写。查尔斯什么都不用说，来宾在品尝馅饼的过程中，无疑已经了解了查尔斯的势力范围。那些胆敢小觑查尔斯的贵族，就要对着馅饼重新考虑自己未来的政治策略。

北美洲西北沿海的印第安人部族夸基特尔族，他们每到冬季就要轮番举办宴会，并邀请敌人或竞争者来做客，用无数美食填满他们的胃。待客人吃撑，主人便毫无吝惜地将剩下的美食投入烈火之中，以显豪迈。而客人出于敌对的立场，不会给予主人赞美，只会嗤笑主人供暖设备不够好，于是怒不可遏的主人再次将壮举升级，向火中投掷更多的美食与珍贵的海豹油。火焰得到"鼓励"之后越烧越高，有时冲天的火焰甚至将主人整幢房屋都烧毁，但这对主人并非不幸，反而意味着加倍的荣耀。当主人得到加倍的荣耀之后，怒不可遏的便是客人了。客人为了报复，不会带兵来战，而是回到自己的地盘，举办一场更盛大的宴会，准备更精美的食物，并烧掉一座更大的房子，直至在炫富大赛中取得最后的胜利。

上述做法虽然看起来荒谬，但在这些"斗争"中，没有血流成河的战场，没有饿殍遍野的惨象，没有士兵为了无谓的胜利而在长达数十年的时间里远离温暖的家乡，更无一人性命受到残害，没有任何一位母亲需要悲伤，这才是"兵不血刃"的最高境界。既然人类逃不开争夺和竞比，与其用刺刀、枪炮、原子弹斗得两败俱伤，我宁愿他们用烤鸡、馅饼、葡萄酒打一场甜蜜的仗。

剪烛春宵射覆工

——古代宴会上的智力游戏

古代中国人的宴会，尤其是文人雅士的宴会，俨然就是一场脑力奥林匹克，五花八门又妙趣横生的智力游戏让美酒与佳肴反而成了陪衬；吃不着好菜没人恼，但若在宴会上输了猜谜或射覆，可是有几天气要生的。然而，正是这些智力游戏，才让再普通不过的喝酒吃饭，变得精深微妙。在那已泛黄的岁月里，一桌菜，一壶酒，三五亲朋，加上几个小游戏，便是一段好时光。

同前一章一样，这一章我们依然需要从现代医学讲起。现代医学研究表明，高糖和高脂肪的食物能够快速促进大脑中多巴胺的分泌；而那些高蛋白的食物，诸如杏仁、大豆、鸡蛋、谷物等，又能够长效保持多巴胺的代谢水平。古代一场筵宴，通常是鸡鸭鱼肉同干果杂粮齐备，豆制品与甜点心共存。于是一场筵宴吃下来，你大脑中多巴胺暴增。

　　多巴胺究竟是什么呢？多巴胺是一种神经递质，能让人感觉快乐，更让人变得聪明，它激发你的大脑活力，让你快速地思考问题。可是，如果宴会上没有智力游戏让你发挥，各种美食刺激大脑产生的多巴胺不全都浪费了吗？所以还是古代中国人经济实惠，在体育竞技之余，还安排了无数智力游戏来佐餐，让难能可贵的多巴胺有了用武之地；而从此以后，一场场消耗大量物资的宴会，也创造出了自己的价值，那就是智力游戏所带来的精巧谜语、诗篇以及心理学理论。

一、与郎花下斗藏钩

　　藏钩，古代宴会上的"杀人游戏"，分两组人玩。A组人将玉钩藏在手心，谓之藏钩，相当于凶手的角色；B组人来猜玉钩到底是藏在A组谁的手里，谓之射钩，相当于警察的角色。两组轮番藏钩和竞猜，输者饮酒作罚，因此几轮藏钩游戏下来，常常是全家酣醉。说是藏钩，游戏道具却不拘于玉钩，还可以用金钗："故人昔遇淮南楼，金钗红烛宵藏钩"（张以宁《次韵送同年朱子仪调光化尹还睢阳》）。总之兴致来了，可采用宴会上出现的任何小物品来做这个游戏，道具不是重点，游戏规则才是好玩之处。

藏钩乍一看全靠瞎蒙,"不知藏在何人手,却向尊前斗弄拳"(司马光残句),实际上跟运气毫无关系,比拼的是游戏者察言观色、心理分析以及自我控制的能力。现代心理学研究表明,人在撒谎或隐瞒某事时,言行举止会有许多虽然极其细微却难以掩饰的变化,而你若掌握了这些规律,你就能识破谎言和欺瞒。

比如人在撒谎时总会不经意地抚触自己的身体,曾有过这样一项实验,心理学家让一组人用谎言回答面谈者的提问,并详细记录撒谎前后及撒谎当时的各种行为细节,最后与不说谎时的行为进行比对,发现人在撒谎的时候,发言变得愈发简短,同时还会抚摸身体。大概是因为撒谎者内心不安,只能用外部动作来化解内心的矛盾与尴尬。比如欺骗者会抓挠自己的鼻子,一个人进行欺骗时多余的血液会涌到面部,这会使欺骗者的鼻子略微膨胀,虽然别人看不到,但欺骗者自己会感觉鼻部不适,自然会伸手抓挠。再比如美国赫特福德郡大学的心理学家韦斯曼总结的规律,"人们在说谎时会自然地感到不舒服,他们会本能地把自己从他们所说的谎言中剔除出去。比如你问你的朋友他昨晚为什么不来参加订好的晚宴,他抱怨说他的汽车抛锚了,他不得不等着把它修好。说谎者会用'车坏了'代替'我的车坏了'"。也就是说,如果一个人在谈话间反复省略掉"我"这个称谓以及自己的姓名,很有可能此人正在撒谎。

中国古代没有系统的心理学研究,但常玩藏钩的人,都能通过长期细致的观察,琢磨出某些小动作背后隐藏的意义。晋代虞阐,藏钩老手,就曾把他玩藏钩的心得体会总结成一篇《藏钩赋》,写尽藏钩过程中种种值得留心的微妙反应,"钩运掌而潜流,手乘虚而密放。示微迹而可嫌,露疑似之情状。辄争材以先叩,各锐志于所向。意有往而必乖,策靡陈而不丧。退怨叹于独见,慨相顾于惆怅。……攘袂以发奇,探意外而求迹。奇未发而妙待,意愈求而累僻。疑空拳之可取,手含珍而不摘"。

射钩者掌握了规律可以找出钩藏于谁手,而若能反过来利用这些规律,则能成为一个出众的欺骗者。例如施行欺骗时,鼻部不适属于身体的本能反应,不在理智的控制范围内,但"抓挠"这个动作是可以用理智来操控,尽量避免的。一个优秀的藏钩者,必定善于控制自己的情绪和身体。

为此,明代史学家王世贞曾写诗感慨,说藏钩是一种自我修炼,"辱为藏钩忍,机堪坐隐忘"(《莫参政子良张山人携饮天宁寺作》),能够让你学会忍耐。古代许多正人君子片刻不肯懈怠,哪怕只是玩个游戏,也要当作对心智的砥砺,好像不找出一项冠冕堂皇的理由来,就成了玩物丧志。其实大可不必如此,藏钩多么有趣,当尽情享受。

发展到后来,藏钩出现了为数不少的变形,元代的猜花游戏就是其中一种,有如顾瑛诗云:"分曹赌酒诗为令,狎坐猜花手作阉"(《秋华亭以天上秋期近分韵得秋字》)。猜花游戏是将十个杯子倒扣在桌面上,其中一个杯子下面有花,其余皆空,猜中则胜。花虽不在人手中,游戏过程却仍少不了对人的观察、揣测:猜花者可试探性地将手伸向几个不同的杯子,眼睛却不要盯住自己的手,而要全神贯注地察看藏花者的神态。猜花者摸向这个空杯或那个空杯时,藏花者的表现是差不多的;但当猜花者摸向有花之杯,藏花者因心情紧张,定有不同的表现。猜花者摸向空杯,这貌似无意义,其实是在做搜集工作，搜集的是一个人在正常状态下的生理指标，这样对比自己摸向有花之杯时藏花者的生理反应，就能准确找到哪个杯子下面藏有花朵。

　　除了藏钩、猜花，国人还发明了为数不少的猜度类游戏，比如《清异录》记录的"瓜战"。说五代时候，"钱氏子弟逃暑，取一瓜各言子之数，言定剖观，负者张筵"。开瓜之前，大家猜测此瓜一共有多少瓜子，然后剖瓜检验，猜错数的人就要请客吃饭。瓜战胜在有情有趣，但与藏钩、猜花比起来，技术含量不在一个量级上。瓜战说到底拼的是运气，而藏钩、猜花，是人性的碰撞，是人心的棋局。所以古往今来才有那么多诗词，将藏钩与世故人情相联系，如宋代姜特立的《次韵秋日》"已把宦情同嚼蜡，便将世事等藏钩"，元代释大䜣的《忠勤楼》"奸雄欺国真儿戏，只比藏钩谩斗赢"。

二、分曹射覆蜡灯红

　　射覆，是一种看起来和藏钩相像，实则性质完全不同的宴会游戏。"射"意为猜度，"覆"意为覆盖，"射覆"就是猜测覆盖起来的东西究竟为何物。射覆一开始专用于测试某人的占卜能力，用占卜来算出所覆之物，可以视为古代占卜师的四六级考试，"射覆悬知与易通，可应神妙在蓍筒"（郑真《读东方朔传》）。王安石在五言诗《东方朔》中还专门写道："平原狂先生，隐翳世上尘。材多不可数，射覆亦绝伦。"东方朔以善卜闻名，而射覆则是一个善卜者一生之中不得不提的一笔。

　　汉代以后，射覆跨入了文字游戏的领域，被覆住的、需要猜出的是文字，具体玩法在清代俞敦培的《酒令丛钞·古令》中有详解："然今酒座所谓射覆，又名射雕覆者，殊不类此。法以上一字为雕，下一字为覆，设注意'酒'字，则言'春'字、'浆'字使人射之，盖春酒、酒浆也，射者言某字，彼此会意。"如谜面是春字和浆字，谜底就是酒字，"春"和"浆"皆与"酒"有关系，且都能和"酒"组成词。射覆者就要以"春"和"浆"为线索，推测出"酒"来。

然而，不管猜的是实物还是文字，射覆不变的规则仍是输者需饮酒。因它趣致且有情味，又不需准备特殊道具，故而深得闺房青睐，女子聚会常以此为戏，清代女词人李佩金在一阕《临江仙》中追忆了与射覆有关的往事："记得双成消永夜，围炉共话无憀。灯前射覆罚香醪。爱看眉翠敛，腮斗晕红潮。"入夜，美人围坐一席，灯影明灭，衣香鬓影，再射覆两局，在输了的哀叹、赢了的欢呼里推杯换盏，这样的夜晚，用"香艳"来形容丝毫不为过。

射覆游戏给出的条件很简单，但正因为条件简单，提供的线索就少得可怜，仿佛谜语不给出猜谜范围一般，玩起来难度颇高。曹雪芹在《红楼梦》第六十二回中借宝钗的口对射覆做了个难度评估报告，那是宝玉、平儿等过生日，众人在宴席上通过抓阄来决定玩何种酒令游戏，平儿拈了个"射覆"，宝钗笑道："把个酒令的祖宗拈出来。射覆从古有的，如今失了传，这是后人纂的，比一切的令都难。"接下来，大观园的姐妹们就为我们做了一次射覆的演示：

  宝钗便覆了一个"宝"字，宝玉想了一想，便知是宝钗作戏指自己所佩通灵玉而言，便笑道："姐姐拿我作雅谑，我却射着了。说出来姐姐别恼，就是姐姐的讳'钗'字就是了。"众人道："怎么解？"宝玉道："他说'宝'，底下自然是'玉'了。我射'钗'字，旧诗曾有'敲断玉钗红烛冷'，岂不射着了。"湘云说道："这用时事却使不得，两个人都该罚。"香菱忙道："不止时事，这也有出处。"湘云道："'宝玉'二字并无出处，不过是春联上或有之，诗书纪载并无，算不得。"香菱道："前日我读岑嘉州五言律，现有一句说'此乡多宝玉'，怎么你倒忘了？后来又读李义山七言绝句，又有一句'宝钗无日不生尘'，我还笑说他两个名字都原来在唐诗上呢。"

这段情节充分证明了为何射覆比一切的令都难：难点一，谜面简洁异常，薛宝钗给出的谜面就一个"宝"字，能跟"宝"连缀成词的字多了去了，导致思维可以无限发散，绝对的光明等于绝对的黑暗，太多答案就等于没有答案；难点二，答题者不能直接说出答案，还得以另一字来暗示谜底，贾宝玉猜中谜底是"玉"，则需说"钗"字来暗示，所以出题者也得足够机灵才能听懂暗示，判断对手的回答正确与否；难点三，出题者和答题者必须考虑答案是否有诗书记载、是否有典故，不能自己瞎编生造，若无"敲断玉钗红烛冷"和"此乡多宝玉"作出处，薛宝钗和贾宝玉只能双双受罚领酒。因此，要玩射覆，得有几千几万篇文章烂在肚子里头才能披甲上阵。

因为两个游戏皆是藏物或藏字让人猜测，故而古人爱将射覆与藏钩并举，比如"隔座藏钩，分曹射覆，小槅玲珑午夜灯"（陆震《沁园春》），以及李商隐那句美得令人窒息的"隔座送钩春酒暖，分曹射覆蜡灯红"（《无题二

剪烛春宵射覆工

（清）华嵒《西园雅集图》
文人聚会，总少不了各种文字游戏。

首》之一）。其实两者"考试内容"截然不同，藏钩考的是眼神犀不犀利，善于洞察人心者不败；射覆考的是脑容量大不大，读书破万卷者常胜。

三、猜谜投琼，纤手戏青案

跟射覆风格接近，又别有一番情趣的智力游戏，就是猜谜了。"更看面面花枝好，讶双蘂、乱开春夜。依稀四角悬针字，猜谜消琼斝"（李符《玲珑四犯咏·墨纱灯》），用谜语来下酒，风雅得紧。古代谜语和现代谜语殊为不同，古代谜语除了谜面、谜目，还额外加上了一个条件，叫作谜格。谜格乃是制谜者和猜谜者需共同遵照的特殊格式和规则，猜谜的人若忽略掉谜格，答案是无论如何都猜不出来的。且看几个具体的例子：

卷帘格源于"手卷珠帘上玉钩"（李璟《摊破浣溪沙》），取帘幕倒卷之意，此格的谜底不得少于三个字，得把谜底的几个字从后往前读才能与谜面意思相扣。如"请吕蒙公断，打一中药名（卷帘格）"，谜底是"决明子"，为什么呢？吕蒙是三国时期的名将，字子明，从谜面上直接得到的意思是"请子明作决断"，即"子明决"，因是卷帘格，谜底需倒读，正是"决明子"。

徐妃格源自徐娘半面妆的典故，此格要求谜底中每个字里有一半与谜面意思相扣。如"阎罗王出告示，打一虫名（徐妃格）"，谜底是"螟蛉"，因这二字去掉共同的偏旁"虫"之后，另一半字为"冥令"，即阎罗王出的告示。"冥令"正好就是"螟蛉"的半面。

碎锦格意指谜底像碎锦片一样，此格要求将谜底中每个字都分拆成几个字，最后连缀成与谜面相应的答案。如"众口一词，打一邮政用物（碎锦格)",谜底是"信筒",因为"信筒"二字拆分之后就成了"人言个个同"。

古代谜格有数百种之多,梨花格、求凰格、白头格、蝇头格、虾须格……篇幅有限,不再逐一说明规则。但仅从前面几例就可看出,有了谜格,猜谜的难度系数呈几何倍数增长,文化不高、才情不够、思维不开阔、想象不丰富——只要脑力存在小小的短板,都没办法玩转古代谜坛。

虽然谜格使谜语极难猜出,但若宴会上只有"麻屋子红帐子里面住着个白胖子"这类干瘪的灯谜来佐餐,就算吃满汉全席又有什么滋味?谜格让饭桌上每个人的脑回路打结,也燃烧了每个人的血液,因此人们才迷恋不已,"归家姊妹余喧笑,猜谜传来五色笺"(吴宗爱《元宵》),即使在外已累了一天,回到家来玩谜语的兴致也不减;"满天星似满天钉,谜语同猜兴未停"(俞长

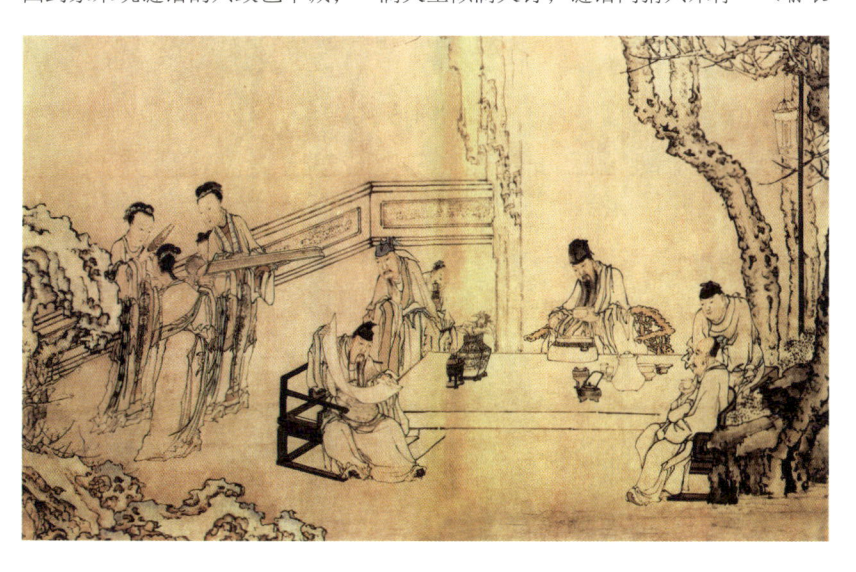

(清)黄慎《春夜宴桃李园图》宴会中众人拆字猜枚、射覆斗谜、低吟浅唱、吹花嚼蕊,忙得不亦乐乎。

源《里门歇夏杂句之五》），直玩到夜半，星星挂满天，猜谜的热情还是那样旺盛。

四、鸾笺拂罢拣诗筹

诗牌，以诗为主题的游戏。诗牌上写有单字，参加诗牌游戏的人，按照一定的规则取得某些牌，再用牌上的字组成诗篇。胜负的评判标准有两样，一是作诗的速度，二是诗作的质量。诗牌的"牌"字名副其实，玩诗牌同玩扑克牌的确很像：有好用的字，也有不那么好用的字，就好比有好牌也有臭牌。拿到臭牌也不用着急，关键要看打牌人如何组合牌，如果能够形成好组合，最后还是能开创胜局。唯一的不同，乃是诗牌最后打出来的是一首首美丽的诗。

"虽无酒令与诗筹，喜约明盟访旧游"（叶秀发《兴国寺》）、"酒筹诗令逐时新，仙佩朋簪清兴"（孙居敬《西江月》）、"从今赏心乐事，剩安排、酒令诗筹"（辛弃疾《声声慢·旅次登楼作》）……古诗词中频频出现的酒令诗筹，就是类似于诗牌的游戏，而它出现的频率之高，证明了这种类型的游戏大为人们所爱。诗牌在宋代尤其兴盛，明代还出现了关于诗牌的专著《诗牌谱》。此书介绍了六百扇诗牌，平声、仄声各三百字。诗牌游戏一般是四人参与，其中一人为诗伯，相当于主持人。古代比较常见的玩法是分牌制，诗伯按照规则将字分为四份，每份一百五十字，每人抽取一份，然后就利用自己抽中的一百五十字，作一首诗出来。六百字平均分给四个人有多少种分配方案，通过阶乘公式计算出来，是个一张纸都写不完的天文数字，因此诗牌游戏堪称"千古无同局"，每人每次拿到手的字都不重样，每次都有全新的出发点，故而文人们乐此不疲。

原材料如何，决定了最后做出来的菜是何滋味，那么诗牌游戏都向参赛者们提供了哪些汉字，哪些"原材料"呢？中山大学中文系教授吴承学研究认为："从《诗牌谱》所收的字数来看，这六百字可能就是中国古代诗歌创作最低程度的常用字。中国古典诗歌最低程度常用字的潜在观念，我以为是从宋代禁体诗就已经萌芽了。所谓禁体诗，也就是约定某些字不得入诗。这些字眼往往就是写此题目最为常用的语，这近乎文人之间的一种游戏。这种游戏规则的出现与宋代文人重在创新、避熟去俗的意识关系密切……"[1]

"《诗牌谱》的字，是如何选出的，我们不得而知。我想古人是不可能采用定量分析方法的，只能是编者在广读古诗的基础上一种印象式的挑选，而且是在流传过程中不断加以修改和更新的。"同样，《诗牌谱》所收字的韵，也是中国古典诗歌创作最常用的韵。"从《诗牌谱》所选的字来看，似乎带有强烈古典山水诗歌意境模式的审美倾向。它对与山景、水村、林泉、田野、城市、楼台、春秋、晓暮之类相关的字眼，情有独钟，所以，按《诗牌谱》给定的字眼，写成的诗可能性最大的当然是写景咏物、山水园林一类的诗，而不是叙事诗也不是说理言志诗。但是，我们不能因此而认定《诗牌谱》对叙事诗与说理言志诗有偏见，可能是关于山水意象的字眼更容易生成诗歌，在古代诗歌语言中，是最为活跃的语言元素。"[2]

吴承学教授还从《诗牌谱》中随意摘下一些字，根据北京大学网站上中文系李铎博士的《全唐诗电

[1] 吴承学：《中国古代文体形态研究》（第三版），北京大学出版社2013年版，第388页。
[2] 吴承学：《中国古代文体形态研究》（第三版），北京大学出版社2013年版，第388—389页。

子检索系统》进行检索，记录下了它们的出现次数：天17614、风21790、云19029、烟6176、霞2308、霄1040、霜3813、晴1830、阴4160、明10688、泉3567、山20762、坡129、湖1948、沙2902、波3708、川2816、溪2681、江9078。这些检索数据再次证明，诗牌提供的字，都是诗歌中频繁出现的字，换句话说，也就是极易写成诗的字。

作诗填词本就是戴着镣铐的舞蹈，要讲押韵、对仗，要斟酌"四声"、避免"八病"，拿着成千上万个汉字自由创作都属不易，遑论限定于一百五十个字的诗牌游戏了。更何况，为了在游戏中取胜，还得用限定的字，组合出一首立意格调皆不俗的诗来。诗牌游戏之难，由此可以想见。

然而，这正是我们祖先智慧的地方：他们选来做诗牌游戏的字，都是极易成诗的字。游戏得有难度，有难度才刺激。不过，若一味追求难度，选取古怪的、难用的字，反而会失却这个游戏的本味，那便是诗情。用生僻字写诗，的确更炫技更具挑战性，但不能为了炫技，牺牲掉诗的美丽。有好用的字，参赛者才容易出好诗，若因选取的字太过生僻，阻碍了好诗的诞生，岂不罪过？

诗牌分到手后，需将一百五十字通盘考虑，如果手中多有山、峰、洞、石、涧、壑等字，则写山景；如果多有江、蘋、湖、草、烟、浦、渔、矶等字，则写水村垂钓；如果多有亭、窗、桥、门、轩、阑等字，又可写园林楼台。总之需视手中的牌随机应变，且在心底多考虑几组排列组合，末了交上最精彩的一个"组合"，最扣人心弦的一首诗词。

待所有人都交卷之后，便发扬民主，大家共同评出诗的品级，按语句连贯流畅的程度和立意清新与否，分为上中下三品。光绪十二年（1886年），萨克达·成敦在济南刻的《诗牌集》，收录了彼时从诗牌游戏中诞生的最优作品，比如萧应椿的一首五律："行尽青溪路，垂阳隐画桥。楼头人意醉，村外马蹄骄。泥洰朝过雨，春寒涨晚潮。踏青归去后，遥见杏帘招。"再比如法伟堂的一阕《菩萨蛮》："尽日言归归未得，家书动是无消息。忆别正徘徊，霜边雁又来。鬓丝惊对镜，倦体争禁病。有约小春初，看看破岁除。"字眼再寻常不过，组合在一起，却似脱胎换骨，诗意不俗。

而那些事实杂乱、混沌不堪的诗，连下品都不能进入，称之为"荒牌"。打出荒牌的人当然免不了要被狠狠地罚一通酒，在劝酒、灌酒的混乱之中，日常生活的烦闷一扫而空，满座皆开怀。

古人酷爱在饭桌上玩文字游戏，诗牌只是其中一种，至于其他，如打诗钟、对对联、集句、拆字等，不一而足。回头细想，各位看官很快就会发现这些文字游戏堪称完美游戏，可游乐，可创作，可欣赏好诗好联，也可欣赏笑话——比如荒牌，满足大脑360度全方位的需求。

如果说藏钩、诗牌、射覆、猜谜等游戏是让你的大脑拼命奔跑，那么叶子酒牌这种玩法，便是给你的大脑做了个SPA。叶子酒牌，通过抽签的方式决定饮者和饮酒规则。但普通签子太无趣，于是古人们在酒牌的饮酒规则之前，还刻上了与饮酒规则相呼应的典故或诗句，有的酒牌上还配有插画。每张酒牌都成了一个独立完整的小型艺术品，值得抽签人一再把玩。

一套唐诗酒牌，共八十张，每张牌上刻有一句唐诗。"玉颜不及寒鸦色"（王昌龄《长信秋词五首》之三），诗意悲切，但对应的饮酒规则却是面黑者饮，幽默感满分；"无因得见玉纤纤"（张祜《妓席与杜牧之同咏》），玉纤纤意为玉手，这句意为没办法看见玉手，对应的饮酒规则当然得是袖不卷者饮，俏皮可爱；"与君便是鸳鸯侣"，出自温庭筠的《偶游》，要求并坐者饮，缱绻温馨；"千呼万唤始出来"，白居易《琵琶行》中的名句，要求后至者饮三杯，对迟到的惩罚诗意十足。

一套名贤故事酒牌，共三十二张，每张牌上用一句话总结了一位古代名贤的故事。

"平原君珠履三千"，讲的是赵国平原君派使臣访问楚国春申君，赵国

（宋）马远《西园雅集图》

西园雅集是北宋时一场文化巨匠的宴会，与会者有苏轼、苏辙、黄庭坚、秦观、米芾、李公麟等，每一位都是中国文化史上的重量级人物。因这场宴会太过经典，以至于西园雅集就成了文人雅集的典范。文人雅集，自然不会只有吃吃喝喝而已，作画弹琴、看书下棋，以及各种智力游戏，才是宴会的主角。

使臣动了点小心思，用玳瑁簪子绾插冠髻不说，还刻意显露用珠玉装饰的剑鞘，想借此向楚国夸耀赵国的富裕，结果到了宴会上一看，春申君门下宾客三千，个个都跋着缀满宝珠的鞋，赵国使臣大为惭愧。此典意在教育众人要谦虚，须知人外有人、天外有天，对应的饮酒规则却没有说教意味，乃是"穿美鞋者饮一杯"，毕竟在宴饮中快乐还是第一位的，谁耐烦听思想品德课。

"潘安仁乘车掷果"，讲的是西晋美男潘安每次乘车出游，不多时车上都会载满瓜果，都是仰慕他的女子沿街抛给他的，此典对应的饮酒规则是"食水果者饮一杯"。在这里跑个题，潘安的典故还有下文，那就是写出《三都赋》令洛阳纸贵的才子左思，也想如潘安这般风光一回，于是学潘安乘车出游，但因左思貌丑，众女投向他的只有口水与讥诮。《世说新语》里记录了左思那次乘车出游的结局——才子"委顿而返"，作者显然想博读者一笑，读来却觉得残忍，一个人才貌难兼，何必如此责备求全？晋人太苛刻了些。

抽取叶子酒牌的过程不用绞尽脑汁，参与者只用喝美酒、品佳肴，以及静静欣赏叶子酒牌上精妙绝伦的辞令和版画艺术就好。而文学美和艺术美带给你分量刚刚好的快感，不因单纯抽签而过分平淡，也不因斗智斗勇而过分刺激，这不就是一次大脑SPA吗？

前面提及的游戏，只是古代宴会智力游戏中的冰山一角。游戏还有很多，只要你愿意，你这一生中和朋友的每一次聚餐，都可以玩一种截然不同的古代智力游戏，花样永不重复。所以古人的宴会，尤其是文人雅士的宴会，俨然就是一场脑力奥林匹克，五花八门又妙趣横生的比赛项目让美酒与佳肴反而成了陪衬；吃不着好菜没人恼，但若在宴会上输了猜谜或射覆，可是有几天气要生的。然而，正是这些智力游戏，才让再普通不过的喝酒吃饭，变得精深微妙。

在那泛黄的岁月里，一桌菜，一壶酒，三五亲朋，加上几个小游戏，便是一段好时光，"猜枚的，打鼓的，催花的，三拳两谎的，歌的歌，唱的唱。谈风月尽道是杜工部、贺黄门乘春赏玩；掉书袋也晓得苏玉局、黄鲁直赤壁清游。投壶的定要那正双飞、拗双飞、八仙过海；掷色的又要那正马军、拗马军、鳅入菱窠。输酒的要喝个无滴，不怕你玉山颓倒；赢色的又要去挂红，谁让你倒着接䍦。顽不尽少年场光景，说不了醉乡里日月"（兰陵笑笑生《金瓶梅词话》）。

八珍伊鼎盐梅味

古代名厨

中国菜能发展成如今丰富可口的境况，靠的不是帝王将相，而是历史上那一位位在灶头忙碌一生的厨师。伊尹、专诸、易牙是古代厨师中的佼佼者。在他们之后，古代中国名厨辈出，但奇怪的是，后世的名厨很难再成为如同伊尹、专诸、易牙一般的传奇；提到其他名厨，能说的也就是他们的手艺与代表菜，仔细想来，他们缺少的大概是一个极致的人生。世界上善于烹饪的人有很多，如伊尹般高尚到极致，如专诸般豪迈到极致，如易牙般不要脸到极致的人却难得。

人类有个坏毛病：常常只看见眼前精彩，却忽略幕后英雄。我们在葛朗台的极端吝啬中产生强烈的阅读快感，却不了解巴尔扎克挣扎艰辛的一生；我们欣赏电影里各种轰炸眼球的特效场面，却没有耐心看完片尾特效工作人员的名单；我们对手机的依赖性越来越强，却鲜有人知道手机技术的基础理论由海蒂·拉玛发现，而这海蒂·拉玛还是好莱坞三十年代一位著名电影女星，美艳不可方物……这就好像我们一日三餐沉浸在各种美食中无法自拔，却很少有人问一问制作菜肴的厨师是谁。中国菜能发展成如今丰富可口的境况，靠的不是帝王将相，而是历史上那一位位在灶头忙碌一生的厨师。一本关于美食的书，若绝口不提厨师的故事，多少有点忘恩负义。

一、伊尹负鼎

中国历史上第一位名厨——伊尹，生活在公元前约16世纪的夏末商初。伊尹的出身，真正诠释了什么叫作"出身低微"。伊尹的生身父母是谁，无人知道，他的人生是从被采桑女在一棵空心桑树中捡到而开始的。诗词曰"伊尹生空桑，捐庖佐皇极"（李白《纪南陵题五松山》）、"箕尾传说商岩住，空桑子伊尹无父"（冯子振《鹦鹉曲黄·阁清风》），指的就是这件事。

采桑女将弃婴伊尹献给国君，国君又将伊尹的抚养权交给了庖厨，无论是采桑女还是庖厨，在那个时代都有个共同的阶级称谓——奴隶。伊尹在奴隶的抚养下长大，他的养父能给予他的全部财产，充其量也就是一手好厨艺而已。但伊尹凭借自身的聪敏与坚毅，完成了人生的逆袭，他在厨房里摸爬滚打，却从锅碗瓢盆中悟到了治国之道，渐渐有了贤德的名声。所以，在别的庖厨忙于烧一锅好汤之时，他已经成功吸引到了后来商朝的创立者——商汤，并使商汤产生了无论如何都要争取到伊尹这一旷世奇才的念头。

商汤经过几番周折，终于请到了他梦寐以求的伊尹。而伊尹与商汤在朝堂之上的首次见面，可以视为中国烹饪技艺的第一届高峰会谈，华夏最古老的烹调理论就在这次会谈中诞生。

面对虚心求教的商汤，伊尹娓娓道来，说世间的三类动物中，生活在水里的动物肉腥，吃肉的动物肉臊，吃草的动物肉膻。但是，气味不好的食材仍然可以使其变好，这些都各有它们内在的原因。调和味道的根本，首先在于用水。而五味三材，多次煮沸，多次变化，火候是关键。火时而微弱时而炽烈，一定要用火去除肉的腥味、臊味、膻味，但在这过程中要保证火候适中。

调和味道，必定要用到酸甜苦辣咸，而调料先放还是后放，放多还是放少，剂量的差异非常精微，这都有规律可循。烹饪中的变化极其微妙，既不能言传，亦不能意会，好比射技御技的技巧、阴阳二气的交合、四季的变化一般，所以能做到烹调时间长，但食材不致毁坏；做得很熟，但不至于过了火候。甜与酸，皆不过度；咸，却不至于减损食材的原味；辣，却不至于浓烈到刺激；清淡，却不至于寡薄；肥，却不至于腻味。

表面上，伊尹给商汤上的是一节烹饪课，其实也是一节政治哲学课。把烹饪术语翻译成政治语汇，这一大段讲的也是治国之道：治国得讲究方法，不能做过了，也不能不及，要合理地调和各方面的力量，要务实求本。伊尹不把话说破，商汤已心领神会。

后世常有人借烹调理论，谈执政理念与为官经，源头大概都在伊尹这儿。比如宋代方蒙仲关于盐梅的诗说："众口一酸调，佳处在味外。忽使水火争，谁令居鼎鬻。"虽然众口难调，不过只要有梅子的酸作调味，便能使难调的众口都满意，但梅子的佳处更在酸味以外；灶头的火已生起，水已滚开，但由谁来掌勺呢？换句话说，由谁来为官做宰，才能平衡各方力量，将众口都协调？

再比如宋代李龙高《盐梅》诗说："世味明知可口难，到头终不换寒酸。直须袖却和羹手，何必贪居鼎鬻间。"这首诗每一句都是一语双关，前两句的字面义是调出可口的味道很难，调来调去菜的味道还是酸得令人难受，引申义却是做官艰辛、殊为不易，到头来人还是活得寒酸；后两句的字面义是我索性以后不再烹调了，引申义却是干脆我就辞官回家罢了。若就政治谈政治，难免冰冷乏味；而用烹调来说政治，让冷硬的政治也有了一丝亲和力，更便于读者接受。

回到伊尹身上来。末了，伊尹还很有技巧地列举天下顶尖美食，在激发汤唾液分泌的同时也激发汤的斗志，因为想吃到这些好东西，不打下江山、成为天子是办不到的。而要成为天子，必须先懂得仁义之道。说得高尚点，仁义之道是成为天子的必要条件；说得通俗点，仁义之道是打开美食世界的敲门砖。

那么伊尹所说的顶尖美食都有哪些呢？伊尹将食材分为肉、鱼、蔬菜、调料、谷物、水、果品七个门类，在每个门类中都选出了状元，比如最好的肉是"猩猩之唇，獾獾之炙，隽觾之翠，述荡之腕，旄象之约，流沙之西，丹山之南，有凤之丸，沃民所食"，最好的鱼是"洞庭之鱄，东海之鲕，醴水之鱼，名曰朱鳖，六足、有珠、百碧。藿水之鱼，名曰鳐，其状若鲤而有翼，常从西海夜飞游于东海"（《吕氏春秋·本味》）[1]，等等。

一个好厨师，在学会调味之前，首先得了解各种食材的特点，清楚知道哪些是上佳的食材。如同一个将领在带兵打仗前得了解自己的部队，辨清哪些是人才、哪些是庸才，唯有这样，才能恰当地排兵布阵，赢得战斗的胜利。伊尹就是这样一个洞悉天下食材的好厨师。

《七发》说"伊尹煎熬，易牙调和"，《七命》说"伊公爨鼎，庖子挥刀"，历代文学家只要写及传奇美食，总是要搬出伊尹来。不过，烹制一道道佳肴，这对伊尹来说是做小菜；伊尹真正的绝技，是利用厨房教会他的一切，来治理"国家"这盘大菜。商汤非常明白，伊尹是一位披着厨师外衣的宰相，可以请他为自己做饭，但不能仅仅请他做饭，否则就像是用好书来垫桌脚，用精美的木雕来烧火取暖，实属暴殄天物。

《孟子》说伊尹"以尧舜之道要汤"，引导商汤效法尧舜，以德治天下；"而说之以伐夏救民"，说服商汤讨伐暴君夏桀，救万民于水火。商汤尊伊尹为帝王师，而伊尹也终不负商汤的期望，为商汤的职业生涯指明了方向，协助商汤完成了商的开国大业。"业以自任如伊尹，

---

[1]《吕氏春秋·本味》接下来还评选出了最好的蔬菜"昆仑之苹，寿木之华。指姑之东，中容之国，有赤木玄木之叶焉。余瞀之南，南极之崖，有菜，其名曰嘉树，其色若碧。阳华之芸，云梦之芹，具区之菁，浸渊之草，名曰土英"；最好的佐料是"阳补之姜，招摇之桂，越骆之菌，鳖鲔之醢，大夏之盐，宰揭之露，其色如玉，长泽之卵"；最好的谷物是"玄山之禾，不周之粟，阳山之穄，南海之秬"；最好的水是"三危之露，昆仑之井，沮江之丘，名曰摇水，曰山之水，高泉之山，其上有涌泉焉，冀州之原"；最好的果品是"沙棠之实，常山之北，投渊之上，有百果焉，群帝所食，箕山之东，青鸟之所，有甘栌焉，江浦之橘，云梦之柚，汉上右耳"。

八珍伊鼎盐梅味

那使流言动周公"(邓肃《送李丞相四路宣抚》)、"得志行所为,泽民效伊尹"(袁燮《与范总干》),后世的任何一句称扬,伊尹皆当之无愧。

(宋)赵令穰《橙黄橘绿图》
伊尹列举的顶级果品"江浦之橘",大概就是这幅画中所呈现的模样:长于江边,郁郁青青,枝叶繁茂,果实饱满。

二、专诸治鱼

伊尹是靠烹调各色美食成为名厨,专诸却是一战成名,仅靠一道菜便跻身历史上顶级名厨之列。

专诸,吴国人。要讲专诸的故事,却得首先从楚国人伍子胥讲起。伍子胥逃离楚国前往吴国之时,结识了壮士专诸。伍子胥在觐见吴王僚之后,极力劝说吴王僚攻打楚国,却遭遇了吴公子光的反对,理由是伍子胥的父亲与哥哥都是被楚国所屠杀,故伍子胥提议攻打楚国是为了报一己私仇,并非真心诚意地替吴国着想。吴王听从意见,攻打楚国的计划就此搁浅。伍子胥何等聪明,分析形势后立即明白,公子光对吴王僚有取而代之之意,国内的事尚未处理好,他怎肯向国外出兵?要让公子光支持吴国伐楚,就得首先支持公子光篡吴王僚的位。

接下来,伍子胥把专诸推荐给公子光,专诸正式亮相,"伍胥进勇士,专诸践王血"(王士禛《吴季子祠下作》)。公子光欣赏专诸一身武艺,用对待上宾的方式对待他,然后静静等待时机。吴王僚九年(前518),楚平王突然去世,吴王僚心思就活络了,打起了趁火打劫的算盘,趁着楚国忙于葬礼之际,派他的两个弟弟包围了楚国的潜城。楚国岂是软角色?立时出兵断绝了吴国军队的后路,使吴国军队无法回国。

这一来,公子光的心思也活络了,他对专诸慨叹说机会难得,想实现篡位大计就得趁现在。专诸一合计,吴王僚的军队都困在楚国回不来,国内又没有肯为吴王僚仗义执言的忠臣,当即决定行动,以报公子光平日的厚待。

公子光对专诸的支持感激不已，以头叩地道："我公子光的身体，也就是您的身体，您的身后事就全由我负责了。"

这年四月丙子日，公子光备办酒席宴请吴王僚，在地下室中安排了诸多杀手。吴王僚也是经历过大风大浪的人，不敢轻率，带了卫队陪自己一同赴宴。卫队的规模有多庞大呢？一直从王宫排列到公子光的宅邸里，在门户与台阶的两旁，站满了吴王僚的亲信。这般严阵以待，如果没有专诸的特制烤鱼的话，公子光就没机会下手了。"专诸善烹鱼，要离能击筑"（林朝崧《杂诗》），专诸的烹鱼绝技，成了整个计划成败的关键。

宴会进行到高潮处，公子光假装脚不舒服，借故进入地下室，让专诸将匕首藏到烤鱼的肚子里，然后将鱼献给吴王僚，李白诗云"匣中盘剑装鱼"（《醉后赠从甥高镇》），说的就是这个细节。烤鱼上桌，鲜香扑鼻，吴王僚不禁陶醉非常。说时迟那时快，专诸从鱼肚中抽出匕首，一刀刺死了吴王僚，"江风飞剑鱼喷刀，王僚庆忌如吹毛"（王叔承《侠香亭是要离专诸梁鸿葬处为周公瑕赋》）。而吴王僚的卫队，也一拥而上将专诸砍倒在血泊之中，专诸用生命报答了公子光的知遇之恩，"只能轻一死，遂觉重如山。凛烈鱼肠剑，轩昂壮士颜"（冯振《专诸塔遗迹》）。

公子光的计划大获成功，旋即自立为王，这就是历史上有名的阖闾。阖闾不忘专诸的功劳，封专诸的儿子为上卿。而伍子胥也因协助阖闾登基有功，成为阖闾的重臣，并最终借阖闾之手扳倒楚国，掘开楚平王的坟墓鞭尸三百次，报了楚国杀父兄之仇。掘墓鞭尸虽过于残忍，但有仇必报也是大丈夫的作为，故古人对伍子胥不吝称赞："君子尚权变，权变贵合道。子胥荐专诸，子光专非好。父仇共戴天，乞师恨不早。子光既得志，入郢事征讨。报父既鞭尸，谏王仍杀身。孝子节方全，忠臣道且新。驰名天地间，岂是悠悠人。"（释智圆《吴山庙诗》）

因专诸的壮烈行径，太史公司马迁将专诸与豫让、聂政、荆轲等英雄并列，在《史记》中特特为他们作了一篇《刺客列传》。古代正史记录的多是皇亲国戚、达官贵人，能让身份低微的英雄留名青史，便是对英雄的至高恭维。而后世也将专诸、豫让、聂政、荆轲，并称为中国古代四大刺客。不过后世对四位刺客的评价，却因人而异，一人一个评价标准。研究不同的历史评价，也是一件有趣且有深意的事。

荆轲刺秦的故事家喻户晓，在此不再赘述。豫让，是春秋晋国智伯的家臣，为报赵、韩、魏灭智氏之仇，用漆涂身毁容，并吞炭改变声线，潜伏在桥下等待刺杀赵襄子的机会，最终刺杀失败，豫让请赵襄子给他一件衣服，拔剑斩赵衣以示报仇之后，随即自杀身亡。聂政，乃战国严仲子的好友，得到严仲子的厚待，而严仲子与侠累有深仇，聂政为报答严仲子厚待之恩，独自一人仗剑砍杀侠累，并消灭侠累侍卫数十人，替好友报仇之后，为免连累家人，聂政就用那把杀敌之剑，划花自己的脸，挖出自己的眼，叫人辨不清面目后再在街头自杀。

明代大学者胡应麟认为四大刺客中，荆轲最值得人钦敬，所以他在《易水垆头放歌怀庆卿》一诗中这样写道："……图穷督亢刃乃见，至今神貌犹扬扬。伟哉大勇旷百世，共工项籍争雄强。八创嬉笑总余事，沾沾俗士徒称扬。君不见聂政大呼本仓卒，专诸进食元潜藏。豫生毁形伏桥厕，谁哉十目交崑廊。三人视卿孰难易，一死虽同蹈死异。吁嗟太史传刺客，百代何人奋高义。"大意是四位义士都值得称扬，不过聂政在刺杀侠累时不免大呼小叫，专诸在献鱼前也曾在地下室里躲躲藏藏，而豫让在报仇前曾长时间蜷缩在桥底的猥琐角落，虽然他们仨最后都舍生取义了，舍生取义的过程却不同，和光明磊落的荆轲比起来，境界高下立现。

能为知己者死，专诸、聂政、豫让义薄云天，仨人的高义岂是小细节可以抹杀的？大呼小叫怎么了？躲躲藏藏又怎么了？胡应麟的评价实在是因小失大，这就好比在评价罗盛教时说"他救落水儿童是了不起，但他救人时采取的游泳姿势不太美，如果能用优雅的蝶泳，这个义举就完美了"，这是非常滑稽，亦是非常可悲的。

而明代苏大的看法恰与胡应麟相反，他在《感讽》诗中，称专诸比荆轲更值得敬佩，两者不可并列："兵刃何最贵？匕首同干将。所铸皆匪凡，用有祥不祥。荆柯信国士，未抵专诸勇。阖庐因成功，燕国几亡种。所托若匪雄，不如投闲余。免令将军头，不及筵中鱼。"专诸为使吴王放松警惕，献的是一尾美味的烤鱼；荆轲为取信于秦王，献的是将军樊於期的项上人头。结果专诸刺杀成功，荆轲却失败了，所以说将军头还不如一尾筵上鱼，所以说荆轲不能和专诸比。

苏大对荆轲和专诸作如此比较，用的是功利主义的标准，太过凉薄。如果非要以成败论英雄，那即便是拿破仑也算不得英雄，因为滑铁卢战役足够抹杀他所有的功勋，但是，就连在滑铁卢打败拿破仑的威灵顿公爵也说："在过去的时代，在现在的时代，在任何时代，最伟大的将军都是——拿破仑。"

其实，不管人们如何评价四大刺客，如何对四人的英勇程度进行排序，专诸在古人心目中是义士无疑。专诸的义士形象太深入人心，以至于人们常常忽略他的另一重身份——名厨。能让吃惯山珍海味的吴王僚倾心，专诸炙鱼的技术不容小觑。那条炙鱼滋味稍差，吴王僚就不会受到迷惑，也就不会被专诸杀死，整部春秋史都将改写。

三、易牙调味

春秋时期除了专诸，还有一位顶级名厨，然而这位名厨的人格品行，与专诸截然相反。这位名厨，就是齐国人易牙。宋代孔武仲在一首关于蛤蜊的诗中写道"天然甘露贮玉窠，不须易牙为调和"（《食蛤蜊呈子骏明叔》），诗人说的虽是蛤蜊鲜美，不需要易牙来调味，但这句诗亦从反方向证明易牙是古代公认的名厨，因此诗人才有兴趣拿他说事。

说专诸的传奇得从伍子胥的逃亡说起，而说易牙的生平，需从管仲的遗嘱说起。

管仲，春秋名相，齐桓公能够成为春秋第一霸主全仗他辅佐得力。宋代邵雍在《偶得吟》诗中罗列了历代骨灰级名臣，其中便有管仲："皋陶遇舜，伊尹逢汤。武丁得傅，文王获姜，齐知管仲，汉识张良。诸葛开蜀，玄龄启唐。"

管仲在人生的最后阶段得了重病，齐桓公亲自去看望。普通人探望病员多半会说"你一定会好起来"之类的安慰话，但齐桓公与管仲都不是普通人，他们肩上背负的使命要求他们进行更有质量的病房会谈，于是齐桓公单刀直入:"您的病已经很重了,可有什么遗言要交代给我呢?"管仲也不含糊,回答说:"您即使不来问我,我也有话对您交代。但怕只怕您听归听,却做不到。"齐桓公愈发虚心:"您要我往东,我就往东;您要我往西,我就往西。您的话我哪敢不听?"看齐桓公如此恳切,管仲终于挣扎病体坐起,整理好衣冠,正色道出遗嘱的内容,那就是希望齐桓公把易牙、竖刁、公子开方辞退。

接下来管仲的一番议论,即使放到几千年后的今天来看,也是相当发人深省的:"夫易牙以调和事公,公曰:惟烝婴儿之未尝。于是烝其首子而献之公。人情非不爱其子也,于子之不爱,将何有于公?公喜宫而妒,竖刁自刑而为公治内。人情非不爱其身也,于身之不爱,将何有于公?公子开方事公,十五年不归视其亲,齐卫之间,不容数日之行。于亲之不爱,焉能有于公?"(《管子·小称》)

易牙用烹调技艺来伺候齐桓公您,您说什么美味都吃过了,唯独婴儿的滋味没有尝过,于是易牙就蒸了他的儿子献给您品尝,人之常情没有不爱自己儿女的,但易牙对自己的儿子都不爱,他能爱您吗?您爱好女色同时又善妒,竖刁便自宫,免除您的妒忌心,后来为您管理后宫,人之常情没有不爱自己身体的,但竖刁对自己身体都不爱,他能爱您吗?公子开方为了侍奉您,连续十五年都不曾回家探亲,而齐国与开方的家乡卫国之间,只不过几天行程,人之常情没有不爱自己双亲的,但公子开方对自己的双亲都不爱,他能爱您吗?

我们常常有错觉,以为某人能为自己做一些违背天性之事乃是莫大的牺牲，以为这意味着某人对自己格外地优待。其实不然，反人性的事不管披着多么高尚和感人的外衣，其本质都是可怕的。女老师为了给学生补课而不带自己重病的孩子去医院之类的故事，一丁点都不伟大，我不相信这样的老师会是心理健全、感情柔软的人。还是沈从文说得好："我只建造一座小庙，在这座小庙里，我供奉的，是人性。"

易牙为讨好齐桓公的胃，竟然拿自己的亲儿子做了菜，"但教得狸何顾尔，易牙奉君尚烹子"（赵文《猎户叹》）。想想那场面，杀掉儿子之后还要理智地选择最佳烹煮方案，以求把儿子做得更美味，易牙的狠劲儿比竖刁、开方更甚。易牙烹子，也成为集最谄媚与最残忍于一身的典故。

宋代杨忆诗曰"易牙昔日曾蒸子，翁叔当年亦杀儿"（《读史学白体》），将易牙与翁叔并举。翁叔是西汉大臣金日磾的字，金日磾有两个儿子，小时候颇为可爱，被汉武帝收为"弄儿"，常在武帝身边玩耍。某次大儿子得意忘形，从后面抱住武帝的脖子嬉闹，金日磾认为儿子此举侵犯了君王的尊严，当即对儿子怒目相向，武帝还责备金日磾不该同小孩计较。后来弄儿长大，在武帝的宠爱下，行为愈发不检点。某次竟被金日磾撞见儿子在皇宫里与宫女戏耍，金日磾对儿子的淫乱行为忍无可忍，终于杀掉儿子。武帝知道后，虽为弄儿的死去而伤心，但也愈加敬重金日磾。尽管都是屠子，残忍没有分别，不值得褒扬；但易牙的出发点是媚上，翁叔的出发点却是除害，从动机来讲，易牙和翁叔完全不可同日而语。

说回齐桓公。齐桓公为管仲的遗嘱所震撼，撵走了易牙、竖刁这几个小人。然而不幸的是，管仲带给齐桓公的震撼没能持续太久，齐桓公很快发现没有了易牙，饭菜都做得不合口味；没有了竖刁，后宫乱成了一锅粥，于是齐桓公又敲锣打鼓地把小人请了回来。一年之后，几个小人合力作乱，曾经为齐桓公做出无数美食的易牙，最终将齐桓公锁在小屋中活生生饿死，结局太讽刺。

宋代陈普《咏史上·齐桓公》诗，写尽齐桓公死后的惨象："户外流虫争掩鼻，当年已作鲍鱼腥。"齐桓公在小屋饿死之后，尸虫流于户外，臭不可闻，恶臭比鲍鱼的气味还要难闻。一代明君的一生，就这样荒诞而残酷地结束了。

易牙之卑鄙毋庸置疑，但另一方面，能够让齐桓公对他做的饭菜念念不忘，出尔反尔将他从宫外寻回，他的厨艺的确令人惊叹。所以后世提到易牙，鞭挞他卑劣人格的不多，赞美他精湛厨艺的倒是络绎不绝，如"知音须子期，知味须易牙"（杜范《再用韵》）、"酸咸苦辣熟兼生，个中滋味易牙精"（林散之《浣溪沙》），简直把易牙视作食神。元明之际的韩奕，更是将自己辛苦整理的食谱取名为《易牙遗意》，用名厨易牙之名，为自己的食谱贴金。

伊尹、专诸、易牙等人可谓中国烹饪界的开山鼻祖，其后我国名厨辈出，他们站在巨人的肩膀上，研制出更多了不起的名菜佳肴，在手艺上也许早就远远地超过了这几位前辈。仅《扬州画舫录》一书，就记载了十几位名厨，"烹饪之技，家庖最胜。如吴一山炒豆腐，田雁门走炸鸡，江郑堂十样猪头，汪南溪拌鲟鳇，施胖子梨丝炒肉，张四回子全羊，汪银山没骨鱼，江文蜜蜂螫饼，管大骨董汤、紫鱼湖涂，孔切庵螃蟹面，文思和尚豆腐，小山

诗词里的人间百味

(明)谢环《杏园雅集图》(局部)

和尚马鞍乔,风味皆致绝胜"。能靠一道菜就扬名立万,他们的手艺之精湛,可想而知。

但奇怪的是,后世的名厨很难再成为如同伊尹、专诸、易牙一般的传奇,提到他们,能说的也就是他们的手艺与代表菜而已。仔细想来,他们缺少的大概是一个极致的人生。世界上善于烹饪的人有很多,如伊尹般高尚到极致,如专诸般豪迈到极致,如易牙般不要脸到极致的人生却难得。

四、厨娘传奇

前面说的名厨都是男人,但厨房并不只是男人的舞台,相反,更多的时候它属于女人。从唐宋时期开始,女厨的力量开始崛起,大有与男厨分庭抗礼之势,许多女名厨被载入史册。

周密《武林旧事》中提到的宋五嫂,便是有宋一代的女名厨,她制作的宋嫂鱼羹成为极受国人喜爱的名菜之一,历代都少不了关于宋嫂鱼羹的诗词,如"湖头双桨藕花新,五嫂鱼羹曲院春"(区仕衡《与客西湖上感事》)、"湖上羹鱼嫂,池西斗鸭姑"(王彦泓《拟会真三十六韵》)、"乱后鱼羹思宋嫂,秋来蟹市罢丁沽"(樊增祥《浣溪沙》)。

《武林旧事》中关于宋嫂鱼羹的记载有两则,一则出现在卷三:"小舟时有宣唤赐予,如宋五嫂鱼羹,尝经御赏,人所共趋,遂成富媪。朱静佳六言诗云:'柳下白头钓叟,不知生长何年。前度君王游幸,卖鱼收得金钱。'"

淳熙年间,赵构乘舟游西湖,那时候的赵构已不再是宋高宗,而成了优哉游哉的太上皇。皇族出游,总免不了要安排点慈善表演给众人欣赏,太上皇买龟鱼放生是头一件善事,第二件便是从市井小贩手里购买市井小吃,这就是所谓的"买市"。"买市"实现的是双赢,小贩赢得大量赏金,皇族赢得亲民美誉。宋五嫂的鱼羹,就在太上皇赵构"买市"的购物清单里。被太上皇品鉴过的美食,立刻身价百倍,人人争相购买,宋嫂凭借鱼羹发家致富,连诗人都忍不住记下宋嫂的"励志故事"。

单看这则记载，会以为宋嫂鱼羹之所以能扬名立万，全赖它滋味醇美，连太上皇的胃都被它征服，这是民间美食的胜利，值得欢庆。但待你读完另一则记载，却只觉伤感莫名。另一则记载出现在《武林旧事》卷七："时有卖鱼羹人宋五嫂对御自称：'东京人氏，随驾到此。'太上特宣上船起居，念其年老，赐金钱十文、银钱一百文、绢十匹，仍令后苑供应泛索。"一句"东京人氏，随驾到此"，揭开了宋嫂鱼羹获得青睐的秘密：真正令赵构动容的，也许并不是鱼羹的鲜美，而是宋五嫂的来历。

北宋末年，金人入侵中原，北宋政府带着他们惊慌失措的子民，以及还未苏醒的繁华梦，一路从东京汴州狼狈地奔逃至杭州。杭州很好，杭州有"三秋桂子，十里荷花"，有"水光潋滟晴方好，山色空蒙雨亦奇"，但对于任何一个由北宋入南宋的人来说，杭州的熏人暖风永远治愈不了他们内心那道国破家亡的伤痕。东京汴州，成了南宋人毕生念念不忘，却永远回不去的家。

赵构作为南宋的开国皇帝，目睹了北宋末年那场大逃亡的全部，就算日后他在杭州称王，也改变不了他对汴州绵长的怀念。宋五嫂来自汴州，鱼羹里带着家乡的味道，怎不叫赵构沉湎？宋代无名氏一首《西江月》，对这故事作了最好的总结："白发苏堤老妪，不知生长何年。相随宝驾共南迁，往事能言旧汴。前度君王游幸，一时询旧凄然。鱼羹妙制味犹鲜。双手擎来奉献。"

宋代洪巽的《旸谷漫录》，记录了宋代另一位惊世骇俗的厨娘。当时有一位告老还乡的太守日用素简，并无奢华的习气，但某天忽地忆起在京都某高官处用晚膳，宴席上厨娘调的羹极为可口。想来想去心情难以平复，于是老太守也起了寻一位厨娘的念头，托京城的朋友帮忙物色人选。结果，手艺好的厨娘比千金小姐还骄傲，皆不屑于来为退休的老太守做饭。费了几番周折，朋友才终于为老太守寻得一位年方二十的厨娘，且这厨娘不仅会做一手好菜，还能书会算，颇有姿容。

世间有才之人大多都会恃才傲物，厨娘也不例外，她到离老太守家五里远的地方就不肯前进了，亲手写了一封信给老太守，主要内容是必须派一四抬暖轿去迎接她。信上字迹端丽，让人无法拒绝。接来厨娘之后，老太守发现满足她一切矫情的要求都是值得的，厨娘"容止循雅，红衫翠裙"，美艳绝伦不说，手艺的确惊人："于是亲友皆让举杯为贺，厨娘亦遽请试技。郡守曰：'大筵有待，且具常食，五篚五分。'厨娘请菜品食品质次。郡守书以与之。食品第一羊头佥，菜品第一葱齑，余皆易办者。厨娘谨奉令，举笔砚开列物料内。内羊头佥五分，合用羊头十个，葱齑五碟，合用葱五斤，他物称是。郡守心嫌太费，然未欲遽示俭啬，姑从之。翌日，厨役告物料齐，厨娘发行奁，取锅铫盂勺汤盘之属，令小婢先捧以行，璀璨耀日，皆是白金所制，约每器须值廿金。至如刀砧杂器，亦一一精致，旁观为之啧啧称赏不已。厨娘更团袄、围裙，银索攀髆，掉臂入厨房，据胡床坐，徐起切抹批脔，快熟条理，直有运斤成风之势。其治羊头也，漉置几上，剔留脸肉，余悉掷之地。众问其故，厨娘曰：'此皆非贵人所食也。'众为拾起，顿置他所。厨娘笑曰：'若辈欲食狗子食耶？'其治葱齑也，取葱辄微过沸汤，悉去须叶，视碟之大小分寸而截断之，又除其外数重，取条心之似韭黄者，淡酒盐醯浸渍，余悉弃，了无所惜。凡所调和，馨香脆美，济楚细腻，食之举箸无余，亲朋相顾称好。"

厨娘所用厨具金光灿然，所用食材也叫人咋舌，羊头只取脸部一丁点最富弹性的肉，葱只要葱心最嫩的一片叶，仅用精华中的精华，其余材料皆舍弃。所以制羊头肉五分，却需用羊头十个；制葱齑五碟，就要用葱五斤。旁人舍不得浪费，想捡起厨娘不要的食材，遭到厨娘无情讥诮："你们这是要吃狗食吗？"不屑之情，溢于言表。

如果说这般大手笔的烹饪手法已抵达老太守承受的极限，那么厨娘做完宴席后讨要赏钱的金额则成了压垮老太守的最后一根稻草，做这样一台宴席，需支付厨娘上百匹锦帛、二三十万钱。如此花费，别说是已退休的太守，即使是在位的太守亦无力承担。故事最后的结局，乃是老太守"私叹曰：'吾辈力薄，此种筵宴，岂宜常奉？此等厨娘，岂宜常用？'不旬日，托以他事，善遣之去"。用名厨之心，人皆有之；但用名厨之费，却非人皆能之。

这位厨娘名声大噪，连东瀛都知晓了她的故事。当代日本作家米泽穗信在一篇小说《羊群的晚餐》里塑造了一位了不起的女厨师阿夏，便几乎完全照搬了《旸谷漫录》中厨娘的形象：

新的厨师来了。信件在早上送了过来……白色的便笺给人干净的感觉，上面排列着端正且严谨的楷体字——比我的字漂亮很多。很荣幸能为您效劳。在下已来到城镇的边界，为了不在贵府诸位面前失了礼数，烦请您派人过来迎接——内容大致如此，写得有礼有节并且很委婉。……然后，爸爸叫黑井先生把车开出来。我想新的厨师大概是想请

（宋）厨娘画像砖拓图

此图证明，彼时的厨娘精通烹饪的各个环节，做起菜来手法纯熟。

我们帮她叫出租车吧。用家里的车去迎接她，似乎有些过头了……一个多小时后，黑井先生回来了。车子一直开到了正门，而不是后门。新厨师穿着鲜红色的上衣和绿色的裙子，虽然稍微有些冷傲的感觉，但却是一位美人。她态度大方，不惹人讨厌，自然地散发出自信，和我想象中的厨师样子大相径庭。

……做出来的晚餐相当美味。羊肉尝起来非常嫩。其实，我也对羊肉没有什么好印象，但是切得薄薄的羊肉隐约泛着一点粉色，就连外观也很漂亮，加了大蒜的蘸酱也好吃得不得了。……还有，爸爸和叔叔他们好像没怎么留意，但糖醋大葱真是太脆了，没有比这更棒的了。……早上，费用的明细单让妈妈瞪大了眼睛。……虽然我没有在近处仔细地观察过羊，但我知道羊头并不小，差不多怀里只能抱一个吧。大概只需一个就足以供六个人吃了，竟然买了十二个，真是……再看看自己曾感叹过的大葱——'十千克大葱'。一根大葱也就几克吧。居然买了十千克。明明端到饭桌上的糖醋大葱少到用筷子夹个两三次就没了。其他的食材也全都如此。

……晚上，阿夏来了。她穿着第一天见面时穿的红色上衣和绿色裙子，跪下来毕恭毕敬地说："昨天的菜肴似乎合了您的意，在下不胜荣幸。那么，按照惯例，请您赏赐小费吧。"……我没有见到那张账单。不过，从爸爸大张着嘴合不上的样子来看，估计金额相当大吧。"[1]

出场的阵仗、制作的菜式、对食材的浪费、宴会后讨要小费、讨要小费时所用的措辞，与太守的厨娘如出一辙，连服饰"红衫翠裙"这点都一模一样。唯一的不同，便是主人派去接阿夏的不是四抬暖轿，而是家用轿车。故事照搬到这个地步，洪巽若泉下有知，简直可向阎王爷提请诉讼，状告米泽穗信抄袭。但从米泽穗信照搬所有细节这点可以想见，洪巽笔下这位厨娘在东瀛人心中有多么完美，以至于借用厨娘形象时无一丁点加工修改，必须与原型一模一样才算是向经典致敬，否则便是糟蹋偶像。

做鱼羹的宋嫂、退休老太守的厨娘，只是唐宋厨娘的几个优秀代表而已，彼时女名厨辈出，且聘请她们的费用相当可怕，以至于形成了宋代廖莹中所说的悖论："就中厨娘最下色，然非极富贵者不可用"。宋时有各种女手艺人，其中属厨娘地位最低贱，但奇怪的地方就在于，要雇这最低贱的厨娘，只有最富贵的家庭才办得到。往前推，唐代的情况也是近似的，厨娘

---

[1] ［日］米泽穗信著，子应译：《羔羊的盛宴》，译林出版社2011年版，第209—215页。

大有市场。因此在唐代岭南地区，一家不管是贫还是富，对女儿的培养都是以厨艺训练为主，女红之类的反而乏人问津。在婚恋市场上最受欢迎的女子，是家人能说出这等豪言的人："裁剪缝补我女儿一概不会，但若让她烹调水蛇、黄鳝，却能做得一条比一条更美味。"[1]

明清时候，厨娘的手艺仍为人们津津乐道，文人骚客为一场佳宴作诗填词时，总不忘特地描写厨娘，如明代王彦泓"无烦座客斨牛炙，只倩厨娘点雉羹"（《有治具相邀者恐其未能脱略也先寄此诗以广其意》），烤牛肉就不必了，我心心念念的是请厨娘为我做一碗美味的雉羹；清代龚翔麟"向云根才斸，付与厨娘，一双酥手"（《尾犯·笋》），挖出好笋，需交给厨娘来烹调，方不辜负笋的鲜美；清代徐釚"问食品厨娘，银丝冰缕，应为尔添箸"（《摸鱼儿》），龚翔麟"罾头斫鲙，花外持螯，厨娘捣来细"（《惜红衣》），银丝冰缕，斫鲙持螯，厨娘刀工了得……这些厨娘的名字虽无从稽考，然她们能被写进诗词，可见手艺不凡。

只可惜，她们没能留下名字，也没能留下故事，她们就像历史上的绝大多数人一样，还没来得及喧哗，便已归于沉寂。

---

[1]〔唐〕房千里《投荒杂录》："故偶民争婚聘者，相与语曰：'我女裁袍补袄，即灼然不会，若修治水蛇、黄鳝，即一条必胜一条矣。'"

裁红剪翠馔春盘

——古代岁时饮馔春日篇

"不时,不食。"自古以来,国人的饮食讲究顺应时令。四时流转,春生、夏长、秋收、冬藏,每一季有每一季独有的风物,每个节日有每个节日专属的美食。而那随节气而变化的时令饮食,蕴含的是国人对这一季的理解、祈祷与祝愿。国人的春日饮食,最重要的主题就是除旧与迎新。

从周代开始，我们的祖宗就立下规矩，当新的粮食上市，必须先用新粮食祭祖后，人们方敢食用，这就叫作荐新。后来物产日益丰富，荐新的内容也复杂了起来，不限于新粮食，但不变的宗旨，是要用当季最新鲜的物产向祖先祭祀，让祖先最先享受。所以古代用于荐新的物产名单，就是那个时代每月的时鲜风物志。

以明代太庙的荐新名单为例，《明史·礼志五》的记载是："正月，韭、荠、生菜、鸡子、鸭子。二月，水芹、蒌蒿、台菜、子鹅。三月，茶、笋、鲤鱼、鳖鱼。四月，樱桃、梅、杏、鲥鱼、雉。五月，新麦、王瓜、桃、李、来禽、嫩鸡。六月，西瓜、甜瓜、莲子、冬瓜。七月，菱、梨、红枣、葡萄。八月，芡、新米、藕、茭白、姜、鳜鱼。九月，小红豆、栗、柿、橙、蟹、鳊鱼。十月，木瓜、柑、橘、芦菔、兔、雁。十一月，荞麦、甘蔗、天鹅、鸧鸹、鹿。十二月，芥菜、菠菜、白鱼、鲫鱼。"

每一季有每一季林林总总的时鲜食材，这已让众人的嘴忙不过来，更何况每一季还有每一季的节日，节日又有节日的特色饮馔，于是这一年到头，舌尖总在跳舞狂欢。

元日，是一年之中第一个节日，是新一年的第一天，相当于现在的大年初一。元日正值天寒地冻之时，人极易受凉生病，古代医疗卫生条件又有限，一个小风寒就能要了成百上千人的命。古人比今人对病魔更为恐惧，而在古人的哲学里，元日是相当不吉利的一天，具体原因在下一章会详解，这里就不赘述了。总之各种因素综合起来，导致元日这一天的饮食实在有点像药膳。吃饺子年糕那是后来的事，饮椒柏酒、屠苏酒、桃汤，吃却鬼丸、五辛盘、胶牙饧，才是历史最悠久的项目。

屠苏酒能暖身健体，椒柏酒能解毒辟瘴，由大蒜、小蒜、韭菜、芸薹、胡荽做成的五辛盘能运行气血，所以古人诗云"年年最后饮屠苏，不觉年来七十余"（苏辙《除日》），说年年都饮屠苏酒，不知不觉就活到了古来稀的七十高寿；"椒柏暖风浮玉斝，两宫称庆奉皇慈"（晏殊《元日词·东宫阁》），说元日时皇宫用椒柏酒招待百官是圣上的仁慈，为什么是仁慈呢？当然是因为赏赐椒柏酒就等于赏赐健康。"柏酒浮三酌，蔬盘荐五辛"（王灼《次韵李士举丈除夕之三》），"五辛空饾饤，六甲已安排。井贮屠苏药，庭辉榾柮柴"（叶茵《次守岁韵》），屠苏酒、椒柏酒、五辛盘，就是古代元日的杀病三剑客。

桃汤和却鬼丸以今天科学的眼光来看，并没有什么保健意义，但对古人来说，它俩是驱鬼辟邪的神器。在古人的常识里，被鬼怪邪魅缠住的主要表现就是生病，所以桃汤和却鬼丸从本质上来说，也是为了赶走病魔。元代张翥虽在《除夕》诗中抱怨说"朱丸那欲鬼，白酒不禁寒"，朱丸哪能驱鬼，饮酒也经不住这般寒冷。但这两句诗证明，彼时过新年的确有吃朱丸驱鬼和饮酒驱寒的习俗。在元日饮食的诸多保留项目中，大概只有麦芽糖的古代版——胶牙饧，是为味蕾而存在。

元日是一年的伊始，而立春，则是春天的开端。立春有时跑在元日之前，有时跑在元日之后，全看那一年月亮和太阳运行的情况，但不管怎么说，立春意味着白昼变长、大地回暖，万紫千红蓄势待发。人们在跟严寒气候艰难共处数月之后，终于可以在立春那天对冰凌与雪花说句"好走不送",唯有互赠春盘,将春的消息传遍人海,才能略表兴奋之情。

春盘是五辛盘的改良版,由薄饼、肉食与各种时鲜春菜组成。春菜繁多,萝卜、韭菜、水芹、竹笋、蓼不一而足,白、翠、青、黄、红五彩斑斓,哪怕不吃,仅是欣赏春盘鲜亮的色泽,已觉寒气退却大半。"莱服根松缕冰玉,蒌蒿苗肥点寒绿"(方岳《春盘》)、"韭芽卷黄苴舒紫,芦菔削冰寒脱齿"(杨万里《郡中送春盘》)、"翠柏红椒,细剪青丝韭"(黎廷瑞《蝶恋花·元旦》),古往今来写及春盘的诗词,对春盘滋味如何,描述得并不太多,但对春盘温暖鲜活的色彩,倒是不厌其烦地讲了又讲。

从明代开始,立春不但要食春盘,还要专门咬萝卜,萝卜水灵,满满的都是春的气息,所以咬萝卜活动又美其名曰"咬春"。多么浪漫的名字,咬下一口春天,将春天吞进肚子,融入血液里,"岭雪晴融,唐花暖放,咬春筵启初度"(薛时雨《东风第一枝·乙卯新正三日孝侯同年招作长夜之饮赋此》)、"新岁咬春筵,旧客消寒会"(薛时雨《误佳期·戊午新正风雪连绵久无春意》)。

元日过完,便是人日。人日是元月初七,传说女娲创世,第一天造鸡,第二天造狗,第三天造猪,第四天造羊,第五天造牛,第六天造马,第七天就用泥土造了人,所以一年之中的第七天称为人日。这与西方《圣经》中上帝创世的故事有异曲同工之妙,上帝也是每天完成一点创世的任务,也是用泥土做成了人,不同之处在于造人的时间以及创世的效率。上帝在第一到第五天分别造出了光、天空和水、大地和植物、日月星辰、飞鸟与鱼,待第六天造出走兽与人类之后,第七天已经无事可做,只能用来休息。一比较就会发现，上帝比女娲娘娘效率高出许多，单比较第四天，当女娲娘娘还在为羊的造型煞费苦心之时，上帝已经把日月星辰都造出来了。

说笑归说笑，东西方相似的传说却证明了一点：虽然现在东西方文化思想体系截然不同，然而在文明的萌芽阶段，世界各地人们的想法极为相似；东西方人只是在小径分岔的花园中，从同一个起点出发，选择了不同的路。比如在两个传说中，女娲和上帝造人都用了地上的泥土。无论在东方还是西方，土地都是万物生存的根本，可以说，食物链是从土地开始的，原始社会必然对养育人类与世间万物的土地崇拜备至。所以，与其说东西方的创世论都喜欢泥土造人这个桥段，不如说在远古，东西方都存在土地崇拜。

人日这天，北方人要开煎饼会，"芳辰良宴，人日春朝并。细缕青丝裹银饼"（吴文英《洞仙歌·方庵春日花胜宴客为得雏庆花翁赋词俾属韵末》）；南方人却是吃菜羹，"细挑生菜羹鼎香，落尽梅花妆额巧"（朱翌《人日雪》）。煎饼不消多说，人日的菜羹值得细究。《荆楚岁时记》说人日"以七种菜为羹"，但是，为什么要在人日食七菜呢？七菜究竟又是哪七种蔬菜？国人没有记载，不要紧，那就让我们越洋到东瀛去寻找答案。

日本平安时代一首名震千古的和歌，写的就是冒着雪花采摘"春之七草"的情景："原上采春芽，只为献君尝。犹见白双袖，飘飘大雪扬"（刘德润译）。我为了你，冒着早春的漫天白雪，到原野上采摘春之七草的嫩芽，在我的衣袖上，落满了冰凉的雪花。此歌的作者是光孝天皇，天皇未必当真会降尊纡贵为谁采摘春菜的嫩芽，但这首歌体现了古代日本有在正月里采食七草嫩芽的习俗。考证日本古代史，每年正月初七，将以七种鲜蔬嫩芽为原材料的七重粥献给天皇已成惯例。

日本采春之七草的习俗，显然是向中国学习的产物。日本的"春之七草"分别是水芹菜、芹菜、鼠耳草、鹅肠菜、佛坐、蔓菁、萝卜，这七种菜能解毒降压，所以古代日本人才在"论为什么要在正月初七食七草"的命题中，将辟邪和强身列为标准答案。我们也可由日本人的"春之七草"和"食七草是为了辟邪强身"，大略想见国人七菜羹的配方与人日食七菜羹的动机。

这个事例也充分证明了各国文化交流、互相学习的好处，当某国的历史记载存在空白时，没准别国的典籍能弥补。世界历史就像一出出案件，各个不同的国家就是不同角度的目击证人，当一个证人看漏了关键，也许别的证人能站出来告诉大家真相。所以谁说学者死板？大学问家心态都开放，不拘泥于自己手里有限的材料，能放眼寰宇，才做得好学问。

正月十五的元宵佳节，也是春季节令里重要的节日之一。元宵节有两个保留节目，一是吃汤圆，一是看灯会。宋人似乎对汤圆情有独钟，写过许多关于元宵节吃汤圆的词曲，词中细节之丰富，以至于今人几乎可以依靠这些词曲还原宋人食汤圆的实况。

王千秋《鹧鸪天·圆子》词曰："翠勺银锅飨夜游。万灯初上月当楼。溶溶琥珀流匙滑，璨璨蠙珠著面浮。香入手，暖生瓯。依然京国旧风流。翠娥且放杯行缓，甘味虽浓欲少留。"元宵之夜，华灯初上，便是品尝汤圆的好时候了。汤圆外表如珠，内里馅儿心浓滑甜美，色如琥珀——这很像今天的包心汤圆，连色泽都是一致的。

史浩《人月圆·咏圆子》词曰:"骄云不向天边聚,密雪自飞空。佳人纤手,霎时造化,珠走盘中。六街灯市,争圆斗小,玉碗频供。香浮兰麝,寒消齿颊,粉脸生红。"制作汤圆的人手脚麻利,专业技术过硬,很快便做出一盘珍珠般的汤圆;而看灯人争相购买汤圆,汤圆几乎供不应求。煮汤圆的汤貌似与今日不同,还额外添入了香料,故而汤圆有"香浮兰麝"的馥郁。待热腾腾的汤圆下肚,食客们周身寒气得以消解,脸色变得红润可爱。

史浩《粉蝶儿·咏圆子》词曰:"玉屑轻盈,鲛绡霎时铺遍。看仙娥、骋些神变。咄嗟间,如撒下、真珠一串。火方然,汤初滚、尽浮锅面。歌楼酒垆,今宵任伊索唤。那佳人、怎生得见。更添糖,拼折本、供他几碗。浪儿门,得我这些方便。"汤圆粉雪白轻盈,做汤圆的人如仙娥变戏法一般,不一会儿即将"玉屑"变成了"真珠",将汤圆粉揉成汤圆撒入锅中。待锅中汤刚刚滚沸,汤圆已浮出水面,这便煮熟了——由此可推知,宋代汤圆较小巧,否则哪可能这般易熟?在灯火辉煌的元宵夜,各家歌楼酒垆的客人都不免叫上一碗汤圆来吃——由此又可推知,宋代餐饮业已有了送外卖的服务。为了讨佳人欢心,卖汤圆的小贩情愿做亏本买卖,在汤圆中多添些糖料——由此还可推知,宋代餐饮业并无今日的暴利,一碗汤圆多加点糖就面临折本的困境,可见其利润微薄。

几首小词,加起来不过两三百字,但你深究起来,它们包含了太多历史的细节。古代文人一向视作词作曲为雕虫小技,认为词曲的格调不能与诗文相比,然而如果没有这些俚俗的词曲,我们会失去多少张古代生活的快照!

裁红剪翠馔春盘

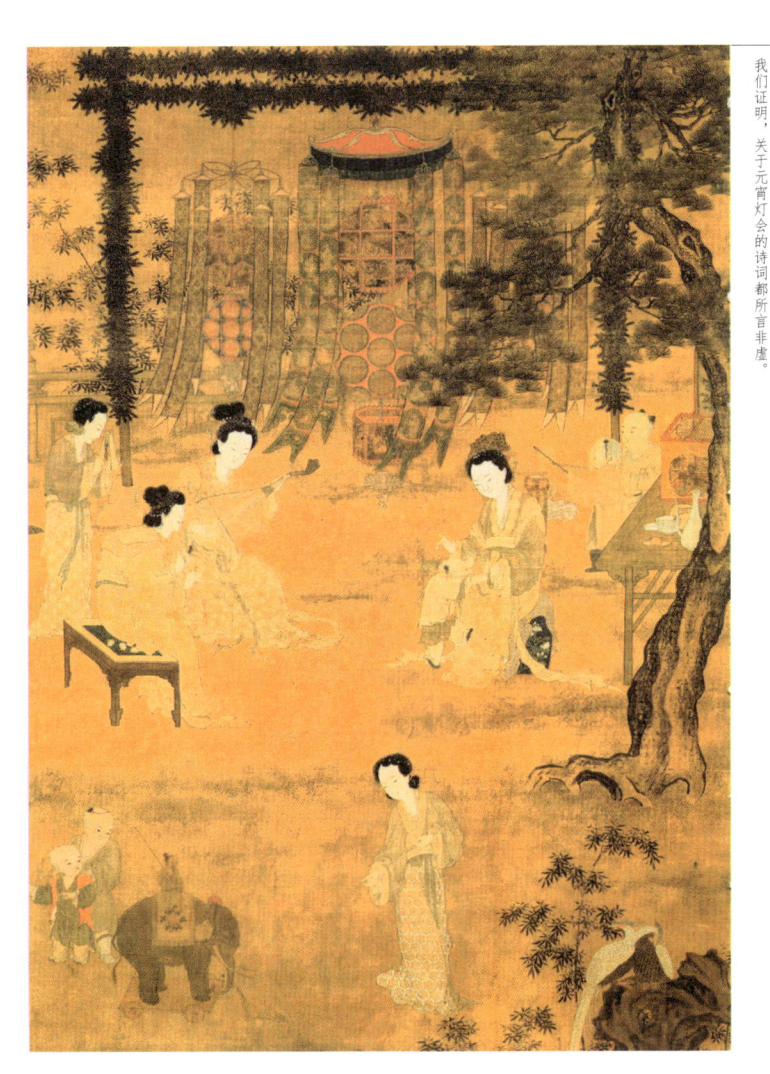

〔宋〕李嵩《观灯图》

观灯与汤圆之于元宵节，就像是盐之于菜，是必不可少的存在。描写元宵节灯会的诗词数不胜数，"元宵灯火出游敖，斗巧争妍照彩鳌"（王迈《元宵观灯》），"恰则元宵，灿万灯、星球如昼"（欧阳光祖《满江红·春吴漕正月十五》），"灯火夜深回昼日，管弦声动起春风"（戴复古《汪给事守鄂渚元宵代江夏宰吴熙仲献灯之一》）……不管怎么写，元宵灯会总结起来就四个字：流光溢彩。而这一幅《观灯图》向我们证明，关于元宵灯会的诗词都所言非虚。

诗词里的人间百味

228

（清）闵贞《八子观灯图》
元宵佳节，孩子们观灯又是另一番情趣，温馨可爱。

在元宵节的传统中，值得一提的是，在中国古代的江南地区，曾有过元宵节炒糯米谷以占卜吉凶的风俗。宋代范成大写及元宵的诗词中有一句"搋粉团栾意，熬稃膈膊声"（范成大《上元纪吴中节物俳谐体三十二韵》），下半句形容的就是爆糯米时发出的欢快声响。在常人的印象里，爆米花是西方人的发明，总与看电影联系在一起。其实不然，范成大的诗证明，至少在宋代，国人就已创造出了爆米花。自从知道了这一点，爆米花浓郁的奶香不再只让我联想到绰约多姿的好莱坞女郎，还让我想起古代元宵节那一盏盏灿若明星的华灯。如果有人写中国膨化食品的历史，爆糯米谷将是浓墨重彩的一笔。

冬至往后一百零五日，便是寒食节。顾名思义，寒食节不动烟火，人们以冷食为主。但是，为什么过得好端端的，要突然抽出一天吃冷食呢？关于寒食节的来由，有两个完全不同的版本，一个是感天动地版，一个是理性至上版，要相信哪个版本，请君自便。

感天动地版说寒食节是为了纪念春秋时晋国的介之推。介之推在与晋文公重耳流亡之时，曾割下自己的大腿肉给重耳充饥，可以说他对重耳有再生之恩。待重耳重新得势，介之推并不向重耳祈求荣华富贵，而是带着自己的母亲归隐山林。重耳几次恳求介之推出来做官，介之推都不肯。重耳无法，只能焚山以逼介之推出山，"如何下榻邀徐孺，并欲焚山索子推"（林朝崧《有感》）。但介之推至死不渝，抱树而亡。重耳心痛欲裂，但错已铸成，只得下令在介之推去世的这天禁火，以寄哀思，"寒食吊之推，端阳悲郢客"（赵与楩《九日杂咏》）。

理性至上版说寒食节是源于夏商周三代的禁火制度。三代时消防事业还在萌芽阶段，无论是消防员还是消防器具，在今人看来简直如同儿戏，完全靠不住。而仲春时节天气温暖多风，容易起火，为了降低失火的概率，于是定下了仲春时禁火几日的制度。虽然禁火几日并不能根除春季失火的隐患，但能安全几天是几天，这跟如今环保人士推崇"世界节水日""世界环境日"是一样的道理，每年哪怕只节约一天水、一天电，也能节约下不少能源；每年哪怕仅禁火几天，也能少烧毁一些房屋、森林。

既然不能生火做饭，在寒食节前，人们就要先预备下一些方便食用的冷餐，如麦粥、麦糕、乳酪、乳饼、枣糕、蒻叶饭、柳叶豆腐等。寒食节往后两天便是以踏青和上坟为主题的清明节，清明的食俗与寒食节没区别，也是靠冷餐过活，"廊下御厨分冷食，殿前香骑逐飞毬"（张籍《寒食内宴二首》之一）。平时吃惯了热食，偶尔两天不食人间"烟火"，也算是给咽喉减负。

到了明清时候，寒食节已形同虚设，"相传百五禁厨烟，红藕青团各荐先。熟食安能通气臭，家家烧笋又烹鲜"（徐达源《吴门竹枝词》），寒食节间，家家户户明目张胆地烧笋又烹鲜，并且理直气壮。而理直气壮的原因，由袁景澜《吴郡岁华纪丽》"三月"卷中的一条记载做了解释："吴民于此时造稠饧冷粉团、大麦粥、角粽、油馓、青团、熟藕，以充寒具口实之笾，以享祀祖先，名曰过节。又以冷食不合鬼神享气之义，故复佐以烧笋烹鱼。"所谓"鬼神享气"，是指古人们相信鬼神是靠着吸收祭祀品的香气来维持存活的。冷食的气味当然不如热食的气味来得浓烈，所以为了让鬼神享到更浓烈的气，烧笋烹鱼都被允许。

明清时人因为想吃热食，就借口说鬼神需要享气，从而正大光明地在寒食节烧制热食；中世纪的欧洲人因为想要掠夺遍地流着奶与蜜的东方，就借口说为上帝而战，要为上帝收复失地，发动了十字军东征……神明再厉害，也时不时地沦为人类某些行为的借口，人类精明得可怕。

除了立春、元宵等重要节日，春季里需要认真对待的日子还有很多。

比如正月下旬的填仓节。唐宋时候填仓节在正月二十日，相传女娲补天正是这一日，彼时江东的习俗是要用红线将煎饼系在屋宇上，谓之"补天穿"，所以古诗有云"只有人间闲妇女，一枚煎饼补天穿"（李觏《正月二十日俗号天穿日以煎饼置屋上谓之补天感而为诗》）。你不觉得，这个习俗从侧面印证了国人的坚强与幽默吗？补天乃是神仙才能完成的伟业，但在神仙的伟业里，国人不愿袖手旁观，即使个人力量微薄，也要帮忙补天；女娲娘娘炼石补天，小老百姓不会炼石只会做饼，那就用煎饼补天。

明清时期，填仓节在正月二十五日，必须和家人大吃大喝一场，有的地方吃馄饨，有的地方吃荞面窝窝，有的地方吃酒肉。明清时填仓动机有变，活动亦有变。明清时填仓不为补天，也不再悬挂煎饼，一来为"当此新正节过，仓廪为虚，应复置而实之，故名其日曰填仓"（潘荣陛《帝京岁时纪胜》），春节之后仓廪虚空，重新用谷物填满仓库以讨个丰盈的好彩头；二来为"粮商米贩致祭仓神"（富察敦崇《燕京岁时记》），粮商米贩祭祀仓神，以求庇佑。填仓节，从用煎饼帮女娲补天，发展到填满谷仓以求现实生活富足，中国人的日子越过越脚踏实地。

比如二月初一或初二的中和节。俗谚称"二月二，龙抬头"，所以中和节又称为"龙抬头"。别小看俗谚，简简单单六个字，却凝聚了中国古代天文学重要的观测成果之一。古代天文学家在周天黄道确定了二十八个星座，称为二十八宿，然后将这二十八个星宿分为东南西北四宫，每宫包含七个星宿，并根据星星的分布形状，把四宫想象成四种动物。东宫就被想象成一条盘旋在天的巨龙，共由三十颗璀璨的恒星组成。每年二月二左右，被称为"龙角"的东宫第一宿出现在广阔的地平线上，恰似"巨龙"抬起高傲的头颅。而这时，春季来临，暖风和煦，正是播种的好时节，所以古人将"龙抬头"视为春的凯歌，中和节的主题仍离不开迎春。

中和节的节令饮食有太阳糕、龙鳞饼、龙须面、富贵果子、撑腰糕，在这万物勃兴的季节，人们吃什么想讨的都是风调雨顺、五谷丰登的彩头。其中撑腰糕格外有趣，中和节正当播种之时，此时农人最大的心愿当然是自己的腰板能硬朗一些，能扛住高强度的农活。最后众望所归，由撑腰糕担任起了替农人撑腰、为农忙加油助威的角色。

清代蔡云诗"二月二日春正饶，撑腰相劝啖花糕。支持柴米凭身健，莫惜终年筋骨劳"（《吴歈》），徐士夸《竹枝词》"片切年糕作短条，碧油煎出嫩黄娇。年年撑得风难摆，怪道吴娘少细腰"，如诗所言，撑腰糕的真实面目不过就是油炸年糕条，但纯朴的农人们宁愿相信，撑腰糕一定能为他们在面朝黄土背朝天的艰辛日子里撑腰到底。

再比如仲春时节的春社。古代有春社亦有秋社，就是春秋季两场大型祭祀活动，祭祀的对象主要是土地神，也有学者研究发现在春秋社上还会祭祀谷神，不过，祭祀土地神也好，祭祀谷神也罢，求的都是丰收。《周礼注疏》贾公彦疏"春祭社以祈膏雨,望五谷丰熟;秋祭社以百谷丰稔,所以报功",春社也好,秋社也罢,盼的都是富足。既是祭祀,便有祭品,人们用糕、粥、面、肉进行祭祀,之后撤下祭品由众人分享。

而从唐代王驾"桑柘影斜春社散,家家扶得醉人归"(《社日》),宋代陆游"社肉如林社酒浓,乡邻罗拜祝年丰"(《春社四首》之二),到明代王绂"邻家酒熟邀春社,钓艇鱼来共晓餐"(《梁不移先生以诗示其子修撰用次其韵二首》之二),清代曹尔堪"好邀来春社,细斟家酿"(《满江红·江村》),可以看出,无论时光如何流转,春社不变的主题是饮酒。我推测古人的逻辑如下:酿酒需要大量的粮食,而酒毕竟不是生活必需品,人们只会在满足吃的需要之后,再用余粮酿酒;在粮食匮乏的日子里,是没办法酿酒的,所以,社日人人狂饮的潜台词其实是——我们的粮食好又多,现在就是太平盛世理想国。

蜜粽冰团为谁好

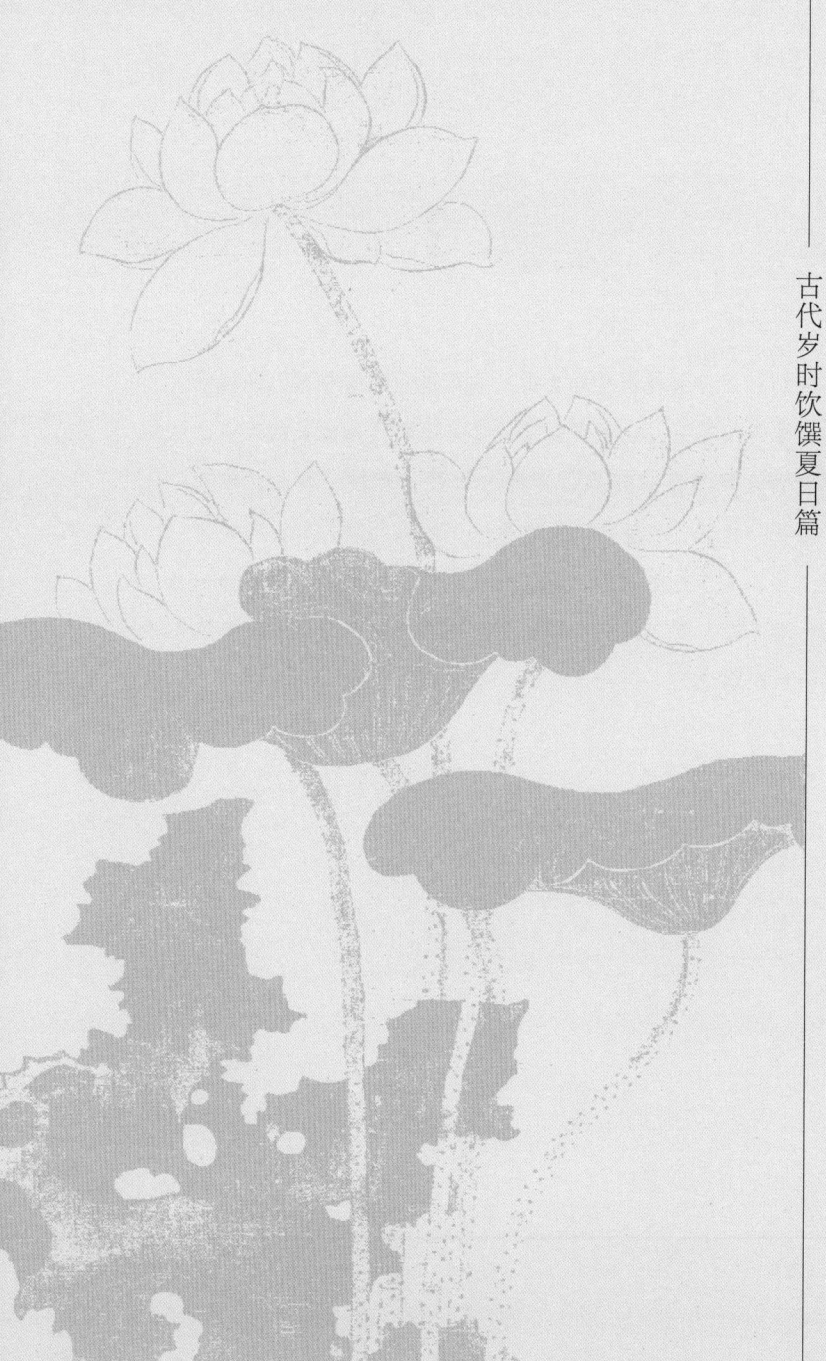

古代岁时饮馔夏日篇

农历四月，落花流水春去也，收藏最后一缕柳絮，迎接夏日。夏季天气炎炎，空气里回荡的都是万物茂盛生长的声音，时鲜饮食逐日丰富：樱桃、青梅、新茶、麦蚕、蚕豆、玫瑰花、象笋、松花、谷芽饼、石首鱼……市人担售时鲜，叫卖声不绝于耳，夏季是热闹的一季。而夏季最重要的两个节日——夏初的端午节与夏末的乞巧节，也各有美好的节令饮食，叫人年复一年地期待。

春季的几个月是一年之中节日最密集的时段，人们为春天的到来翻来覆去地庆祝，恨不能给每一天都安排一个欢庆的名目。但是进入初夏农历五月，国人一改之前欢欣雀跃的状态，变得"如临大敌"。

"五月朔，家家悬硃符，插蒲龙艾虎，窗牖贴红纸吉祥葫芦。幼女剪彩叠福，用软帛缉逢老健人、角黍、蒜头、五毒老虎等式，抽作大红硃雄葫芦，小儿佩之，宜夏避恶。家堂奉祀，蔬供米粽之外，果品则红樱桃、黑桑椹、文官果、八达杏。午前细切蒲根，伴以雄黄，曝而浸酒。饮余则涂抹儿童面颊耳鼻，并挥洒床帐间，以避虫毒。"（潘荣陛《帝京岁时纪胜》）五月甚至被古人称之为恶五月，一到五月，无论是家居饰品还是个人配饰，无论是饮食还是化妆品，通通为了辟邪驱毒而存在。

在恶五月里，可谓诸事不宜：不能迁居，不能盖屋，不能糊窗棂，不能晒床席，甚至不能剃头，因为剃了头恐怕对你的舅舅不利。还没完，在五月初一和初五这两天，连井水都不能打，叫作"避井毒"，再不方便你也只能忍了。可是，为什么在十二个月中偏偏如此恐惧五月？据说是因为五月天气渐渐炎热，瘟疫容易流传，古人恐惧病魔，就将整个五月一竿子打倒了。

五月虽恶，还是少不了欢腾的节日——端午节，只不过节日的活动仍围着辟邪打转。以宋代宫廷的端午帖子词为例，这些端午帖子词中一多半都出现了"辟"字，区别仅在于"辟"有时与"恶"，有时与"灾"，有时与"邪"相连。比如"益智未能聊食粽，辟灾无术只悬蒲"（陈肇兴《端午饮家与三茂才舍中闻大军登岸口占示喜》）、"丹篆钗符小，朱丝臂缕鲜。都无邪可辟，只有寿方延"（周必大《端午帖子词·太上皇后阁三首》之三）、"画扇催迎暑，灵符喜辟邪"（欧阳修《端午帖子词·皇后阁五首》之一）、"钗头艾虎辟群邪，晓驾鲜云七宝车"（王珪《端午内中帖子词·太上皇后阁》），仿佛不提辟邪这茬，都没法继续端午这个话题了。

辟邪对端午来说如此重要，古人为端午发明了无数辟邪手段，《荆楚岁时记》中记载了端午节的各种辟邪招数："五月五日，谓之浴兰节。……采艾以为人，悬门户上，以禳毒气。以菖蒲或镂或屑，以泛酒。是日竞渡，采杂药。以五彩丝系臂，名曰辟兵，令人不病瘟。"在门户上悬挂艾草也好，用菖蒲泡酒、以五彩丝缠臂也罢，一切的一切都是为了抵御病魔与邪灵。就连最具娱乐性质的划龙船活动，据说一开始也是为了送瘟神而存在。

说完阴森森的辟邪，也该说点端午节的美好之处了，比如端午的节令饮食。"金盘碧粽裹雕菰，九节菖蒲渍玉壶"（王仲修《宫词》），端午节令饮食有菖蒲酒、酿梅、枇杷、粉团、五毒饽饽、过水面等，其中最重要的饮食，还是香糯的粽子。

粽子一开始就是用箬叶或菰叶包裹黏米成角状，但人们渐渐不满它单调的形象，到唐宋时发展出不少新品种。比如唐代的九子粽，"四时花竞巧，九子粽争新"（李隆基《端午三殿宴群臣探得神字》），"盘斗九子粽，瓯擎五云浆"（温庭筠《鸿胪寺有开元中锡宴堂楼台池沼雅为胜绝荒凉遗址仅有存者偶成四十韵》），据说九子粽就是用一根彩绳绑住大大小小九个粽子，风铃似的，煞是好看，不过九子粽具体的形制现在已无从考证，我们只能自行脑补。

宋代端午节粽子的花样更多，"端午粽子，名品甚多，形制不一，有角

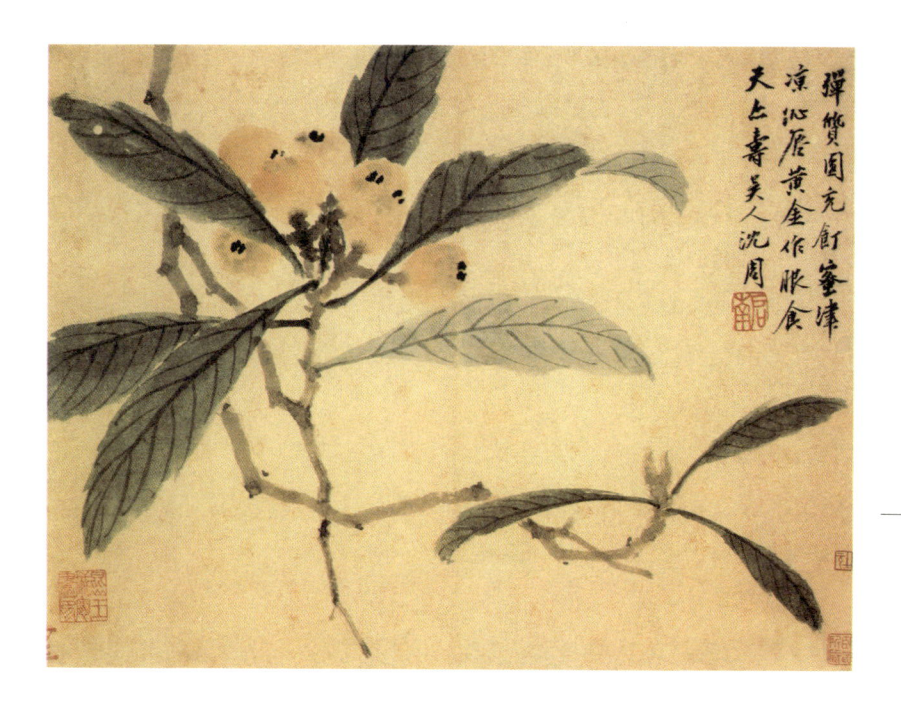

粽、锥粽、菱粽、筒粽、秤锤粽,又有九子粽"(祝穆《事文类聚》引《岁时杂记》),虽这些粽子的做法与模样同九子粽一样语焉不详,不过角、锥、筒、秤锤等字眼已揭示了它们的真面目。而宋代粽子的巅峰之作,非南宋巧粽莫属:"糖蜜巧粽,极其精巧,……巧粽之品不一,至结为楼台舫舻"(周密《武林旧事》),"角黍,天下惟有是都城将粽揍成楼阁、亭子、车儿诸般巧样"(西湖老人《西湖老人繁胜录》)。用粽子搭出亭台楼阁、车水马龙,看着这样一座香甜绵软的"城市",是不是心都快融化了?

直至清代，粽子依然是端午节的人气单品。据清朝《御茶膳房》档案记载，乾隆皇帝在某一年的端阳节前后五天时间里，共消耗了1332个粽子。而膳房为制作这些粽子，共使用了江米1300多斤，白糖577斤，核桃仁435斤，奶油94斤，还有香油、豆沙、蜂蜜、红枣、松仁、栗子、葡萄干若干，就连包粽子的细绳都用了18斤。

　　将所有材料的重量加起来，约等于2669斤，将重量平摊到1332个粽子身上，可计算出每个粽子略重两斤。就算做的过程略有损耗，清代的粽子也比今天的粽子"宏伟"多了。无论皇帝是怎样的大胃王，也不可能在五天时间里吃下一千多个粽子，何况清宫的粽子做得格外实诚，那么，这些粽子最终都消耗到哪儿去了呢？其实它们主要用来赏赐给了群臣，这也解释了为什么粽子做得如斯壮硕，个头大才足以表达圣上的心意嘛。

　　端午节吃粽子是一大传统，端午节纪念屈原又是另一大传统，"但夸端午节，谁荐屈原祠"（褚朝阳《五丝》）。我们从小到大听到的故事都是这样讲的：爱国诗人屈原在五月初五这天投江而死，楚国老百姓担心鱼虾噬啮他的身体，于是绑缚粽子投进江中，希望鱼虾只吃粽子不吃屈原，让屈原的身体得以保全。从此以后，年年五月初五老百姓都要做粽子扔江里喂鱼虾，以纪念屈原。仿佛端午节和粽子，从公元前278年开始就是为了纪念屈原而存在的。[1]

　　其实，端午节纪念屈原的传统远没有我们想象的悠久，直到宋朝官方出面追封屈原为忠烈公，定五月五日为端午节，下诏全国在这一天纪念屈原，端午节纪念屈原的传

---

[1] 屈原大约于公元前278年去世。

统才正式开启了;在这之前,五月五日的主题除了辟邪,还是辟邪,就算有人在这一天纪念屈原,那也绝不是主流。宋代以前的老百姓对于纪念屈原这回事,并没有那么自觉,证据就是:在宋以前,写及端午的诗词中,提到屈原的寥寥无几。

你看,这是一个很有意思的问题,我们心中的悠久传统,也许并没有那么悠久,更不是那么天经地义、顺理成章、自动自发。这个传统或那个传统,究竟是什么时候开始的呢?它们果真如我们所想,从古延绵至今吗?不单东方的传统有如此问题,西方的传统亦有如此问题,且来看两个事例。

在我们的印象中,苏格兰与格子呢裙几乎是同义词,我们以为苏格兰人打从民族建立之初便身着格子呢裙闯天下,但事实当真如此吗?

"他(休·特雷弗—罗珀)着重揭示了苏格兰高地传统的典型象征物——克兰格子呢褶裙的真实起源。苏格兰褶裙的样式出自英格兰的工业家之手,以格子呢的图案区分氏族的想法则由投机

(清)郎世宁《午瑞图》

的格子呢制造商们首创。耽于幻想、试图通过想象与虚构来塑造高地文明的艾伦兄弟撰写了《苏格兰的衣橱》和《克兰的装束》，这两本书凭借捏造的史实强化了克兰格子呢起源悠久的观念，重构了苏格兰业已消亡的克兰体系。"[1]苏格兰人穿格子呢裙的传统远不及我们想象的久远，认真理论起来，苏格兰"格子呢化"的过程被当作成功的商业案例更合适。

同样的，人们还以为英国王室盛典自古有之，以为辉煌而伟大的盛典贯穿英国的整个历史，贯穿都铎王朝、斯图亚特王朝、乔治王朝、维多利亚王朝，直到今天。然而细究历史，我们不得不再一次大跌眼镜。

"作者发现，英国王室盛典的'千年传统'绝非如此悠久，直至19世纪70年代末期，英国王室仪式仍十分笨拙、魅力有限。而到19世纪末20世纪初，英国君主的真正权威逐渐衰落，却成为民族的领袖，受大众崇拜，被盛大的仪式庆典所环绕。若从国际环境着眼，此时国际关系日益紧张，各国仪式上的攀比也是展示竞争的手段。至20世纪前期，英国王室仪式又被赋予了新的意义。在一个发生剧变的年代，君主制礼仪成了表达连续性与稳定性的重要方式，它被人们描绘为悠久传统的化身。"[2]被人们视为"悠久传统"的英国王室盛典，出现得甚至比英国人引以为傲的工业革命还晚。

正如《传统的发明》一书所总结的那样：那些表面看来或者声称是古老的"传统"，其起源的时间往往是相当晚近的，而且有时是被发明出来的；许多所谓的传统实际上是为了回应社会与政治的变迁而被构建出来的。而端

---

[1] [英]霍布斯鲍姆，兰杰编，顾杭、庞冠群译：《传统的发明》译林出版社2008年版，译者的话第1—2页。
[2] [英]霍布斯鲍姆，兰杰编，顾杭、庞冠群译：《传统的发明》译林出版社2008年版，译者的话第2页。

午节纪念屈原的传统,就是宋代政府一项精心的"发明"。

但是,为何要发明这项传统呢?其背后的动机,与宋朝当时的政局息息相关。有宋一代都处在异族入侵的强烈威胁下,而北方部族日益嚣张的侵略,没能刺激更多爱国者的诞生,反而导致了背叛行为的普遍,"所谓的儒者们以极端可憎的方式贬低着自己的形象。他们弃官而逃,速度比谁都快;向敌人躬下腰身,以示欢迎;自告奋勇为敌人或是傀儡统治者服务;一小撮叛徒甚至为敌人的纵深侵略出谋划策。更有甚者,叛徒怂恿敌人对已经陷落的城市中手无寸铁的平民大开杀戒"[1]。

因为这一切,南宋陈亮在《水调歌头·送章德茂大卿使虏》中大声疾呼"尧之都,舜之壤,禹之封。于中应有,一个半个耻臣戎",意思是曾诞生过尧舜禹等诸多先贤的伟大国土,现在也该孕育出一两个知廉耻的官员吧?耻辱的境况、懦弱的官员以及每天都在上演的变节大戏,自然而然地促使宋代政府与百姓重视起忠贞不贰这项品质来。宋代文人越来越频繁地在作品中写到同时代的有德男女,宋政府越来越爱公开表彰德行高尚的人士,诸多拥有忠诚、爱国、坚毅、耿介等品质的古人也成了宋人推崇的偶像。而爱国忠贞如屈原,堪称完美偶像,不纪念他简直对不起列祖列宗。

所以,发明端午节纪念屈原这一传统,在宋代内忧外患的大环境下,可谓众望所归——腐朽的时代急需道德英雄来拯救,日益败坏的世道呼唤屈原这样爱国忠君的楷模。所以,从宋代开始,将屈原与端午节相联系的诗词才多了起来,如"江上何人吊屈平,但闻风俗彩舟轻"(余靖

---

[1] [美]刘子健:《中国转向内在:两宋之际的文化转向》,江苏人民出版社2012年版,第57页。

《端午日事》),"年年端午风兼雨,似为屈原陈昔冤"(赵蕃《端午三首》之二),"恰逢端午至,不觉和诗成。惨淡疑天泪,滂沱吊屈生"(许月卿《次韵蜀人李施州带端午》)。而软糯的粽子,也才在后来慢慢肩负起了拯救屈原的重任。

过完端午,天气渐渐燠热,风中回荡着晴暖的气息。先是栀子花开,蔷薇亦绽放,灿若繁星,蜜香沁人。随后是茑萝、木槿、紫茉莉、夜来香,花如明霞绛雪,草色青郁。再往后,暑气逐日消减,人间草木长势放缓,人们便迎来了夏末的重要节日——七夕乞巧节。

农历七月初七,被称为七夕或乞巧节,这一日是牵牛星与织女星一年一度的相会,亦是古代女子向牛郎织女祈求心灵手巧的机会,"寄语天河牛女星,人人乞巧望聪明"(吴芾《七夕戏成二绝》之二)。当夜色渐浓,星光灿烂,人们在庭院中摆下香案、陈列瓜果,焚香祝祷双星,求牛郎与织女赐巧赐福,"归来备乞巧,酒肴间瓜果。海物杂时味,罗列繁且夥"(王禹偁《七夕》)。历代都在七夕乞巧,但乞巧的手段代代有不同。

南北朝乞巧的准备工作在庾信的《七夕赋》中有诗意的说明:"兔月先上,羊灯次安。睹牛星之曜景,视织女之阑干。于是秦娥丽妾,赵艳佳人,窈窕名燕,逶迤姓秦。嫌朝妆之半故,怜晚饰之全新。"是日女子都要盛装打扮,到了傍晚时分她们还嫌白天化的妆已淡,得赶在正式乞巧前补个妆,以最美形象示人。"是夕,人家妇女结彩缕,穿七孔针,或以金银鍮石为针,陈几筵酒脯瓜果于庭中以乞巧。有蟢子网于瓜上,则以为符应。"(宗懔《荆楚岁时记》)到了晚上,女子们要在织女星的见证下比赛穿七孔针。

（清）丁观鹏《乞巧图》 这幅画表现的正是古代女子准备乞巧节晚上祝祷双星活动的情形。有人摆桌案，有人搬祭品，忙并快乐着。

月色朦胧，能在这样的光线中穿针已不简单，更何况是穿七孔针，挑战之难可想而知。但穿针比赛名列前茅并不代表你乞巧成功，得看祭拜双星的瓜果结上蜘蛛网了没，结网就表示乞到巧了。

唐代乞巧手段同南北朝一样，亦是比赛穿针，且难度升级，要穿九孔针或五色针，"会合无由叹久违，一年一度是缘非。而予愿乞天孙巧，五色纫针补衮衣"（唐彦谦《七夕》）。不过我一直对乞巧节的穿针比赛感到很困惑，能在昏暗的光线下穿过七孔针、九孔针的女子，哪还需要神赐予更多的心灵手巧？穿针比赛说是乞巧，不如说是炫技，女子在比赛中展现出的精湛技艺，估计织女看了也自愧弗如。唐代女子判断乞巧成功与否同样要靠蜘蛛，女子纷纷用金银小盒盛装蜘蛛，第二天起来看蜘蛛织的网如何：不仅要看蜘蛛结网与否，还要观察蛛网密不密，网密则巧多，网稀则巧少。

进入宋朝后，蜘蛛依然是乞巧活动的绝对主角，"宝奁深夜结蛛丝，纴五孔、金针不寐"（石延年《鹊桥仙·七夕词》），但判断标准再次发生变更，看的是蜘蛛网周正不周正，若蜘蛛网形态周正，便表示求得了巧。蜘蛛织不织网，织得密不密，整齐不整齐，全然不听人的安排，一切都得看蜘蛛的心情。明清时代的七夕除了祭拜双星、月下穿针、观蜘蛛丝等传统项目，还要丢巧针，女子将绣针投于水中，仔细观察水底针影，针影纤巧则乞巧成功，针影粗笨则乞巧失败。丢巧针也无技巧可言，针影粗细需听天由命。所以总的来说，穿七孔针、九孔针比的是实力，观蛛网、观针影拼的是运气。

私以为，好不容易过个节，结果又要穿针又要引线，搞得像是女红职业技能考试，教人不得轻松惬意，还不如就用蛛丝和针影来卜巧，听天由命，毫无心理负担，每人都能快快乐乐过节。

"馨香饼饵，新鲜瓜果，乞巧千门万户"（吴潜《鹊桥仙》），乞巧节上时令美食不少，有汤饼、同心鲙、煎饼、斫饼、巧果、巧水等，它们既出现在祭星的香案上，亦出现在寻常人家的饭桌上，就像天上与人间共享一桌宴席。

巧果名字俏皮，但最常见的巧果其实就是将面片绾作一个结，油炸即成。然而古代有多少女子盼望着给自己与情郎打上一个牢靠的结，像牛郎织女一般恩爱，且永远无须分离？所以巧果滋味虽普通，却大为流行，"几多女伴拜前庭，艳说银河驾鹊翎。巧果堆盘争负腹，年年乞巧靳双星"（蔡云《吴歈》）。

巧水于七夕当晚制成，将各种鲜果浸泡在蜜糖水中，露一宿，天亮饮之。那时的女子天真地相信：她们相信七夕那一夜，织女的灵巧、智慧和祝福随月光流泻，而她们，就用蜜水满满承接；她们相信，饮下那碗盛满月光与灵慧的蜜水，以后在追逐爱与幸福的路上，就有力量坚持不懈。

菊佩糕盘节物催

古代岁时饮馔秋日篇

篝灯连巷，刀尺声催，促织鸣阑，秋就渐深了。秋高气爽正是赏月好时光，中秋赏月与拜月的习俗由来已久，然而月饼在很长的时间里并不是中秋的主角，成为主角不过几百年的历史。中秋之后是重阳，九月初九，这一天盛产菊花、金风和淡云，这一天要登高、食糕、饮菊酒、佩茱萸，这一天吃什么做什么都是为了辟邪，但为何九月初九特别需要辟邪？重阳食俗的背后是中国古代哲学。

秋日转凉，时光流淌得愈发安静闲缓，桂花金黄璀璨地开了一树，菊花在角落散发清苦的香，但更多的花，此时已走完自己短暂的一生。萧萧秋风中，蝴蝶渐少，终于没了踪迹；月亮却日益皎洁圆满，当月的光辉抵达峰值，中秋节便到了。而中秋节的出现，像端午节纪念屈原的传统一般，比人们想象中晚近许多。

魏晋时人流行在秋高气爽之时赏月，"秋月映帘栊，悬光入丹墀"（江淹《杂体诗三十首·张司空华离情》），但当时并无中秋节，证据之一就是彼时吟咏秋月的诗词中几乎完全没有"中秋"二字。进入唐代，仲秋赏月之风更炽，"及至中秋满，还胜别夜圆。清光凝有露，皓魄爽无烟"（栖白《八月十五夜玩月》）。此时中秋渐渐成了节日，然还在见习期，尚未转正，所以唐诗中尚无"中秋节"这一提法，多半只写"中秋"二字。要到宋太宗时，才将八月十五日正式定为中秋节，中秋节至此"功成名就"，"桂风高处，渐近中秋节。屈指推来先六日"（无名氏《洞仙歌·寿宫教八月初九》）、"归期莫过中秋节，侍宴甘泉月满庭"（王禹偁《送夏侯正言奉使江南》）、"卧病独眠人，无月中秋节"（朱敦儒《生查子》）……从此以后，中秋作为一个堂堂正正的法定节日出现在文人骚客的笔下。

中秋节的一切都围着月亮打转，赏月之外还要拜月，"堂前拜月人长健，两鬓青如年少时"（无名氏《鹧鸪天·寿姑》）、"拜月深深频祝愿，花枝低压髻云偏"（李昴英《浣溪沙》）。宋代金盈之《醉翁谈录》记述了拜月之俗："倾城人家子女不以贫富能自行至十二三，皆以成人之服服饰之，登楼或于中庭焚香拜月，各有所期。男则愿早步蟾宫，高攀仙桂。……

女则淡伫装饰，则愿貌似嫦娥，员如皓月。"

月亮对于古人来说，不分男女，皆是完美偶像：月亮上有蟾宫，有桂树，有嫦娥，月亮自身还有圆满的形状。这几个意象与特征，以各种排列组合，出现在古往今来写及月亮的诗词里，如"庆生旦，正圆蟾呈瑞、仙桂飘香"（张元幹《瑶台第一层》）、"更欲邀嫦娥，蟾宫桂香冷"（黄淮《梦游仙吟》）、"蟾桂十分明，远近秋毫见。举酒劝嫦娥，长使清光满"（洪适《生查子》）……而将以上意象与特征放在传统语境中破译之后，结果如下：蟾宫折桂等于在科举考试里高中，嫦娥等于青春美貌，圆形等于家庭美满团圆。

于是乎，男人拜月拜得虔诚，求的是功名；女人亦热衷于拜月，求的是美貌常驻，以及和情郎时时团圆。女人求团圆为的不是自己，说穿了，求美貌也不是为自己，为的仍是讨男人欢心。所以张爱玲在一篇叫《有女同车》的小文里总结得堪称入木三分："女人一辈子讲的是男人，念的是男人，怨的是男人，永远永远。"

唐宋时的中秋，月饼还不是主角，唐末五代吃的玩月羹，具体做法无处可考，只这名字雅得紧，教人生出无限幻想。而在宋代，"是时螯蟹新出，石榴、榅勃、梨、枣、栗、李葡、弄色帐橘皆新上市"（孟元老《东京梦华录》），蟹与各色秋季水果才是赏月时的佳侣。宋代中秋节除了蟹，还有一道水产颇受欢迎，那就是鲈鱼，君不见关乎中秋的宋词中，言及蟹肥就必提鲈鱼美么？如"紫蟹鲈鱼正美，凉天气、恰傍中秋"（毛开《满庭芳·次四安用前韵寄章叔通、沈无隐》）、"秋日山居好，中秋兴莫违。四腮鲈正脆，一尺蟹初肥"（舒岳祥《秋日山居好十首》之六）。

直至明代，方才出现了中秋食月饼的明文记载。"八月宫中赏秋海棠、玉簪花。自初一日起，即有卖月饼者，加以西瓜、藕，互相馈送。至十五日，家家供月饼、瓜果，候月上焚香后，即大肆饮啖，多竟夜始散席者。如有剩月饼，仍整收于干燥风凉之处，至岁暮合家分用之，曰团圆饼也。"（刘若愚《酌中志》）

月饼在明代中秋节先是用来拜月与祭月，待它被撤下供案之后，却有两个不同的归宿，仿若一出月饼的"人生AB剧"。A剧是被众人当即分食；B剧是多余的月饼被留下，贮藏在干燥阴凉处，等到除夕那晚"前村后村燎火明，东家西家爆竹声"（陆游《壬子除夕》）之时，将中秋留存的月饼拿出，大家一起分食，这时月饼不再叫月饼，而叫作团圆饼。觉不觉得B剧很美？在一年之中月色最好的夜晚储存一份甜蜜，留到一年之中最冷的夜晚享用，在除夕的冰天雪地中，咬一口月色溶溶。中秋求的是团圆，除夕求的也是团圆，两个小团圆就在一枚饼中融会与贯通。

到了清朝，宫廷里用月饼拜月之后，最大的月饼被收藏起来静候除夕，略小的月饼要按月饼的不同部位切成若干份，而后皇帝就根据自己的喜恶和各人的位份，将月饼"圆光""边栏"等不同部位分赐给众人。圆光是月饼的中心，馅料丰富；边栏是月饼的边缘，皮质温软，各有各的美味。但若庸俗地以地位来论，圆光显然比边栏更尊贵。所以阅读皇帝中秋赏月饼的明细，不但要注意一人受赏的数量，还要注意他受赏的部位，这就相当于一张隐形的"护官符"，什么人炙手可热，什么人大势已去，一目了然。

比如清光绪十五年（1889）的中秋节，皇帝命御茶房切团圆饼，"圆光切成十九块，边栏切成十八块。进圣母皇太后圆光两块，赏皇后圆光一块，瑾嫔、珍嫔各圆光一块"。并赏"储秀炽总管太监李莲英圆光一块，边栏一块；总管增禄圆光一块，边栏一块；内总管首领大太监等人圆光二块，边栏一块；督领侍佟禄圆光二块，边栏一块；乾绪宫总管圆光二块，边栏四块……"你只用比对每人的身份高低和领赏的月饼级别匹不匹配，便可知那人在宫中的地位，清代最有名的太监李莲英，他得到的赏赐就比皇后还多。

九月初九重阳节，这一天盛产菊花、金风和淡云。如此爽朗的气候，当然适合举家携友爬山登高，而在重阳节登高过程中还要饮菊花酒、食糕，以及佩戴茱萸。

（清）张同曾《菊花图》

如果只能选一种风物代表重阳节，那当然是非菊花莫属。在重阳节当天，人们还会饮菊花酒来祛病健体。**"却邪黄入佩，献寿菊传杯"**（上官婉儿《九月九日上幸慈恩寺登浮图群臣上菊花寿酒》）。

我们先来说糕,"归去乞钱烦里社,买糕沽酒作重阳"(崔鸥《和吕居仁九日诗》)、"移座就菊丛,糕酒前罗列"(白居易《九日登西原宴望》)、"泉明酒,禹锡糕。秋到重阳秋又老"(易顺鼎《丁丑重九前四日为余二十初度制此书感时在辰阳道中·迎仙客》),重阳节吃糕的习俗使得人们为这一天发明了诸多品种的糕,如花糕,将枣与栗镶在糕上,星星然如花盛开;万象糕,是捏许多小泥象放在糕上,娇憨可爱;狮蛮糕,是用米粉扭成狮子蛮王之状放在糕上,霸气横溢……但糕的核心魅力,不在滋味也不在造型,而是"糕"谐音"高",寓意步步高升,甚是吉祥。

中国人历来对文字的谐音异常在乎,一个颇为著名的例证就是筷子称谓的变化。筷子在隋唐时称为"箸",但到了明代,大家已集体改口叫作"筷",原因如明代《推篷寤语》所记载的那样:"世有误恶字而呼为美字者,如立箸讳滞呼为快子,今因流传之久,至有士大夫间,亦呼箸为快子者,忘其始也"。翻译过来,大意就是"箸"与"住"谐音,让人联想到阻滞或停滞,太不吉利。首先"奋起反抗"这不吉利的是下层人民,他们特特反其道行之,给箸取了"住"的反义词"快",渐渐的,连有文化有思想的士大夫也接纳了这一称谓,于是全社会平民贵胄都改称"快子",反而遗忘了它最初的名称——箸。

接下来再说登高、饮菊酒和佩茱萸,据说这三项风俗源自一个传说。东汉人费长房颇有道行,某天他对自己的弟子汝南人桓景说:"九月九日那天,你们家有大灾,得赶紧跑路。但不能就这么跑,要给家里每个人都做一个红色的香囊,囊中盛满茱萸,然后将茱萸囊系在手臂上;同时要登到高处，并饮菊花酒，这样才能避开灾祸。"桓景的家人没有像《圣经》中罗德的家人那样不听话，他们遵照费长房的指示而行，九月九日那天举家爬山。待桓家人下山回到家中，发现家中的鸡狗牛羊全部暴毙，可见灾祸已来过，只因他们登高饮菊酒佩茱萸，所以顺利躲过一劫。从此以后，重阳节就成了古代中国人的登山节，"处处相逢开口笑，年年不负登山屐"（邵亨贞《满江红》）。

宋代文豪宋祁曾为桓景躲难一事写了首特别有趣的诗："桓景全家遂得仙，佩萸吹菊对陶然。汝南鸡犬缘何事，不似淮王许上天。"（宋祁《偶思桓景登高故事》）宋祁说，重阳节那天桓景一家登高避难，佩着茱萸、饮着菊酒，好不快活。"得仙"只是个比喻的说法，桓景最后并没有成仙，只是到高处逍遥，也近似神仙了。不过，桓景和家人倒是"成仙"去了，家里的鸡犬却遭了殃，替桓家人挡了灾，全部死光。不像汉朝淮南王刘安家的鸡犬，刘安修炼成仙后，将剩余的仙药留在院子里，家中的鸡犬吃了，也都升了天。所以宋祁最后慨然长叹：人家桓景的鸡犬做错了什么，不能像刘安的鸡犬那样与主人一起成仙？

在两个典故中，主人都是修道求仙之人，都是向高处去了，家中都有鸡犬，相似的背景却演变出截然不同的结局，于是宋祁就借着这奇妙的对比玩了一次幽默。初读此诗，忍俊不禁，喜欢宋祁这般头脑灵活的读书人。

关于九九重阳的诗词，说得最多的不是登高，而是茱萸与菊酒，且提到它们时，总不忘附带它们的功能说明书，"茱萸之囊系臂求长生，何似菊花之酒长不竭"（张维屏《九日粤秀山登高》）、"辟恶茱萸囊，延年菊花酒"（郭元震《子夜四时歌六首·秋歌二首》之二）、"菊花辟恶酒，汤饼茱萸香"（李颀《九月九日刘十八东堂集》）、"茱津菊润斋醑熟，共助重阳辟恶杯"（宋祁《重阳前二日喜雨答泗州郭从事》）……然而，不管茱萸与菊花对应的功能是辟邪还是延年，终归是为了消灾。某些人为了消灾彻底，连茱萸也一并吃进肚子里。再综合登高与吃糕的意义，登高是为了躲开祸事，吃糕是因为糕的谐音吉祥，总的来说，重阳节的所有习俗都是为了驱逐不祥。

不要着急推进到下一个节日，现在让我们来细究一下为什么重阳节需要通过吃糕、饮菊酒以及登高、佩茱萸来驱逐不祥。再回想一下，一月一日

（明）唐寅《东篱赏菊图》

"流年又是重阳节，赏菊论诗酒一樽"（田锡《渭北即事书呈大素》），登高、赏菊、吃糕、佩茱萸、饮菊酒，乃古代重阳节保留节目。

元日和五月五日端午的节日饮食貌似也以辟邪为主，这是为什么呢？凡事都视作理所当然，那是愚蠢；多问几个为什么，也许就能更靠近真理一点。

对中国古代思想影响巨大的《周易》，认为在自然数当中，奇数一、三、五、七、九是阳数，偶数二、四、六、八是阴数，阴阳结合的日期当然是最好的，而当两个阳数碰到一起，就会对冲与相克，灾祸也就应运而生了。所以在古代历法之中，一月一日、三月三日、五月五日、七月七日、九月九日都是两阳相冲、灾难横生的日子。古人岂肯坐以待毙？他们干脆把这些黑色的日子变作节日，然后发明了一系列可以对抗灾难的民俗。

一月一日是元日，前面提到元日喝桃汤与椒酒，吃却鬼丸，另有放爆竹的习惯，都是为了吓唬及驱逐恶鬼，"桃符禳厉鬼，椒酒劝山童"（项寅宾《和范至能元日》）、"正旦辟恶酒，新年长命杯"（庾信《正旦蒙赵王赉酒诗》）。

三月三日上巳节，吃的是黍曲菜羹、龙舌饼、乌米饭，为的是祛病强身，而女人们还要相约到水边洗衣，以为这样可祓除不祥、驱走晦气，"吾闻古禊事，所以祓不祥"（严复《癸丑上巳梁任公禊集万生园分韵流觞曲水四首》之二）、"佳人弄水祓不祥，公子联镳特观美"（王恽《醉歌行》）。

五月五日端午节，"五"的阳气比"一""三"更甚，故五月五日两阳相冲更为厉害，更为不祥，所以端午多辟邪风俗，"艾虎宜男，朱符辟恶，好储祥纳吉"（赵长卿《醉蓬莱》）。写及端午的诗词，辟邪成了一大关键词，"披风别殿地无尘，辟恶灵符自有神。九子粽香仙醴熟，共瞻宸极祝千春"（晏殊《端午词·内廷》）。

视端午为不祥的传统，可比端午纪念屈原的传统久远多了，"把五月初五视为不吉，在史料里不乏例证，比如孟尝君据说就是这一天出生的，所以一直不受爸爸待见，晋朝有个将军叫王镇恶，为什么爹妈给起了'镇恶'这么个名字，就是因为他生在五月初五，《风俗通义》明确记载，说这天出生的孩子，男孩会害爹，女孩会害妈。王充《论衡·四讳》也说过这事，拿孟尝君举例子，说俗传在正月和五月出生的孩子会杀父母，又说这传说由来已久，并给出了一个尝试性的解释。 我还曾见《南社诗集》里郁庆云《东京柳枝词》，其中有'五月蒲人解辟邪，更开黄屋建高牙。生儿不相淮阴背，赤帜分明属汉家。'词下小注：'俗生儿于五月五日，张大帜曰五月帜。'看来近代日本竟也有这个风俗，却不闻纪念，只见辟邪"[1]。

七月七日乞巧节，缱绻温馨的日子，但依照前文所述的逻辑，它当然也逃不掉被视为洪水猛兽的命运，《红楼梦》第四十二回中刘姥姥为凤姐的女儿取名字时发的一番议论便是明证：

> 凤姐儿笑道："到底是你们有年纪的经历的多。我们大姐儿时常肯病，也不知是什么原故。"刘姥姥道："这也有的。富贵人家养的孩子都娇嫩，自然禁不得一些儿委屈。再他小人儿家，过于尊贵了也禁不起。以后姑奶奶倒少疼他些就好了。"凤姐儿道："也是有的。我想起来，他还没个名字，你就给他起个名字，借借你的寿；二则你们是庄家人，不怕你恼，到底贫苦些，你们贫

---

[1] 熊逸著：《春秋大义：中国传统语境下的皇权与学术》，陕西师范大学出版社2007年版，第286—287页。

苦人起个名字只怕压的住。"刘姥姥听说，便想了一想，笑道："不知他是几时养的？"凤姐儿道："正是养的日子不好呢，可巧是七月初七日。"刘姥姥忙笑道："这个正好，就叫做巧姐儿好。这个叫做'以毒攻毒，以火攻火'的法子。姑奶奶定依我这名字，必然长命百岁。日后大了，各人成家立业，或一时有不遂心的事，必然遇难成祥，逢凶化吉，都从这'巧'字儿来。"凤姐儿听了，自是欢喜，忙谢道："只保佑他应了你的话就好了。"

若七月七日够吉利，哪还需要请贫苦又高寿的刘姥姥起名？就因为出生日不吉利，刘姥姥才想了个以毒攻毒的法子，不做回避，特地取"乞巧节"的"巧"字为名，迎头痛击七月七日的不祥。

而在《周易》的理论体系中，九是自然数中最大的数，阳气攀升至顶点，九月九日重阳节的凶险当然就登峰造极了。因此，重阳节的所有活动，几乎都是为了辟邪驱魔而存在，登高、插茱萸、饮菊花酒皆无例外。

现代人也许难以理解，日期不过就是几个数字而已，哪来那么大的威力？但是古人的思考截然不同，在他们心目中，万物当中皆有数，数字对这世界有着神秘的支配力量。而这，便是古代中国重要的哲学思想之一。郭仁表诗"万物之先数在兹，不能行此欲何为"（《梦中辞》），司马俨诗"万物自有数，一毫皆系天"（《仲夏赏月次雪斋韵》），戴复古诗"盛衰关大数，豪杰负初心。宇宙虚长算，江湖寄短吟"（《送湘漕赵蹈中寺丞移宪江东》），张绍文诗"南北盛衰关大数，英雄得失总虚名"（《江亭晚眺》），都是这种思想的体现。

《道德经》说"道生一，一生二，二生三，三生万物"，讲的不就是万物都由数生成，万物中皆有数的存在么？《周易》说："参伍以变，错综其数，通其变，遂成天地之文，极其数，遂定天下之象。"俨然一副魔术揭秘的姿态，表示不管花花世界如何千变万化，只要你掌握了数的奥秘，你就能将世界一手掌握。而后人对《周易》的总结——"太极生两仪，两仪生四象，四象生八卦，八卦定吉凶，吉凶生大业"，凝聚了古人对宇宙的终极思考，那就是整个宇宙都由数字构建而成。

你以为万物皆数乃是落后时代的思想？不，在科技已大为昌明的宋朝，万物皆数的思想亦不乏忠实拥趸。

比如南宋学者蔡沈就说过："溟漠之间，兆朕之先，数之原也。有仪有象，判一而两，数之分也。日月星辰垂于上，山岳川泽奠于下，数之著也。四时迭运而不穷，五气以序而流通，风雷不测，雨露之泽，万物形色，数之化也。圣人继世，经天纬地，立兹人极，称物平施，父子以亲，君臣以义，夫妇以别，长幼以序，朋友以信，数之教也。"《洪范皇极内篇》不必抠字眼，大略看看便知，通篇皆是数的赞歌。如果非要翻译成现代文，一句话就能概括：数就是一切。南宋的数学家杨辉在《日用算法》的跋文中说得愈加直接："万物莫逃乎数也。是数也，先天地而已存，后天地而已立。"在杨辉先生看来，天地存在之前便已有了数的存在，说数是宇宙的宪法一点不为过。

"万物皆数"，不止在中国，在古代西方也是极其重要的哲学思想，甚至可以说是最重要的也不为过。毕达哥拉斯的弟子菲洛拉奥斯在《前苏格拉底时代断简》中就说："一切已知事物都有一个数字：没有数字，就不可能知道或思考任何事物。"中世纪的神学家波拿文都拉在《心灵升向上帝之路》中更是将数的重要性提到了前所未有的高度："数字是造物者心中的主要模范，数字因此也是引导万物朝向智慧的轨迹。"

中国与欧洲地理上相去万里，民俗与文化也殊为不同，但东西方的祖先在数这件事情上，不约而同想到了一起，为什么呢？因为无论是东方人还是西方人，都有着对未知强烈的恐惧。

世界纷繁复杂，似万花筒一般扑朔迷离，正如古诗所云"茫茫天地间，万象森纷罗"（度正《寄襄阳杨侍郎三丈》）、"万象无穷宇宙宽"（吴机《天开图画亭》）、"宇宙同无穷，景物各有趣"（陈聿《集趣轩》）。无论人类怎么努力、努力多长时间，也不能破解所有奥秘，找到宇宙真理。现代科技尚且无法"解剖"世界，何况古人？世界对古人来说，既不能充分认识，亦不能完全掌控，所以宋人吴潜才在《满江红》词中唏嘘不已："问古今、宇宙竟如何，无人省。"

生活在未知之中的不安全感，促使一代又一代的东西方学者努力寻找能够解释宇宙中一切现象的终极规律。人们盼望着也坚信着，在这杂乱到令人生畏的世界里，最终能够用一条终极规律、一则科学公式，给现实中的所有事物都赋予秩序，厘清所有的混乱。

真正的终极规律至今也没找到，但古人们找到了终极规律的替代品——数。古人们发现，事物之间相差极大，但不管什么事物，它总是可以测量，总是存在数字与比例的；哪怕是摸不到看不见的事物，比如音乐旋律，它也存在音阶的数字比例。既然万物中皆有数，那么古人们作了一个合理的推测：说不定数字就是潜藏在万事万物中的终极真理。从此，数被推上神坛。而"数"这个字在古文与诗词中，从此也成了"规律"的同义词。比如宋太宗诗云"万象都来皆备数"，说的是万事万物中都有数的存在，也就是都有规律的存在。

初看这个推理过程，只觉先哲的智慧远超今人想象，我佩服得五体投地，甚至一度陷入和古人一样对数的崇拜里。直到某次阅读一篇反驳柏拉图主义的文章，才明白了古人对数的认识虽然高明，但终究还是出了问题。

从本质上来说，数并不是独立于现实世界的客观存在，而是人类思考世界的一种方式，是反映世界的一种抽象概念。就像小时、分钟、公里、厘米一般，自然界中并不存在小时、分钟、公里、厘米，它们不过是人类为了认识时间和空间而设计的概念；没有这些概念，时间空间一如既往，丝毫不会改变。数也一样，不过是人类认识世界的一种方式与概念，三个苹果摆在桌上，你不能数出一二三也不妨碍它们继续存在，"三"是你对这堆苹果的认识，但苹果并不依赖"三"而存在。古人把数当作一种单独的事物来崇拜，犯的错误就是把反映的形式当作了认识的对象，把抽象概念当作具体的客观存在。

从九月九日重阳节饮菊花酒辟邪，我们找到了古人认为数字有阴阳、能左右吉凶的观念；进一步研究，又发现了古人对数字的崇拜；再进一步，我们找到了古人崇拜数字的思想根源；最后，我们甚至推翻了古代数字崇拜的理论依据。瞧，这一系列发现的起源不过是重阳节菊花酒这道简简单单的时令饮食而已。

处处有学问，世上无小事。小事就像是大树最末端的一片叶，若你从叶片开始，循着叶脉和枝条耐心寻找，就能看清整棵大树甚至整座森林的面目。有心人即使读的是肉麻无聊的言情小说，也能读出情爱背后的心理机制与两性关系的历史变迁。

一杯芳酒夜分天

——古代岁时饮馔冬日篇

冬季最重要的节日是腊八与除夕，两个节日各有各的过法，但都以热闹为主，够热闹才能驱散窗外的纷扬雪花与连天寒气。腊八要食一锅甜甜蜜蜜的腊八粥，而腊八粥中材料几何则是一家经济实力的最佳体现。除夕，是夜家人团聚，合吃年夜饭。置办年夜饭没有太多规矩，说来说去就一条原则，那就是把尽可能多的美食奉献给家人，"守岁团栾谢两侯，堆盘水陆有珍投"（方岳《除夕十首》之八），就这样，和家人吃着喝着说着笑着，不经意间，一年的时光便在热腾腾香喷喷的年夜饭中悄然画下句点。

花开花落，流年似水。过完秋季几个重大的节日以后，就准备入冬了。由秋入冬，古代有一些相当有趣的时令饮食风俗，这里挑清代潘荣陛在《帝京岁时纪胜》中记录的两种作代表，让我们略窥秋末冬初的古时风情。

一种风俗叫听夜八出："帝京园馆居楼，演戏最胜。酬人宴客，冠盖如云，车马盈门，欢呼竟日。霜降节后则设夜座。昼间城内游人散后，掌灯则皆城南贸易归人，入园饮酌，俗谓听夜八出。酒阑更尽乃归。散时主人各赠一灯，哄然百队，什伍成群，灯若列星，亦太平景象也。"清代帝京人爱看戏，戏通常是白天演，但霜降之后戏院老板会加设夜场。白天的戏供游人欣赏，夜间游人散去，夜场戏就是演给忙碌一整天、终于收摊回家的生意人看的。

生意人晚上踏进园子，掸走一身的仆仆风尘与寒冷，边饮酒边听戏，夜深方散去，这叫作听夜八出。末了，老板赠给每位客人一盏灯，散场后客人三三两两成行，持灯走在黑魆魆的街头，远远看去，恍若一串串星辰。每次阅读这段，都会想起郭沫若《天上的街市》："远远的街灯明了／好像闪着无数的明星／天上的明星现了／好像点着无数的街灯／我想那缥缈的空中／定然有美丽的街市／街市上陈列的一些物品／定然是世上没有的珍奇……"

"大火流兮草虫鸣。繁霜降兮草木零"（张衡《定情歌》）、"霜降向人寒，轻冰渌水漫"（元稹《咏廿四气诗·立冬十月节》），霜降之后，天气转寒，花木凋残。戏院主人从霜降开始为小摊小贩加设夜场，这个举动包含极大的善意。从此以后，在漫长的萧索季节里，小生意人白天工作再冷再苦再累也有了盼头，晚上总能被热酒热菜热闹戏安慰。

诗词里的人间百味

266

（明）钟钦礼《雪溪放舟图》
冬季万物萧索，在一年中的这个时段，无论起居还是饮食，都将御寒放在首位。

《帝京岁时纪胜》中记载的另一种风俗叫占风："皮客于九月晦，聚众商治酌陈肴，候至三更交子，则为冬朔。望西北风急烈，则卜冬令严寒，皮革得价，交相酬酢，尽欢达旦。"每年九月最后一天，皮革商都会聚在一起宴饮，席间好菜好酒不断，欢声笑语亦不断，直到迎来三更。到了三更时分，便是冬天的开始，这一刻喝酒与说笑都暂停，众人纷纷侧耳倾听风的声音。若西北风来得又急又烈，皮商们就欢饮达旦，大肆庆贺。

西北风可不是杨柳风，吹在脸上又冷又痛，它出现在生活中意味着该添置厚衣裳了，出现在诗词中，则意味着悲凉与萧索的情绪，"西北秋风凋蕙兰，洞庭波上碧云寒"（刘禹锡《重送鸿举师赴江陵谒马逢侍御》）、"云尽山色暝，萧条西北风"（崔曙《山下晚晴》）、"终冬十二月，寒风西北吹"（吴均《梅花落》），西北风一露面，怎么都高兴不起来。那为什么皮商们要为它庆祝？因为西北风吹得越急烈，说明这个冬天越寒冷；冬天越寒冷，就越需要御寒的皮革；皮革需求量越大，皮革的价格越高昂，皮革商就越发有利可图。

自古以来皮草就是奢侈品，历代诗词皆可作证，宋代苏颂描写边塞牧民生活时说"毡裘冬猎千皮富，湩酪朝中百品珍"（《胡人牧》），牧民们冬季打猎，猎获甚丰，把皮革卖到中原就能发家致富；当地寻常的奶制品，献到中原朝廷来，就被看作奇珍。若古代皮革价廉，牧民怎能靠贩皮草发家？明代李东阳在得到皇帝赏赐的貂皮耳套后，作诗感激道："拂面寒生雪后风，十金貂价岂容辞"（《陵祀归得赐暖耳诗和方石韵四首》之三），冰天雪地中冷风扑面，幸而有皇帝赐给我貂皮耳罩，这耳罩价格奇高，但皇帝的恩情我岂能推辞？不过是个小小的耳罩，便有十金之贵，就算十金并非确数，皮草价格高也是不争的事实。中原地区以皮革为珍这不稀奇，唐代许浑的诗"柳营远识金貂贵，榆塞遥知玉帐雄"（《献鄜坊丘常侍》）证明，就连在盛产皮革的边远之地，貂毛等皮革亦相当贵重，绝非贱物。

皮革本就价高，更何况在那些格外寒冷的冬天。所以凛凛的西北风在其他人听来惨烈无比，但听在皮革商耳朵里，全是天上掉钱的声音。

这叫我联想到日本的一句民谚，"一刮大风，做木桶的就挣大钱"。乍一听完全是风马牛不相及的两件事，其实有着密切的因果关系，听我慢慢道来：一刮风就会起风沙，沙子常被刮进人眼里，如此一来盲人就增多；日本古代的盲人多以弹奏三味线为生，盲人一多，就需要更多的三味线；三味线乃用猫皮做成，制作更多的三味线就意味着杀死更多的猫；而猫减少，老鼠就会增多；老鼠爱咬木桶，太多木桶被咬坏，做木桶的就挣大钱。这句民谚常被当作蝴蝶效应的最佳说明，一长串的连锁现象颇有趣致。我猜，日本古代木桶匠人听大风的心情，大概同清代皮商听西北风的心情一样幸福吧。

十二月初八是腊日，这天要用羹汤酒肉、糖饼糖瓜祭祀祖先和各路神仙——灶神、门神、井神等，要用各种供品欢送灶王爷上天，据说灶王爷暗暗记录了各家人一年到头的是非功过，腊八时要回天庭向玉皇大帝逐一汇报，所以人们争相用美食供奉灶王爷，算是一种变相的"行贿"，求灶王爷帮自己在玉皇大帝面前美言几句。

腊八正值隆冬时节，它的节令饮食当然就以驱寒为目的，比如明代每年

一杯芳酒夜分天

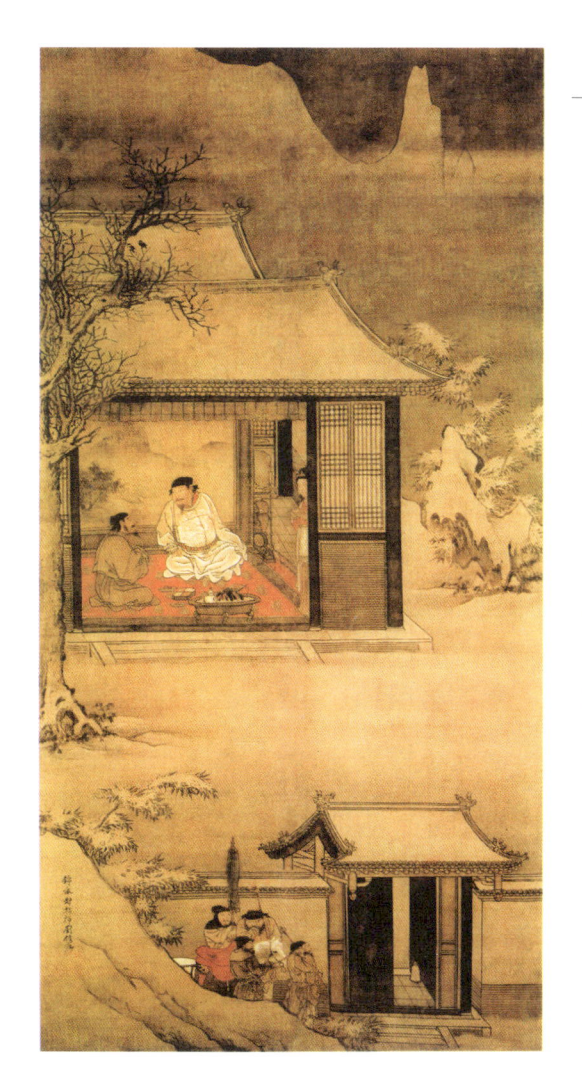

（明）刘俊《雪夜访普图》
画中人正在享用的烤肉，亦是冬季里受欢迎的饮食之一。炭火通红，烤肉鲜香，香醇醇厚，烤着火盆，一口酒一口肉，寒意驱除殆尽。

冬天从十二月初一开始，"便家家买猪，腌肉，吃灌肠，吃油渣卤煮猪头，烩羊头、爆炒羊肚、炸铁脚小雀加鸡子、清蒸牛白、酒糟蚶、糟蟹、炸银鱼等鱼，醋溜鲜鲫鱼鲤鱼"（刘若愚《酌中志》），这份食单热量之高，让今时今日以减肥为乐的爱美女士看见，大概会尖叫着跑开。

而腊八节最著名的腊八粥，是为了驱寒，亦是为了供神佛。"先期数日，将红枣捶破泡汤，至初八早，加粳米、白果、核桃仁、栗子、菱米煮粥，供佛圣前，户牖、园树、井灶之上，各分布之，举家皆吃，或亦互相馈送，夸精美也。"（刘若愚《酌中志》）在腊八来临前数日，腊八粥的准备工作就已开始，直至腊八那天的早晨，各种粮食果品荟萃成一锅香甜可口的腊八粥。粥煮好了要先供佛，还要供在门户、园树、水井、炉灶边，感激各路居家神仙的保佑，俨然一台年终神佛答谢会。

腊八粥由多种食材煮成，"栗桃枣柿杂甘香，菱棋芝栭俱不录"（王洋《腊八日书斋早起南邻方智善送粥方雪寒欣然尽之因成小诗》）。贫贱人家在"多"字上犯难，只因收集不了那许多食材；富贵人家则在"多"字上大做文章，恨不能将全宇宙都扔进锅里。古时的腊八粥，在用美味犒赏胃的同时，还兼具比富与炫富功能。而用腊八粥比富与炫富的直接后果，就是腊八粥中的食材越来越让人眼花缭乱。

宋人做腊八粥还只不过放"胡桃、松子、乳蕈、柿、栗之类"（周密《武林旧事》），到了清人手里，腊八粥的配料表已发展到十几二十项，"腊八粥者，用黄米、白米、江米、小米、菱角米、栗子、红江豆、去皮枣泥等，合水煮熟，外用染红桃仁、杏仁、瓜子、花生、榛穰、松子及白糖、红糖、琐琐葡萄,以作点染"(富察敦崇《燕京岁时记》)。

如此做粥,真真琐碎死,但清人不厌其烦,年复一年地比拼谁家用的食材品种更多,"都门风土,例于腊八日,人家杂煮豆米为粥。其果实如榛、栗、菱、芡之类,矜奇斗胜,有多至几十种,皆渍染朱碧色,糖霜亦如之"(震钧《天咫偶闻》)。若当时有八卦杂志,腊八这天的头条新闻大概是《惊!鳌拜家腊八粥用料七十二种,破去年吴三桂创造纪录》,或是《著名画家郑板桥穷愁潦倒,家中腊八粥唯有八样果品》。

腊八过后,最大的节日便是除夕,是夜家人团聚,合吃年夜饭。置办年夜饭没有太多规矩,说来说去就一条原则,那就是把尽可能多的美食奉献给家人,"守岁团栾谢两侯,堆盘水陆有珍肴。鲟香透白琼瑶片,虾醉殷红玛瑙钩。湩酪远分闽峤雪,枝柑犹带石桥秋。老饕兀兀陶陶外,一笑人间百事休"(方岳《除夕十首》之八)。就这样,和家人吃着喝着说着笑着,不经意间,一年的时光便在热腾腾香喷喷的年夜饭中悄然画下句点。

明清时年夜饭有特定的做法,滋味如何另说,但这做法热热闹闹,光是阅读已感觉幸福的年味儿扑面而来:"人家盛新饭于盆锅中以储之,谓之年饭,上签柏枝、柿饼、龙眼、荔枝、枣、栗,谓之年饭果,配金箔元宝以饰之。家庭举宴,少长欢嬉,儿女终夜博戏玩耍,妇女治酒食,其刀砧之声,远近相闻。"(让廉《京都风俗志》)又是荔枝龙眼,又是金箔元宝,在这"一年将尽夜"里,大家把积攒了三百多天的富贵美好都放进年夜饭里。清代董元恺还曾填词专门记叙了一家人吃这种年夜饭的欢乐:"柏子扳春,松枝饯腊,又是新年。韶华依旧,迢递滞云天。记得故家庭院,欢令节、弟妹

团圆。椒盘荐，殷勤纤手，列坐长筵。"（《东风齐着力》）

普通人家的年夜饭尚且做得如此精美，皇室的年夜饭更是不在话下。清代宫廷的膳食档案，记有乾隆四十九年（1784）除夕宴席所耗食材，其中仅乾隆皇帝一人的席桌上就有猪肉65斤，肥鸭1只，菜鸭3只，肥鸡3只，菜鸡7只，猪肘子3个，猪肚2个，小肚子8个，膳子15根，野猪肉25斤，关东鹅5只，羊肉20斤，鹿肉15斤，野鸡6只，鱼20斤，鹿尾4个，大小猪肠各3根。且慢，还没结束，另外制作点心还用了白面5斤4两、白糖6两。

如此多的菜肴，皇帝一人当然不可能吃完，但这并不妨碍御膳房年复一年地做出皇帝根本无法消耗的分量。因为在古代的等级社会里——无论是东方还是西方的等级社会，一个人的饮食、服装、住宅、交通工具，总之生活中的一切，都是那个人身份地位的象征。

就像古罗马皇帝埃拉加巴卢斯，他请客人吃镶金边的豌豆、嵌玛瑙的扁豆、拌了琥珀的豆子以及点缀着珍珠的鱼，他发明了需要六百个鸵鸟的头才能做成的菜，他让厨师将鱼的酱汁调成蓝色——这在食用颜料技术还很落后的古代，不是件容易的事——以示鱼游弋在蔚蓝澄澈的大海。这些菜肴当真可口吗？不重要，重要的是只有那些需要雄厚财力作支撑的菜肴，才能与"罗马皇帝"这一伟大的称谓相匹配。

就像1581年曼多瓦公爵的婚宴，把鹿肉饼做成镀金狮子的模样，把馅饼捏塑成傲然挺立的黑鹰，把雉鸡饼做得像一只真正的雉鸡，还用杏仁蛋白糖塑造了大力士赫克力斯与独角兽的雕像。这些菜肴虽然华丽富贵，但还算不上全场最奢，全场最奢华的是一道孔雀菜，熟透的孔雀像还活着似的直立着，身上粘着五彩斑斓的孔雀毛，缠满缤纷的缎带，孔雀腿间还放着缠绵悱恻的情诗笺。最后，人们点燃孔雀嘴里填充的香料，馥郁的气息立刻溢满宴会每个角落。有必要将菜肴的造型做得如斯复杂吗？如果单单是为了吃，当然没必要；但如果还需要表征主人的贵族身份，这些精雕细琢、栩栩如生的菜肴便不能少。

而1454年勃艮第公爵菲利普三世为了发起又一次十字军东征而举办的宴会，则堪称西方历史上最豪华的宴会，"桌上搭了小礼拜堂，内有唱诗班，有个大馅饼，上面站满了长笛手，还有座角楼，自内传出风琴声和其他乐声"。餐桌上能搭一个礼拜堂，礼拜堂里还能容下一个唱诗班，这餐桌的面积估计不会比农家的菜地小多少；还有个大馅饼，馅饼大到可以让一群长笛手在上面落脚；还搭了座角楼，角楼里传出各种乐声，仅是风琴这一种大块头乐器，就决定了角楼这座"临时违章建筑"不可能太袖珍。如此大的餐桌和馅饼，还有礼拜堂和角楼这般庞大的装饰，客人们用起餐来方便吗？不方便，但只有华而不实的宴会布置，才最大限度地彰显了主人的富有和高贵。

在古代等级社会中，你吃的是凤凰还是馒头，你的餐桌上摆了一百道菜还是一道菜，从侧面证明了你的身份是精英还是草根。所以皇帝一个人年夜饭的分量就胜过平民几家，换而言之，不是皇帝的胃需要吃那么多菜，而是皇帝的地位需要"吃"那么多菜。

至此，我们已走过一年的轮回。一年四季节日不断，如果你陷落在节日多姿多彩的饮食里晕头转向，分不清哪道美食属于哪个节日，不要紧，有一位雅士早在千年之前就帮我们列好了这一课的提纲——宋代的张鉴在他的

《赏心乐事》里饶有兴味地记录下每一个月的美食、美景、美事：

正月，岁节家宴；立春日春盘；人日煎饼会；玉照堂赏梅；天街观灯；诸馆赏灯；丛奎阁山茶；湖山寻梅；揽月桥看新柳；安闲堂扫雪。

二月，现乐堂瑞香；社日社饭；玉照堂西缃梅；南湖挑菜；玉照堂东红梅；餐霞轩樱桃花；杏花庄杏花；南湖泛舟；群仙绘幅楼前打毬；绮互厅千叶茶花；马塍看花。

三月，生朝家宴；曲水流觞；花院月夕；花院桃柳；寒食郊游；碧宇观笋；满霜亭北棣棠；斗春堂牡丹芍药；芳香亭观草；艳香馆林檎；宜雨亭千叶海棠；宜雨亭北黄蔷薇；花院紫牡丹；花院煮酒；现乐堂大花；经寮斗茶；瀛峦胜处山花。

四月，初八日亦庵早斋；南湖放生食糕糜；芳香堂斗草；芙蓉池新荷；蕊珠洞茶蘼；满霜亭菊花；玉照堂青梅；艳香馆长春花；安闲堂紫笑；餐霞轩樱桃；南湖赏杂花。

五月，清夏堂观鱼；听莺堂摘瓜；安闲堂解粽；重午节泛蒲；烟波观碧芦；夏至日鹅脔；南湖萱花；水北书院采蘋；清夏堂杨梅；丛奎阁前榴花；艳香馆林檎。

六月，现乐堂南白酒；楼下避暑；苍寒堂后碧莲；碧宇竹林避暑；芙蓉池赏荷花；约斋夏菊；清夏堂新荔枝；霞川食桃。

七月，丛奎阁前乞巧；餐霞轩五色凤仙花；立秋日秋叶；玉照堂玉簪；西湖荷花；南湖观鱼；应铉斋东葡萄；霞川水红花；珍林剥枣。

八月，湖山寻桂；现乐堂秋花；社日糕会；众妙峰山木樨；霞川野葡；绮互亭千叶木樨；浙江观潮；桂隐丛桂；杏花庄鸡冠黄葵。

九月，重九登城把萸；把菊亭采菊；苏堤看芙蓉；珍林尝时果；景全轩金橘；芙蓉池三色拒霜；杏花庄筥新酒。

十月,现乐堂暖炉;满霜亭蜜橘;烟波观买市;赏小春花;杏花庄挑荠;诗禅堂试香。

十一月,摘星轩枇杷花;冬至节馄饨;味空堂蜡梅;苍寒堂南天竺;花院水仙。

十二月,绮互亭檀香蜡梅;天街阁市;南湖赏雪;安闲堂试灯;湖山探梅;花院兰花;二十四夜饧果食;玉照堂看早梅;除夕守岁。

张鉴的《赏心乐事》不仅可以当作古代岁时饮馔和风物的总目录,亦可以当作古代文人雅士一年的休闲手册,好事者可将它做成月历,逐月复制古人的娱乐生活。我之所以将非饮馔的内容也全录于此,是想分享全部美好。如今越来越多的人抱怨这世界没劲,"空虚""无聊"成了我们的口头禅。但你看,古人没有互联网,没有微波炉,没有洗衣机,他们的生活远不如我们便利,然而一年三百多日,他们有一百多件赏心乐事,平均每三天就有一桩巨大的快乐降临。

每一年每一月每一天都有风景,在科技发明以外,造物主早已为人类提供了足够多的美丽,只等你去发现与珍惜。现在,我们有五花八门的电子乐器,却再无人倾听一朵花开的声音;我们的相机有上千万像素,却再也没有人留意晚霞的色彩渐变;我们捧着手机玩个不停,直到与家人朋友的亲密接触完全被机器代替。科技可以帮你做饭洗衣扫地,但无法拯救灵魂的麻木与贫瘠。这世界从不荒芜,荒芜的只有心灵。

每次重温张鉴的《赏心乐事》,重温彼时每个季节的美食与风情,我都会想,也许古人有很多方面不如我们,但唯独比我们更懂得珍惜造物主的赠予。

夜夜青溪映酒楼

古代饮食环境前篇

佳肴须在美境里享用，滋味才会加倍。古人一向追求悦目而有格调的饮食环境，以宋代的酒楼茶肆为代表：店外结着彩画欢门、诸色明灯，店内摆着四时花卉、松柏盆栽，墙上还挂着名人字画。这几乎实现了饮食行业的最高价值：不仅为客人的肉体提供美食，还为客人的灵魂提供养分。而食客们也像追逐明星一般，对有格调的食肆趋之若鹜。

多年前，看过一部关于古罗马住宅的书，别的什么都没记住，就记住了他们的餐厅。一个富裕的罗马贵族家庭，往往拥有好几间餐厅，每间餐厅适合人们在不同的季节就餐。比如，夏天使用的餐厅都面向北边，以避免烈日的直射，有的夏季餐厅中还设置了水池，或是在周边铺设了大理石水渠，都是想利用水来给餐厅降温。夏日花木繁茂，夏季餐厅就位于花园中央，吃饭时一面欣赏绿植环绕、花团锦簇的美景，一面享受热风被绿植与花团过滤之后吹进餐厅时的凉爽。而秋冬季使用的餐厅，建在从清晨开始便阳光普照的地方，但仅有朝阳还不够，还得让夕阳也洒满餐厅，不浪费一天之中最后一丝温暖，所以连餐厅的西面也要安设通透的门窗。

　　为了每一天都能愉快舒适地就餐并欣赏独特的风景，罗马人竟然不惜在一家之中为各个季节建造了不同的餐厅，他们对就餐环境的执着追求可谓感天动地。不过，别忙着对罗马人加以赞叹，待你看过中国古代的饮食环境，便知道罗马的家庭餐厅也不稀奇，我们老祖宗创造的饮食环境更是美不胜收。

　　家庭餐厅只供一家享受，外人难得一见，而酒楼食肆熙来攘往，它们才是接待人数最多的饮食环境。所以，我们讲古代的饮食环境，先从古代的酒楼食肆讲起。且不看别的时代，就选宋代的饭馆为代表，通过宋代饭馆这一"斑"，可略略窥见古代中国饭馆的全貌。

　　为什么单单选宋代饭馆当样板？那是因为宋人酷爱记录自己所在城市与生活的日常，记录的细节之多，正如法国汉学家谢和耐所说："这个城市（杭州）的居民把涉及它的一切都记下来留给了我们：它的街衢、运河、建筑、官衙，它的市场及商业交易，它的节庆和娱乐……简直到了这样的程度——如今竟可以事无巨细地将这座京城重现出来"[1]。关于宋代饭馆的材料，当然也丰富到令人瞠目结舌。接下来，我诚挚邀请正在阅读此书的你，来参加一场拼图游戏，让我们用宋代的笔记与诗词，拼出宋代饭馆最本真的面目。

饭店酒家为了吸引眼球、招揽生意，大多都会在外观设计上用心，宋代饭店也不例外："店门首彩画欢门，设红绿杈子，绯绿帘幕，贴金红纱栀子灯。装饰厅院廊庑，花木森茂，酒座潇洒。"（吴自牧《梦粱录》）

在店门口，有用竹竿、彩帛、彩纸、纱幔等扎成的彩画欢门，相当于店门以外的又一重门，一些大型饭店门口的彩画欢门高达三层，气势恢宏。从"彩画欢门"这四个字难以想象它到底是何等模样，还好《清明上河图》记录下了它的形象，你可以把它理解成一个张灯结彩、装饰豪奢的脚手架，"层层华构高且崇，万彩纠结填青红。何人下手夺天巧，都入意匠经营中"（李俊民《彩楼》）。

彩画欢门的发明者颇聪敏，欢门的华丽程度并不输给精雕细刻的木石门楼，但修建起来又省力又省钱，不用雕刻穿凿，更不用描龙绘凤、贴金镀银，彩色绸带同竹竿一绑便成就了一段妩媚的风景，"彩旗蔽野南风香，欢门遮马东路长"（陈著《送邑簿李大用任满》）。

据我推测，酒家用欢门作装饰应当是对宋仁宗节约令的回应，仁宗在景祐三年（1036）曾下诏："天下士庶家，屋宇非邸店，楼阁临街市，毋得为四铺作及斗八；非品官毋得起门屋；非宫室寺观，毋得绘栋宇及朱黑漆梁柱、窗牖，雕镂柱础。"政府出面限制建筑

[1] [法]谢和耐著，刘东译：《蒙元入侵前夜的中国日常生活：插图本》，北京大学出版社2008年版，导言第8页。

夜夜青溪映酒楼

（宋）张择端《清明上河图》（局部）挂着「正店」招牌的华丽牌楼，便是彩画欢门，它是宋代酒家门前最引人注目之物。

中的浪费行为，规定除了王宫与寺观，其余建筑不得雕梁画栋，但酒家又需要给食客呈现富丽堂皇的门面，怎么办？国人智慧无穷，他们当然不会"坐以待毙"，不能雕梁画栋做硬装，那么就用纱幔彩带做软装吧，反正美丽不能打折。

红绿杈子是酒家外刷成红绿两色的木栅栏。这种栅栏以前是官府衙门专用，用于阻挡人马通行，又称为"拒马杈子"，酒家用这种杈子装点门面，有自抬身价的意思在。

诗词里的人间百味

282

（宋）张择端《清明上河图》（局部）

「脚店」招牌的周围，围着一圈木栅栏，这就是红绿杈子。红绿杈子摆在酒家门口，早已失却了一开始的意义，而成了纯粹的装饰。而「脚店」招牌所挂之处，就是这家店的彩画欢门，虽不如前一插图中的彩画欢门来得豪华，但也缤纷喜庆。

栀子灯，用绛红纱扎成的栀子形状的灯盏。古诗有云"要觅当年杜书记，栀灯数朵竹西楼"（林泳《扬州杂诗》），诗中所说的杜书记就是晚唐诗人杜牧。杜牧酷爱狎妓，并为妓女和自己放浪不羁的青楼生涯书写了无数诗篇，比如大名鼎鼎的"十年一觉扬州梦，赢得青楼薄幸名"（《遣怀》）。正因如此，杜牧成为古代高级嫖客的形象代言，诗词中常用他指代风雅的嫖客；风流潇洒如杜牧，若泉下有知，必对这个身份自豪万分。所以，这句"要觅当年杜书记，栀灯数朵竹西楼"，其实证明了一点，那就是栀子灯挂在门口乃是一个暗号，暗示往来行人，店中有娼妓。

不过，不管木栅栏和栀子灯分别代表了怎样的意义，它们的装饰作用倒是无可置疑。

食客到了酒家，先欣赏红翠相间的杈子、绛纱似云的栀灯，再从彩画欢门下悠哉地穿过，来到花木森茂、酒座潇洒的里间，心尖霎时柔软，吃什么都快活。宋代无名氏的一首《鹧鸪天》，写尽在环境优美的酒楼中就餐时所产生的快感："城中酒楼高入天。烹龙煮凤味肥鲜。公孙下马闻香醉，一饮不惜费万钱。　招贵客，引高贤。楼上笙歌列管弦。百般美物珍羞味，四面阑干彩画檐。"

前面说的主要是白昼里食客欣赏到的光景。进入夜晚，彩帛纱幔所创造的眼球经济便偃旗息鼓了。在漆黑的环境中，无论多么铺天盖地五彩斑斓的彩帛纱幔，都不再是食客注意力的焦点，各种或玲珑或伟丽的灯盏才是，"灯火珠星粲，楼台璧月新"（王之道《和余时中元夕二首》之二）。宋代没有霓虹灯牌，替代霓虹灯牌的是同样流光溢彩的灯盏，彼时每一个宁静与喧嚣并存的夜晚，食肆的灯将夜空点燃，"凡京师酒店，门首皆缚彩楼欢门。唯任店入其门，一直主廊约百余步，南北天井两廊皆小阁子，向晚灯烛荧煌，上下相照"（孟元老《东京梦华录》）。

　　现代人已经很难想象古人坐在灯火通明的酒楼里就餐时的幸福心情，在那没有电灯的遥远时代里，拥有一个光明的夜晚，不啻到银河中逛一逛。古代中国人心目中，华灯是繁华美好夜生活的标志，如"酣饮终日夜，明灯继朝霞"（张华《轻薄篇》），如"夜阑白雪回歌扇，舞彻红灯照酒卮"（吴则礼《上元寄鲁侯道辅时二公在真定》），又如"华灯高宴水精宫。浪花中。意无穷"（沈与求《江城子》），灯总是夜生活不得不提的一笔。

　　而宋代最著名的五星级大饭店——樊楼，灯饰的规模更加荡气回肠，"五楼相向，各有飞桥栏槛，明暗相通，珠帘绣额，灯烛晃耀。初开数日，每先到者赏金旗，过一两夜则已。元夜，则每一瓦垅中皆置莲灯一盏"（孟元老《东京梦华录》）。樊楼的灯火之艳美，以至于时人讲起樊楼时，旁的方面还可按下不表，唯有樊楼那盛大的灯火，成为有宋一代的共同回忆，"忆得少年多乐事，夜深灯火上樊楼"（刘子翚《汴京纪事二十首》之十七）、"往年灯火醉樊楼，月落吹箫未肯休"（方回《次韵宾旸啼字犹字二首》之二）。

　　逢年过节，各酒家愈发在灯饰上下足功夫，那叫一个争奇斗艳："如清河坊蒋检阅家，奇茶异汤，随索随应，点月色大泡灯，光辉满屋，过者莫不驻足而观。及新开门里牛羊司前，有内侍蒋苑使家，虽曰小小宅院，然装点亭台，悬挂玉栅，异巧华灯，珠帘低下，笙歌并作，游人玩赏，不忍舍去。

诸酒库亦点灯球,喧天鼓吹,设法大赏,妓女群坐喧哗,勾引风流子弟买笑追欢。"(吴自牧《梦粱录》)

通常来说,不同的餐馆往往有不同的招牌菜,《都城纪胜》就历数了南宋杭州城里各餐馆的招牌菜,如中瓦前皂儿水,杂货场前甘豆汤,戈家蜜枣儿,官巷口光家羹,大瓦子水果子,寿慈宫前熟肉,钱塘门外宋五嫂鱼羹,涌金门灌肺,中瓦前职家羊饭。但在宋代市集上,不同的餐馆竟然还有不同的招牌灯:蒋检阅家点月色大泡灯,蒋苑使家点异巧华灯,诸酒库点灯球……比如今的广告牌还要缤纷。

彩画欢门、灯盏等都不过是外观装饰,酒家食肆要提升自身的魅力,还要在内涵上做文章,"汴京熟食店,张挂名画,所以勾引观者,留连食客。今杭城茶肆亦如之,插四时花,挂名人画,装点店面……今之茶肆,列花架,安顿奇松异桧等物于其上,装饰店面"(吴自牧《梦粱录》)。宋代的酒楼茶肆,店里摆着四时花卉、松柏盆栽,墙上还挂着名人字画,这几乎实现了饮食行业的最高价值:不仅为客人的肉体提供美食,还为客人的灵魂提供养分。

而食客们也像追逐明星一般,对有格调的食肆趋之若鹜,"置图画于壁间,列书史于几案,为雅戏之具,皆不凡。人竞趋之。久之,遂开正店,建楼,渐倾中都"。在这样的餐馆就餐,得到三合一的享受:吃一桌好菜,逛一回博物馆,看一次美术展,绝对值回票价。

不过,酒楼茶肆的老板到底是生意人,他们中的大多数文化素养不高,眼光有限,所以装饰酒楼茶肆的字画也算不得极好。

周密在《武林旧事》中记载了一则故事："一日，御舟经断桥，桥旁有小酒肆，颇雅洁，中饰素屏，书《风入松》一词于上，光尧驻目称赏久之，宣问何人所作，乃太学生俞国宝醉笔也。其词云：'一春长费买花钱，日日醉湖边。玉骢惯识西泠路，骄嘶过，沽酒楼前。红杏香中歌舞，绿杨影里秋千。东风十里丽人天，花压鬓云偏。画船载取春归去，余情在、湖水湖烟。明日重携残酒，来寻陌上花钿。'上笑曰：'此词甚好，但末句未免儒酸。'"宋高宗游幸西湖，路过一家酒馆，看酒店中布置了一扇屏风，屏风上有一首《风入松》词，宋高宗指责最后一句太酸腐。

高宗是挑剔酒楼屏风上的诗词，北宋书画大家米芾则是鄙夷食肆里的字画，米芾在《画史》中刻薄道："今人画亦不足深论……程坦、崔白、侯封、马贲、张自芳之流，皆能污壁，茶坊酒店，可与周越仲翼草书同挂，不入吾曹议论。"意思说茶坊酒店里挂的字画，皆为不入流的书画家的作品，挂在墙上是对墙的污染，更不可能入我米芾的法眼。

平心而论，装饰酒楼食肆的诗词与画作就算不够优秀，也是功大于过的。一家小小的酒馆都能以文学及绘画作品装饰大堂，不管作品质量是否拔尖儿，都是社会的进步。从此以后，以文化佐餐不再只是少数精英的专利，每一位到小店里就餐的客人都可在享用佳肴时获得阅读和艺术欣赏的快感；而每人在吃饭时顺便接受的那一点"文化教育"，一时显不出效用来，天长日久却能在不知不觉间改变整个民族的精神气质。

康有为在论及古代艺术品收藏时说过一段话，可以作为诗词字画功用的最好注解："古物虽无用也，而令人发思古之幽情，兴不朽之大志，观感鼓动，有莫知其然而然者。"说艺术无用，那是针对现实的柴米油盐而言，对思想胸怀来说，作用可是大大的。18世纪的欧洲兴起过一场运动，那就是每一位想要成长为绅士的人，都必须到意大利去接受艺术的洗礼，艺术不能教会你赚钱养家，却能潜移默化地塑造你的情操与人格。

其实，高宗与米芾的故事还证明了一点：不单文人相轻，只要是文化艺术相关从业者都容易相轻。理由很简单，因为文艺学科没有客观且唯一的衡量标准，各花入各眼，评价谁好谁歹都有理。不像理工科，你做出一项好发明，哪怕一人与你有世仇，也不得不承认你厉害。新世纪美术界，随便涂抹几笔就能披上"这是高贵的艺术品，因为它太深奥你才看不懂"的外衣，也是钻了文艺评论没有统一标准的空子。艺术想要走得更高远，也许还是需要找到某些虽不是唯一但相对合理的评判标准才行。

说回正题，到这里，宋代食店茶肆的饮食环境就被我们还原得差不多了。而从宋代酒家的模样，我们可以推知其他时代酒家的风姿。总之，古代的酒家除了会做好饭好菜，还会尽力为客人营造悦目而有格调的饮食环境。

但古代食客并不永远都是"外貌协会"的成员，进入夏天，他们对饮食环境的美丑就变得无所谓，所有的愿望都集中在"凉爽"上。一个清凉的饮食环境，对古人夏季里的幸福指数，有着至关重要的影响。

唐代杨国忠家的子弟，每到夏天便取大块的冰雕琢成冰山形象，放在宴席间。来赴宴的人，虽饮酒至酣，依然不觉体热，甚至面带寒色，体质稍弱的人需要加衣才能抵御冰块的寒气，"水精夏殿开凉户，冰山绕座犹难御"（鲍溶《采葛行》）。且不说得多大的冰山才能给一场人声鼎沸的宴席降温，或许古人的记载有夸大其词的成分，但是一边吃饭一边欣赏白玉似的冰山，心理上已成功退热。

唐代同昌公主夏季宴客也会特特制造凉爽环境，不过公主的绝招不同于杨国忠家，制冷不靠冰块靠龙涎，"公主命取澄水帛，以水蘸之，挂于南轩，良久，满座皆思挟纩。澄水帛长八九尺，似布而细，明薄可鉴，云其中有龙涎，故能消暑毒也"（苏鹗《杜阳杂编》）。宴会上公主命人将澄水帛浸湿，悬挂在南轩，不多时，宾客们不仅不再闷热，反而有些冷飕飕。那澄水帛形似透明的细布，据说中间含有龙涎香。

龙涎香乃是抹香鲸的分泌物，有解除神昏气闷的功效。但龙涎香难得，多数人都不知龙涎到底有怎样的芬芳。幸而宋代无名氏为蜡梅写了一阕《玉楼春》，其中有一句"腊前先报东君信，清似龙涎香得润"，将蜡梅香与龙涎香相比，反过来想，也就是说龙涎香似蜡梅香一般清润。所以不曾闻过龙涎的我们，可以通过蜡梅香，推想龙涎清爽的香气。当风吹过澄水帛，帛中之水过滤掉一部分热，龙涎香再增一丝清冽，宴席上哪还会留有些许燥热？

如果说用澄水帛制冷已带着一点奇幻色彩，那么唐末康骈在《剧谈录》中提到的宴席降温法则完全是个童话："李德裕尝因暇日休澣，邀同列宰相及朝士宴语，时畏景赫曦，咸有郁蒸之病。既而延入小斋……及列坐开尊，烦暑都尽，良久觉清飙爽气，凛若高秋，备设酒肴，及昏而罢。出户则火云烈日，熇然焦灼。有好事者求亲信问之，云此日以金盆贮水，浸白龙皮置于座末。"

龙涎香再珍贵，亦是世间实有之物，且它气味刺激又清新，用它降温尚有可能。而白龙皮不同，任你上天入地，可寻得出一条龙来？不过有学者认为，白龙皮也是比喻的说法，它是某种海鱼的皮，但就目前世界上存在的物种来看，任何一种海鱼的皮都不具备空调的功能；再看看《剧谈录》全书，尽是传奇异怪之说，所以几乎可以断定，用白龙皮泡水来给夏日宴席添凉只是古人多情的幻想。

不只是唐人作这般幻想，宋人也幻想，好几首宋诗都写到了龙皮降温大法，如"龙皮浅沁寒坐客，骊珠直上清尘嚣。天上清凉不知暑，炎热人间徒自苦"（姚勉《京城苦热》），又如"正当盛暑都无热，不有薰风亦自凉。……有时更取龙皮浸，凛凛如飞六月霜"（马之纯《清暑殿》）。幻想不是现实，但是幻想基于现实，有如斯幻想，证明古人的确想尽一切办法为夏季宴饮创造清凉环境。

唐人属于浪漫主义的拥趸，无论是用冰山、澄水帛还是用白龙皮来驱热，都罗曼蒂克得紧；明人却是现实主义的力行者，所以他们想出了世间人人都能使用的务实型的降温法。

明代畅销书作家陈继儒在《销夏部》中归纳了古人夏日里的向往："昔人避暑者曰，愿得泰岱之长松焉，潇湘之修竹焉，匡庐之飞瀑焉，太湖之明月焉，峨眉之古雪焉。又有渴思金茎之露，因忆石步之廊；又有饱风欲为蜩，泳水欲为鱼者，其苦已不胜与祝融敌矣。"但泰山之松、峨眉之雪、金茎之露岂是人人可得？不过是美好的愿望罢了，若要待这些清凉风景都收集齐整了再吃饭，人早已饿死。

幸而陈先生在卖过关子以后，立即给出了现实版的消暑良方："惟当长夏侯，转徙山中，解箬冠，挂蕉服，展蕰簟，卷筠帘，敞清风于北窗之下，钓秋水于南华之上,刺莲剥芡,战茗嚼水,蔗境弥甘,槐国非遥。"到了夏天,且逃到清幽的山中去吧。再戴上竹冠,披上蕉叶,铺开凉席,挂好竹帘,这样的环境已挡走七分炎热;再饮上一碗凉茶,吃莲子、芡实、甘蔗之类的清爽饮食,夏天便能美好到底了。

明代袁中道消暑的方式亦相当高明,他在《荷叶山房销夏记》中写道:"叔兰泽,有十亩池,白莲盛开,荷叶皆数丈余。予帅诸弟共架一浮梁于万花中,可容十余人。日取碧筒饮酒,佐以莲房,荷柄皆出人头上如盖,入夜香愈炽,殆非人境。"叔兰泽就是袁中道夏日里的天堂,这片池塘白莲盛开,且茂密异常,白花翠叶交织成一座莲的宫殿。这座"宫殿"没有高傲的国王,没有严苛的律法,亦没有人心的无常,有的只是馥郁与清凉。放舟入池,十余人齐齐躲入莲花深处宴饮娱乐,以荷叶饮酒,以莲房为食,更增几分舒爽。宋代朱敦儒《望江南》"露卧一丛莲叶畔,芙蓉香细水风凉",讲的也是莲池避暑的情形,只是以诗的形式写来,更觉幽然。

夏季要消暑,冬季则要避寒。如同幻想白龙皮制冷一般,古人也幻想出了许多驱寒的神器,比如《开元天宝遗事》记载的两种避寒至宝。一是辟寒犀,在开元二年(714)的冬至,交趾国进贡了一只色如黄金的犀牛角。交趾国的使者献宝之后,请求用黄金盘盛放犀牛角,然后将它置于大殿之中,不一会儿,犀牛角四周便"温温然有暖气袭人",使整个大殿和煦如春。一是瑞炭,这种炭由甘肃境内的西凉古国进献,瑞炭坚硬如铁,"烧于炉中,无焰而有光。每条可烧十日,其热气逼人而不可近也"。西凉国共进献了一百根瑞炭,照"每条可烧十日"来计算,这批瑞炭至少能够带来一千天的温暖。

夜夜青溪映酒楼

(明)陈洪绶《荷花图》

【潋滟湖光好,荷风六月凉】(许尚《华亭百咏之六十六·湖桥》),夏日入荷塘宴饮,暑热尽消。

但避寒不能仅靠幻想，古人为了在冬天制造出温暖的饮食环境，可谓煞费苦心。古代酒楼一到冬季便会为顾客准备取暖用的火箱，而十六国后赵国君石虎，则在隆冬时节将宫中宴会搬到了清嬉浴室：浴室中挂满锦缎布帐，这只是从视觉上予人以暖意；真正起到制暖作用的，是室内的水池与几千枚烧得滚烫的铜屈龙。石虎与宠爱的宫人进入浴室之后，将烧红的铜屈龙投入水池中，蒸气呼呼升腾，温暖自不待言，还有一片云蒸霞蔚的旖旎风光。不多时，众人便忘记室外的苦寒，在这清嬉浴室里彻夜宴饮狂欢。

石虎在历史上以荒淫暴虐而著称，清嬉浴室当然也是他罪过簿上的一笔，但我莫名觉得这个创意很有英雄气，每每想到清嬉浴室，总会脱口念出孟浩然的名句："气蒸云梦泽，波撼岳阳城"（《望洞庭湖赠张丞相》）。

移宴多随末利花

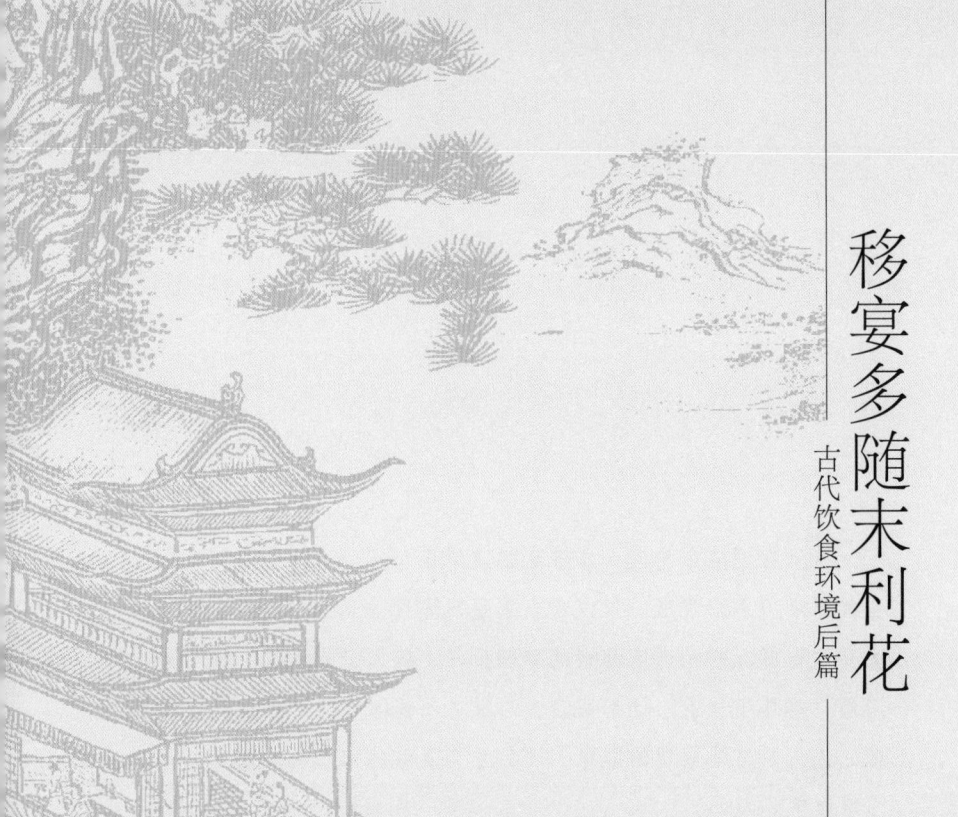

古代饮食环境后篇

生活在闹市中的人，有多幸福就有多苦闷，目睹多少精彩就要亲历多少艰难。所以古人总是想方设法到湖光山色中去宴饮聚餐，暂时逃离都市的乌烟瘴气，躲入云水间饮一杯清酒、享几道佳肴。谁都明白，逃避并不能永久性地解决问题，但心灵需要短暂的假期，之后才有足够的勇气再次投身滚滚红尘。

想获得美好的饮食环境，可以通过人为设计与打造，也可以在山水间寻寻觅觅。古人除了精于宴饮的室内布置，还有一条亘古不变的就餐原则：不怕累，不嫌烦，哪里有好风光，就把酒肉菜肴带到哪里去，就把宴席摆到哪里去，"时携一樽酒，山水自娱嬉"（刘宰《傲将军歌赠周叔子马帅》）、"斗酒复斗酒，高歌山水边"（顾逢《严月涧同饮湖边》）。

唐朝，每至春季花期来临，桃红李白樱粉菜花黄时，男人们便呼朋唤友，骑马往来搜寻于花树之间，碰见令人惊艳的花圃，立刻下马，大开宴席，这马就叫作"看花马"；女人们则是成群结队地向郊外出发，遇到奇花异草，便解下石榴裙，联结成宴帷，就地设宴，这宴就叫作"裙幄宴"，等于今天的公园野餐。他们就这样一边行走，一边找寻最娇俏的春色，"洒蹄骢马汗，没处看花来"（卢延让《寒食日戏赠李侍御》），"五马踟蹰在路岐，南来只为看花枝"（杨凝《残花》），遇到中意的一树繁花，便不再奢求其他，心满意足地为它停留。旁的景色再美，也与我无关了。这像不像是恋爱？弱水三千，只取一瓢饮，为了守候某一个人，放弃别的所有可能。

宋人也爱在自然风光中宴饮，"绿树交加山鸟啼，晴风荡漾落花飞。鸟歌花舞太守醉，明日酒醒春已归"（欧阳修《丰乐亭游春三首》之一）。只是他们追逐风光的方式更离谱，除了到山林中去，还有另一项风俗，"洛中风俗……岁正月梅已花，二月桃李杂花盛开，三月牡丹开。于花盛处作园圃，四方伎艺举集，都人士女载酒争出，择园亭胜地，上下池台间引满歌呼，不复问其主人"（邵伯温《闻见前录》）。

唐人的做法，"霸占"的好歹是公共领域；宋人是看哪座私家园子风光好，索性不问主人，自顾自推门进去，宴饮一番再说，"花满名园酒满觞，且开笑口对秾芳"（无名氏《莫思归》）、"园林到处消得酒，风雨等闲飞尽花"（郑獬《次韵丞相柳湖席上》）。不过自家园子能够获得欣赏，主人想必也是幸福的，说不定主人们相互之间还会比较谁家园子的"点击率"更高呢。

唐宋时人主要是在花开时节倾巢出动，而在元人眼中，花开花落皆是良辰美景，一分一秒都不容浪费，于是他们从百花齐放一直宴饮到落英缤纷，"宫中饮宴不常，名色亦异，碧桃盛开，举杯相赏，名曰'爱娇之宴'。红梅初发，携尊对酌，名曰'浇红之宴'。海棠谓之'暖妆'，瑞香谓之'拨寒'，牡丹谓之'惜香'。至于落花之饮，名为'恋春'。催花之设，名为'夺秀'。其或缯楼幔阁，清暑回阳，佩兰采莲，则随所事而名之也"（陶宗仪《元氏掖庭记》）。

细细想来，花谢亦是难得的风情：三五亲朋，席地而坐，觥筹交错，"花落春残，尊酒留欢"（冯延巳《采桑子》）。你倾诉你多年未曾实现的理想，我絮叨我奔波于生活的彷徨，风过也，漫天花雨扑簌簌落了你我一头一身，猝不及防。慢些呵，不必急于拂去身上沾染的花雨，这"雨"可不冰凉，它带着晴好和煦的气息，令人胸怀暖畅。而落花满杯，"把酒承花花落频，花香酒味相和春"（白居易《座上赠卢判官》），酒味愈发绵长。

古代罗马人，还在就餐时人为地制造过花雨，他们在餐厅布置"有磨损象牙铺就的天花板，上面的嵌板可以滑动，以便从隐蔽起来的抛洒器里向客人抛洒鲜花或香水"[1]。古罗马著名昏君埃拉加巴卢斯的宫殿天花板上绷着皮革，皮

---

[1] ［英］罗伊·斯特朗：《欧洲宴会史》，百花文艺出版社2006年版，第22页。

移宴多随末利花

297

（唐）张萱《虢国夫人游春图》（局部）

每至春日，唐代贵妇就出门寻觅最美的春色，遇见心动的风景，立时下马设宴。

革里兜满玫瑰花瓣，宴客时他会随机触发皮革的开关，众宾正在大口吃肉大碗喝酒，玫瑰霎时间如瀑布般倾泻，旋即将宴会淹没，只剩一片紫红色的海洋。有时玫瑰花瓣过多，反应迟钝的宾客便埋在玫瑰海中窒息身亡。罗马人的做法过于狂野，反倒失了花雨应有的缠绵情致。

裙幄宴也好，暖妆宴也罢，都只是搜罗陆地上的美景，古人还大爱船宴，将船摇进湖光山色深处，一头扎进去，再不愿出来，"画船清宴蛮溪雨，粉阁闲吟瘴峤云"（殷文圭《寄广南刘仆射》），"唐安池馆夜宴频，潋潋玉船摇画烛"（陆游《忆唐安》）。波浪推动船以柔和的韵律前进，氤氲水汽夹杂着草木香窨透过船舱的窗纱，合着船上的歌吹声向你袭来，你还来不及抗拒，便已深深沉迷。

清代顾禄笔下的苏州船宴，乃是船宴中的佼佼者，船成了水波上的壮丽宫殿，与陆地宫殿别无二致，雕梁画栋与娱乐消遣一应俱全，而两岸的青山悠悠与花木森森则成了这座"宫殿"最精致而辽阔的背景："船制甚宽，重檐走舻，行动捩舵撑篙，即昔之荡湖船，以扬郡沙氏变造，故又名'沙飞船'……艄舱有灶，酒茗有馔，任客所指。舱中以蠡壳嵌玻璃为窗寮，桌椅都雅，香鼎瓶花，位置务精。船之大者可容三席，小者可容两筵。凡治具招携，必先期折束，上书'水窗候光，舟泊某处，舟子某人'。相沿成俗，寝以为礼。迓客于城，则别雇小舟。入夜羊灯照春，凫壶劝客，行令猜枚，欢笑之声达于两岸。迨至酒阑人散，剩有一堤烟月而已。"

船每行数米，就更换一种背景，改变一种香气；歌女的琴曲同船夫的桨声有种默契，渐渐合成一首小夜曲。你目不暇接，鼻子与耳朵也忙不过来，几乎顾不上吃菜。吃船宴，或许吃是最不重要的一环。

到风光宜人之处就餐当然幸福，唯一的难处在于：古代不比现代，旅游业不发达，绝大多数的风光宜人处并没有餐馆、茶楼和旅店之类的商业配套，若要就餐和娱乐，恐怕一应需要都得自行解决。不过这点难处可困不住人们向往于美景中享受美食的心，于是行具应运而生。所谓行具，就是锦囊、竹篮、提匣等方便携带的器具，用它们盛装鸡鸭鱼肉美酒佳茗与郊游所需的种种用品，然后带到野外去逍遥。

唐末五代王定保给唐代曲江春游活动拍的一张"快照"里，就出现了行具："人置被袋，例以围障、酒器、钱绢实其中，逢花则饮，故张籍诗云：'无人不借花间宿，到处常携酒器行。'"（王定保《唐摭言》）带上围障、酒器、钱绢，遇到美丽的花，就地坐下来饮酒，唐人的潇洒豪迈在"逢花则饮"里体现得淋漓尽致。

一开始人们到郊外宴饮，只要美酒佳肴以及一两件简单的生活必需品便足矣，但人心没有止境，为了让宴饮的幸福度步步高，人们带去郊外宴饮的东西越来越多，琴棋书画都要带上，"到处琴棋傍，登楼笔砚随"（齐己《赴郑谷郎中招游龙兴观读题诗板谒七真仪像因有十八韵》）、"船满琴书与酒杯，清湘影里片帆开"（齐己《湘中送翁员外归闽》）。到北宋的时候，行具已将两肩都占满："甲肩，左衣篚一：衣，被，枕，盥漱具，手巾，足布，药，汤，梳。右食匣一：竹为之。二鬲。并底盖为四，食盘子三，每盘果子楪十，矮酒榼一，可以容数升，以备沽酒，匏一，杯三，漆筒合子贮脯脩干果嘉蔬各数品，饼饵少许，以备饮食不时应猝。惟三食盘相重为一鬲，其余分任之。暑月，果脩合皆不须携。乙肩，竹鬲二，下为匣，上为虚鬲。左鬲上层书箱一：纸，笔，砚，剪刀，韵略，杂书册。匣中食碗碟各六，匕箸各四，生果数物，削果刀子。右鬲上层琴一，竹匣贮之。折迭棋局一，匣中棋子，茶二三品。腊茶即碾熟者，盏托各三。盂瓢七等。附带杂物：小斧子，斫刀，断药锄子，腊烛二，柱杖，泥靴，雨衣，伞笠，食铫，虎子，急须子，油筒。"（沈括《梦溪忘怀录》）

　　这两肩挑的不仅是一桌丰盛的酒席，还把宴饮中的消遣与娱乐也一并挑去了，吃的喝的看的玩的用的一应俱全，要佳肴有佳肴，要文化有文化。谁说到野外吃饭有风景相伴就够了？琴棋书画风花雪月一样都不能少，林林总总的享受要一起来！"援琴写山水，布席坐兰荪。白石支棋局，青沙藉酒尊"（陈师道《同道士钱泠然寻涧水源》），这才是古人野餐的常态。宋代钱仲鼎的题画诗云："有琴有书，有酒有鱼。赏静独眺，聊以自娱。"诗虽是描述画中人的情形，但也证明古人在山水中宴饮时的确喜好用雅物佐餐。而拥有宋人那两肩行具，即使步入荒无人烟的深山老林，也能凭靠一己之力，霎时还原都市中精致的饮食文化生活；若再带上几个歌姬，简直可以筹办一台小型春晚。

　　明人郊游宴饮的行囊比宋人更夸张，除了携带美味佳肴之外，几乎盛装了一整个书房到野外去："备具匣，余制以轻木为之，外加皮包厚漆，如拜匣，高七寸，阔八寸，长一尺四寸。中作一替，上浅下深，置小梳匣一，茶盏四，骰盆一，香炉一，香盒一，茶盒一，匙箸瓶一。上替内小砚一，墨一，笔二，小水注一，水洗一，图书小匣一，骨牌匣一，骰子枚马盒一，香炭饼盒一，途利文具匣一，内藏裁刀、锥子、挖耳、挑牙、消息肉叉，修指甲刀、锉、发刷等

移宴多随末利花

301

（宋）佚名《春游晚归图》
马匹后面跟着的几个人物挑着各种行具，吃喝玩乐俱在肩上了。

件。酒牌一，诗韵牌一，诗筒一：内藏红叶各笺以录诗。下藏梳具匣者，以便山宿。外用关锁以启闭。携之山游，似亦甚备。"（高濂《遵生八笺》）光看这些文具，便觉两耳回响着叮叮叮的上课铃声。

别嫌明人携带的文具过于复杂，它们至少可以起到两个作用：一是在宴饮中若有心创作可立即搞创作，画画作诗写文都可以，在天光云影与美味佳肴的双重刺激下产生的灵感，绝非蹲家里一个人喝闷酒可比；二是无心创作时，还可与友人一边饮酒吃菜一边把玩纤巧精细的文具，也算是宴饮时一项有趣的消遣。

见识了古人内容烦琐的行具，我们不仅疑惑：为了在青山绿水红花白石间就餐，真的值得挑上沉甸甸的"行李"，跑那么远的路吗？要找个好的饮食环境也不难，装修富丽堂皇的歌馆酒楼比比皆是，为何古人还是愿意如此折腾？对此，美国学者高居翰在《诗之旅：中国与日本的诗意绘画》中的一段论述或可作为解答，虽然高居翰意在分析宋代绘画中隐逸山水的主题越发流行的缘故，但事实上这些分析也回答了为什么古人情愿付出如此多的辛苦，也要到山野风光间去吃饭："像其他地方和时期的大城市发展一样，由于人口、商品和官府的集中，杭州的发展在其居民中导致了一种深深的对失去之物的眷恋感，不仅对北方和旧都汴梁，而且对乡村生活以及与自然的亲近之感，这些都标志着中国的理想化的过去。并且像在别的地方一样，这种失落感也在文化中有所体现。在杰出的诗歌和绘画作品所描绘的憧憬中，人与自然世界的相融相合失而复得。在南宋后期，这种复得典型地体现为在画中采用隐居山水题材以及该题材的各种延伸形式，使得观众可以想象，他们能逃避喧闹繁忙的城市，安静地住在茅草屋里，偶尔有客来访，有时出门，或独自游览，或带上侍童同行。贯穿于诗歌和绘画背后的信念，是意欲这样去生活的渴望，然而很少有人意识到，这也只是作为一种提神醒脑的想法存留在那些忙于经商和仕宦者的脑海中……它们更多不是生活方式，而是理想状态，对于接纳了它们的人来说，这些想法可以舒缓生活中糟糕的现实。"[1]

南宋时的杭州只是古代繁华都市的一个代表，你可以由此推知古代其他时期其他都市的情况。城镇里有"玉辇纵横过主第，金鞭络绎向侯家"（卢照邻《长安古意》），有"龙衔宝盖承朝日，凤吐流苏带晚霞"（卢照邻《长安古意》），但是，也有"耕桑虽佳租税急，县前胥吏如贪狼"（朱德润《雪中观渔》），也有"人心险诈不可测，平地波澜起千尺"（童轩《行路难》），生活在都市中的人，有多幸福就有多苦闷，目睹多少精彩就要亲历多少艰难。欣赏隐逸山水画、山水诗也好，到湖光山色中去用餐也罢，其实都出于同一个目的，那就是暂时逃离都市的乌烟瘴气，躲入云水间，享受片刻清静。谁都明白，逃避并不能永久性地解决问题，但心灵需要短暂的假期，之后才有足够的勇气再次投身滚滚红尘。

纵观整部世界史，人类最向往自然的时期莫过于欧洲工业文明兴起后的18、19世纪。当越来越多的原野被工厂厂房所占据，当城市的上空终日回荡着机械的轰鸣，当地平线上的风景变成了高耸入云的烟囱而不再是挺拔的森林，当批量生产替代了古老的手工艺，当绝大多数人成为流水线上一颗微不足道的螺丝钉，人们不可抑制地怀念起了牧歌时代，迷恋一切的溪流、沼泽、云、风、月与花朵。

因而以风景画为主的巴比松画派在那个时代出现，印象派也企图如实记录自然界流动的色彩。印象派最著名的画家莫奈为了捕捉自然界细微的光线变化，彻底毁掉了自己的眼睛，晚年的莫奈无法

---

[1] ［美］高居翰著，洪再新、高士明、高昕丹译：《诗之旅：中国与日本的诗意绘画》，生活·读书·新知三联书店2012年版，第41页。

辨别任何色彩，只能依靠颜料管上的色彩名来做估计，所幸他成绩斐然，当时的评论家称赞莫奈的《睡莲》"把春天俘获到了画廊里"。彼时的文学界，诗人与小说家对于描摹自然同样不遗余力。但到后来，人们甚至觉得自然都不足以对抗工业世界，必须逃到历史中去，逃到文明尚未发达的远方部落去，逃到魔法、精灵与仙女的世界中去。总之，只要不在满是齿轮链条工厂，银行甲方乙方功利主义千篇一律的现实里，躲到哪儿去都行。

所以英国诗人雪莱在抒情诗剧《希腊》的前言里纵情讴歌古希腊："我们都是希腊人。我们的法律，我们的文学，我们的宗教，我们的艺术，都植

（宋）张择端《清明上河图》（局部）古代酒家深谙食客对青山绿水的渴望，所以开店时常选址在自然风光极佳之处。画中的酒家就特特建在河边，食客们宴饮时还可欣赏绿波荡漾。

根于希腊。"雪莱如此迷恋古希腊，以至于在他死后，朋友为他举办了一个希腊式的葬礼，在蔚蓝色的大海边用木柴烧掉了他的尸体。

所以法国作曲家柏辽兹根据古罗马史诗《埃涅阿斯纪》创作了歌剧《特洛伊人》，而《埃涅阿斯纪》所讲述的那个雄壮宏伟的遥远时代，给了作曲家在冷硬现实中寻找不到的激情："让别人用青铜雕出栩栩如生的形象——有人也会从大理石唤起活生生的脸庞，另一些人称为超群的演说家，或者用乐器一比高低，或者手执短杖去探索圆形的天体，欢呼新出现的星座。然而，罗马人永远不会忘记，政府是你的工具，以此作为你的艺术——在和平中锻造你的兵士，对被征服者慷慨，对入侵者坚强。"

所以法国诗人兰波在散文诗《地狱一季》中历数他迷恋的异域风景和旧物："有很长一段时间，我自夸是一切可能的风景的主人，我认为现代绘画与诗的所有名家都是笑话一个。我爱殊方异域的图像，我爱门廊顶上挂的画，舞台布景，街头艺术家使用的风景，褪色的文学，教堂的拉丁文，错字百出的色情书，我们祖父念的传奇、童话，幼童看的书，老旧的闹剧，简单愚蠢的诗，天真的节奏。我梦见十字军，无人记载的发现，没有历史的共和国，被压制的宗教发动的战争，被革了命的风俗习惯，种族与大陆的迁徙：我相信一切种类的魔法。"兰波生活的19世纪，是科学大跃进的时代——法拉第发现电磁感应，道尔顿创立了近代原子学说，门捷列夫制定了化学元素周期表，达尔文创立了生物进化学说，巴斯德开创了微生物学——兰波却在振臂高喊"我相信一切种类的魔法"。

而美国文学家爱伦坡在十四行诗《致科学》中对科学的指责更为严厉，

认为科学粉碎了诗意与幻想,将人们从神话世界攥进了冷硬的现实:"科学,你是古典时代的忠实女儿/以敏锐的目光改变了一切/你这兀鹫,张着乏味的、现实的翅膀/在诗人的心里掠食所有/当你拦阻了诗人的飞行/他该如何爱你,如何认可你的智巧/尽管他也张开无畏的翼/却如何还能飞上天穹寻宝/难道不是你把月神戴安娜拉下了马车/还把那与所居之树同生共死的树神/赶出了丛林?是不是你/把水中的仙女逐出了湍流/还赶走了草地上的精灵/和我在罗望子树下的梦?"

其实人们很清楚,原始森林和荒僻山野有着毁灭性的力量,过去的绝大多数时代都称不上流金岁月,遥远的异域并不是人人幸福的乌托邦,魔法和神话曾在科学落后的漫长时日里安慰了一代又一代的人,但最终帮我们生活得更加舒适便利的还是科技……然而,这都不能阻止世界各地的人继续迷恋自然、历史、异域、魔法、神话,说到底,它们不过是逃避现实的工具,它们是另一种形式的宗教,当现实令人不堪重负,它们就出来为我们的灵魂提供一个休憩之所。就好比古代中国人酷爱到山林间聚餐,真正愿意一生都在荒郊野岭度过的人毕竟是少数,众人皆知那样的生活有多么枯燥与不便,但这并不妨碍人们暂时逃遁到山林中去做一个清风朗月的梦。

而我在这里引用如此多的外国诗歌,除了想要证明我的观点,还有一个特别的原因:这一章是全书的最末一章,前面读了那么多中国的古代诗歌,我们也该抬头看看别的国家有些怎样的吟哦。有对比,才能看出门道与深度。

少年时看冯梦龙的《醒世恒言》,对《卢太学诗酒傲王侯》一回印象极深。故事的主人公卢楠生得丰姿潇洒、气宇轩昂,外加家财万贯与学富五车，堪比当今偶像剧中男主角。卢楠有钱有文化，自然不乏生活情趣，把自己家中的庭院打理得极为美丽，常呼朋唤友来家中庭院宴饮。

不久，卢楠所在的县里新来了一位知县，知县听闻卢楠的庭院艳压群芳，便想去卢楠家饮酒，然卢楠又是个最有傲骨的，对于结交官宦毫无兴趣，并未主动向知县伸出橄榄枝。不过在知县多次明示暗示后，卢楠勉为其难地决定在自家庭院宴请知县，但怪就怪在，每次卢楠备下宴席请知县来时，知县总会临时遇上事情，不得已不能来赴宴。几次三番下来，卢楠脾气大爆发，在知县当真来赴宴的时候，给了知县一个难堪。小不忍则乱大谋，卢楠为这一通脾气付出了惨痛的代价，知县从此对他恨之入骨，终于寻了事端将卢楠投入大牢，让卢楠沉冤十余载，受尽羞辱与折磨。

这个故事有两点让我大为震撼，一是故事末对卢楠的点评："酒癖诗狂傲骨兼，高人每得俗人嫌。劝人休蹈卢公辙，凡事还须学谨谦。"我们从小到大阅读的历史教材，都是告诉我们清高孤傲之士值得尊敬。狂士祢衡当众大骂曹操，祢衡了不起；诗仙李白让高力士脱靴，李白了不起。从没有人像《卢太学诗酒傲王侯》最末那首诗那样，批判的是恃才傲物、不给他人留余地的那方。事实上，我们跳脱历史教材灌输的那套平心静气地想想，就能明白一个因为自己有几分才华就口无遮拦、肆无忌惮的人，有多么令人生厌。狂傲之人，放在历史书中，可以远距离崇拜；放在我们身边，谁愿意同他做家人和朋友？在世间行走，还是谦虚宽厚的好。

另一点震撼我的，是知县为了在优美的环境里就餐，先可以对卢楠低声下气百般示好，而后竟然又可以置人于死地，简直称得上是"苦心孤诣"。

那究竟是怎样的环境,能让人这般癫狂?"楼台高峻,庭院清幽。山叠岷峨怪石,花栽阆苑奇葩。水阁遥通行坞,凤轩斜透松寮。回塘曲槛,层层碧浪漾琉璃;叠嶂层峦,点点苍苔铺翡翠。牡丹亭畔,孔雀双栖;芍药栏边,仙禽对舞。萦纡松径,绿阴深处小桥横;屈曲花岐,红艳丛中乔木耸。烟迷翠黛,意淡如无;雨洗青螺,色浓似染。木兰舟荡漾芙蓉水际,秋千架摇拽垂杨影里。朱槛画栏相掩映,湘帘绣幕两交辉。"(《醒世恒言·卢太学诗酒傲王侯》)看了这番描述,对知县的"苦心孤诣"也就理解了一半。

小心眼的知县当然算不上正人君子,但你不能质疑他的生活品位,若品位稍差,随便拣一处酒馆吃吃喝喝便该满足,哪会对在卢楠家吃饭一事如此执念?这个故事,算是古人对饮食环境追求的极致。